प्रस्तावना

भारत भूमि की इस पुण्य धरा पर महापुरुषों के अवतरण की एक पौराणिक परंपरा रही है। हर काल में भारत माँ की यह पवित्र गोद महापुरुषों की दिव्य कीर्ति से आलोकित होती रही है और इन महापुरुषों ने अपने तपश्चर्य एवं साधना की परंपरा में एक ही ध्येय को शामिल किया, वह है भारत माता को परम वैभव तक पहुँचाने का लक्ष्य। हमारा मंत्र भी 'परं वैभवं नेतुमेतत् स्वराष्ट्रं' है। ईश्वर ने इन मनीषियों के माध्यम से भारत भूमि में सत्कर्मों की परंपरा शुरू की है। इन महापुरुषों ने राष्ट्र-निर्माण के हर क्षेत्र को अपने विचारों से सिंचित किया, चाहे वह राजनीति, धर्म, विज्ञान और सामाजिक क्षेत्र ही क्यों न हो। आज की हमारी इस युवा पीढ़ी को भारत की इन महान् हुतात्माओं के बारे में अधिक-से-अधिक जानकारी प्राप्त करनी चाहिए और इनके विचार दर्शन को समझना चाहिए। इन्हीं में से कुछ ने अपने स्वतंत्र विचार और दर्शन को स्थापित कर एक नए समाज की रचना की। वैसे तो भारत में हजारों मनीषियों का जन्म हुआ है। मगर सबको इस पुस्तक में सम्मिलित कर पाना अभी तो असंभव-सा प्रतीत होता है। इसलिए आधुनिक भारत के कुछ विचारकों को हम यहाँ जानेंगे। उनके विचार और दर्शन-शास्त्र को हम आगे के अध्यायों में समझने का प्रयास करेंगे।

राष्ट्र-निर्माण में भारतीय मनीषियों द्वारा समाज को दिया गया विचार-दर्शन उसकी चिरस्थायी संपत्ति है। महापुरुषों के चरित्र समाज के सामने उचित मार्ग पर समग्र चिंतन के साथ चलने की प्रेरणा देते हैं। उनके विचारों को समाज के हित में जीवित रखना हमारा परम कर्तव्य है। सामान्यत: दो प्रकार के महापुरुषों का चिंतन भारत दर्शन में किया जाता है। पहले वे, जो ईश्वर की प्रेरणा से राष्ट्र चिंतन के विचार की धुन में भारत माता की सेवा के लिए निकल पड़ते हैं और उसके प्रचार में मस्त होकर अपने समाज व राष्ट्र के प्रति उत्तरदायित्वों का निर्वहन कर अपने

विचारों को प्रतिपादित करते हैं। उनका लक्ष्य सिर्फ सेवा होता है। वे नर-सेवा को ही ईश्वर की आराधना मानकर कार्य करते हैं। उच्च आदर्शों के कारण वे अपने जीवन को प्रशंसा योग्य नहीं बनाते हैं। वे ईश्वर और राष्ट्र की आराधना में इतने लीन हो जाते हैं कि अपने जीवन के प्रति उदासीन रहते हैं। वे स्वयं को कठोर बनाकर समाज के प्रति लचीले रहकर समाज के लिए आदर्श और पथप्रदर्शक का कार्य करते हैं। उनका संपूर्ण जीवन भौतिक क्रियाकलापों से दूर राष्ट्र चिंतन की दिशा में लगता है। उन्हें हम योद्धा-संन्यासी भी कहते हैं। वे सदैव एक ही चिंतन को अपने मन में रखते हैं, जिसे वे समाज के हर प्राणिमात्र तक पहुँचाने की कोशिश करते हैं। वे अपनी संपूर्ण शक्ति समाज को भलाई के मार्ग पर लाने में ही खर्च कर देते हैं। समाज विकसित होता जाता है और राष्ट्र-निर्माण का उनका ध्येय धीरे-धीरे पूर्ण होने की ओर बढ़ता जाता है। इस प्रकार के महापुरुष ताड़ के वृक्ष के समान सीधे होते हैं। ये समाज से दूर रहकर समाज के हितों के लिए लगातार कार्य करते रहते हैं।

दूसरे प्रकार के महापुरुष ताड़ के पेड़ के समान नहीं, वरन् बरगद के पेड़ के समान होते हैं। जिनकी शाखाओं में पक्षी अपना घोंसला बनाते हैं, जिनके पत्तों से पशु अपना आहार लेते हैं और जिनकी छाया में राहगीर विश्राम करते हैं। ये महापुरुष समाज के मध्य रहकर समाज के हितों का संरक्षण और संवर्धन करते हैं। इनका चिंतन सिर्फ मानसिक ही नहीं, शारीरिक भी होता है। ये समाज के सुख और दुःख से लेकर हर परिस्थिति में उनका सहयोग करते हैं। ये संसार के समक्ष व्यावहारिक धर्म का नमूना रखते हैं। इनका लक्ष्य स्वार्थपरता नहीं, अपितु परोपकार और कर्तव्य परायणता होता है। ऐसे महापुरुषों की लंबी शृंखला भारत में है। महापुरुषों के जीवन का लोगों के हृदय पर गहरा प्रभाव पड़ता है, उन्हीं के विचारों को आदर्श मानकर लोग दूसरों के दुःखों को मिटाने और अपनी जिंदगी में सुधार करने का प्रयास करते हैं तथा राष्ट्र-निर्माण एवं समाज-निर्माण में अपना योगदान देते हैं।

सभी मनीषियों के मन में राष्ट्र-निर्माण और समाज-निर्माण के लिए बड़ा विचार होता है, जिसको वे व्यावहारिक रूप से समाज के आगे लाने का प्रयास करते हैं। यही उनका धर्म होता है। महापुरुषों का धर्म राष्ट्रीयता है। यही उनके जीवन का प्राण है। महापुरुषों का जीवन हम लोगों को उन्नति का मार्ग दिखलाता है, परंतु वह हमारे विकास को रोकनेवाला घेरा नहीं बनाता, जिससे कि हमें कभी बंधन महसूस हो। वह सदैव राष्ट्र के निर्माण में अपने जीवन की आहुति देना चाहता है।

देश के पुनर्निर्माण का स्वप्न देखनेवाले प्रत्येक मनुष्य को समझना अति

भारत-निर्माण में भारतीय मनीषियों की प्रेरक भूमिका

लेखक की अन्य पुस्तक

भारत-निर्माण में भारतीय मनीषियों की प्रेरक भूमिका

डॉ. सरवन सिंह बघेल 'श्रवण'

प्रभात
पेपरबैक्स
www.prabhatbooks.com

प्रकाशक

प्रभात पेपरबैक्स

4/19 आसफ अली रोड, नई दिल्ली-110002

फोन : 23289777 • हेल्पलाइन नं. : 7827007777

इ-मेल : prabhatbooks@gmail.com ❖ वेब ठिकाना : www.prabhatbooks.com

संस्करण

प्रथम, 2021

BHARAT-NIRMAN MEIN
BHARATIYA MANISHIYON KI PRERAK BHOOMIKA
by Dr. Saravan Singh Baghel 'Shravan'

Published by **PRABHAT PAPERBACKS**
4/19 Asaf Ali Road, New Delhi-110002

ISBN 978-93-90378-69-2

महत्त्वपूर्ण है। राष्ट्र निर्माताओं ने इस विषय में क्या सोचा था, उनकी दिशा दृष्टि, विचार और दर्शन क्या थे? उन सभी महापुरुषों की बातों पर विचार करना होगा— जब तक भारत के प्रत्येक नागरिक का सामाजिक और आर्थिक विकास नहीं हो जाता, उसकी मूलभूत आवश्यकताएँ पूर्ण नहीं हो जाती, राष्ट्र-निर्माण संभव नहीं है। दीनदयालजी मूल जरूरतों के विषय में बताते हैं कि रोटी, कपड़ा, मकान, स्वास्थ्य और शिक्षा—ये मनुष्य के अधिकार हैं। इन सब बातों की पूर्ति तक भारत का पूर्ण पुनर्निर्माण नहीं माना जा सकता। अभी भारत का पुनर्निर्माण करना शेष है। भारत के मनीषियों की संकल्पना के अनुसार भारत का पुनर्निर्माण करने के लिए उनके विचारों को गहनता से समझना महत्त्वपूर्ण है। आज के भारत में महापुरुषों को हमने विभिन्न जाति और समाज की श्रेणियों में बाँटकर उनके विचारों को एक दायरे तक सीमित कर दिया है। परंतु भारत माता के पुनरुत्थान के लिए सबकी दृष्टि समान थी, एक राष्ट्रीय धारा थी। सभी इस पवित्र देवभूमि भारत के पुत्र थे। उनकी संपूर्ण संकल्पना में राष्ट्र विद्यमान था। न वे दलित थे, न ब्राह्मण; न जाति का बंधन, न धर्म का; वे सिर्फ भारतीय थे। इस पुस्तक में हम महापुरुषों के विचारों को अपनी दृष्टि से देखने का प्रयास करेंगे। स्वामी दयानंद सरस्वती को आर्य समाज का प्रवर्तक ही समझा जाता है, मगर उन्होंने राष्ट्रचिंतक की भूमिका अदा की है, वे एक क्रांतिकारी संन्यासी थे। भारतीय समाज ने डॉ. आंबेडकर को अच्छे से नहीं जाना और न ही समझा। वे मात्र एक दलित नेता नहीं थे। उन्होंने अपना संपूर्ण जीवन राष्ट्र-निर्माण एवं समाज की चेतना को जगाने में लगाया। वे देश के पहले प्रशिक्षित अर्थशास्त्री थे। श्रीगुरुजी गोलवलकर का चिंतन सिर्फ हिंदुओं तक सीमित नहीं था, उनके चिंतन में संपूर्ण राष्ट्र का चिंतन व्याप्त है। गोखलेजी और तिलक के विचारों में मत-भिन्नता नहीं थी, उनका संपूर्ण चिंतन भारत के मानव के विकास के लिए था। देश के सभी महापुरुष अलग नहीं हैं, सभी एकात्म के सूत्र से बँधे हुए भारत माता के सच्चे पुत्र हैं। किसी ने शारीरिक तो किसी ने मानसिक रूप से भारत माँ की सेवा की है। क्रांतिकारी और विचारक के नाते उनका समाज से परिचय हुआ है, न कि धर्म व जाति के आधार पर।

हमारा मार्गदर्शक कौन है, इस पर विचार करने के लिए मनुष्य के व्यक्तित्व, उसके त्याग, निस्स्वार्थ भाव, लोगों के दुःख को नष्ट करने की सोचता है या नहीं अथवा अपनी प्रसिद्धि के बारे में सोचता है, यह विचार करना होगा। देश के प्रत्येक घटक के प्रति जिनके मन में दर्द है, वे वास्तव में हमारे मार्गदर्शक हैं। डॉ.

भागवतजी ने कहा कि यदि हमें संपूर्ण समाज को एक साथ आगे बढ़ाना है, समाज से विषमता को दूर करना है तो इन मनीषियों के विचारों को पढ़ना होगा, समझना होगा। इन विचार-दर्शनों को जाने बिना, समझे बिना, पढ़े बिना हमारे विचारों और दृष्टिकोण में पूर्णता नहीं आ पाएगी। समाज के प्रत्येक क्षेत्र, जैसे—राजनीतिक, सामाजिक, आर्थिक आदि में समरसता लानी होगी। सबका लक्ष्य राष्ट्र को आगे ले जाना है, इसके लिए वैचारिक मतभेद होने के बाद भी संवाद करने की वृत्ति की आवश्यकता है।

हम इस पुस्तक में मनीषी दीनदयाल उपाध्याय को केंद्रबिंदु मान रहे हैं, इसलिए उनके समकालीन विचारकों के महान् दर्शन को इस पुस्तक में संक्षेप में बताने का प्रयास किया गया है। पंडित दीनदयाल उपाध्याय के समकालीन समय में और उनसे पहले भारतवर्ष में अनेक मनीषी विचारकों का प्रादुर्भाव हुआ, जिन्होंने राष्ट्र के विकास के लिए अनेक महान् कार्य किए। उन्होंने अपने महान् विचारों के द्वारा समाज के विकास एवं मनोबल को बढ़ाने के लिए अनेकानेक प्रयास किए, जिस कारण भारत का समाज खड़ा हुआ और आजादी के आंदोलन से लेकर देश में आई विभिन्न आपदाओं का सामना समन्वय व साहस के साथ किया है। मगर इन सभी की विचारधाराओं में जमीन-आसमान का अंतर विद्यमान है, फिर भी सभी के विचार में राष्ट्र के विकास और उसमें निवास करनेवाले नागरिकों के कल्याण की संकल्पना है। यहाँ हो सकता है कि सभी मनीषी दीनदयाल उपाध्याय के समकालीन या उनसे पहले के विचारक हों, मगर दीनदयाल उपाध्याय का दर्शन इन सभी विचारों को एकमत करता है। पंडित दीनदयाल उपाध्याय के द्वारा प्रणीत विचार एकात्म मानववाद और अंत्योदय के समेकित महत्त्व को समझने के लिए हमें इन मानववादी चिंतकों के विचारों का भी गहन अध्ययन करना चाहिए।

पंडित दीनदयालजी के एकात्म मानव दर्शन की पृष्ठभूमि को समझने के लिए दो विचार दर्शनों को समझना पड़ेगा—पहला, भारतीय दर्शन और दूसरा, पश्चिम का दर्शन। एकात्म मानव दर्शन भारतीय अवधारणा है और मानव दर्शन पश्चिम की संस्कृति पर आधारित अवधारणा है। पाश्चात्य प्रयोगों में सांसारिक जीवन का वैशिष्ट्य है। अत: एकात्म मानववाद के विषय पर यह कहना अतिशयोक्ति नहीं होगी कि यह पाश्चात्य मानववाद के भारतीयकरण की प्रक्रिया की फलश्रुति है। एकात्म मानव दर्शन प्रत्येक भारतीय अपने जीवन में जीता है। भारत की समाज-रचना का आधार स्तंभ ही एकात्म मानव दर्शन है। व्यष्टि, समष्टि, सृष्टि व परमेष्ठी पर संपूर्ण

भारतीय सामाजिक रचना आधारित है और यही एकात्म है।

भारतीय संस्कृति—भारतीय संस्कृति का प्रथम गुण यह है कि यह संपूर्ण मानव जीवन का, संपूर्ण ब्रह्मांड का संकलित विचार करती है। इसकी दृष्टि एकात्मता के सिद्धांत पर कार्य करती है। इसमें सब समान हैं, इसमें जाति, वर्ण, धर्म, संस्कृति और प्रकृति किसी का भी भेद नहीं है। यह सबको एकात्म की दृष्टि से ही अवलोकित करती है। भारतीय जीवन की समाज रचना अध्यात्म प्रधान है, लेकिन यह भौतिक जीवन-शैली की भी अवहेलना नहीं करती। इस संस्कृति का केंद्र पूर्णता है, खंडिता नहीं। भारतीय परंपरा व्यष्टि, समष्टि, सृष्टि व परमेष्ठी को स्वतंत्र सत्ताओं के बावजूद भी अविभाजित मानती है। धर्म भारतीय संस्कृति की सर्वाधिक महत्त्वपूर्ण विशेषता है। धर्म को भारतीय संदर्भ में मत, संप्रदाय से न जोड़कर प्रकृति से जोड़ा गया है। धर्म के कारण ही भारत में राजा, जनता, समाज और व्यक्ति—सभी अनुशासन में हैं, इस कारण कोई भी अनुशासनहीन नहीं हो सका। प्रकृति के द्वारा अनुसंधान की गई व्यवस्था ही धर्म है। समृद्धि का आधार भी धर्म है। यह संस्कृति मत या संप्रदायवादी नहीं है। यह किसी व्यक्ति या ग्रंथ को अंतिम प्रमाण नहीं मानती है। इसकी विशेषता है—'वादे वादे जायते तत्त्व बोधा:' (तत्त्व का बोध विचार-विमर्श से ही होता है)। भारतीय संस्कृति संस्कारवादी है, इसमें मनुष्यों के साथ प्रकृति द्वारा रचित हर वस्तु का आदर करने की शिक्षा प्रारंभिक जीवन से ही हर मनुष्य को मिलनी प्रारंभ हो जाती है। भारतीय समाज की विशेषता है कि यह पर-मत-सत्कारवाद पर विश्वास करता है। दूसरे मत व संप्रदायों के प्रति भी एकात्म का भाव है। भारत की सनातन परंपरा का श्रेष्ठ विचार है 'एकं सद विप्रा: बहुधा वदंति' (एक ही सत्य को विचारवान लोग विभिन्न प्रकार से कहते हैं), इसीलिए भारत में विश्व के सर्वाधिक मत-संप्रदाय विराजमान हैं और सभी भारत में स्वतंत्रता एवं प्रेम के साथ अपना-अपना कर्तव्य पालन करते हैं। सभी का भारतीय संस्कृति और समाज-रचना में पूर्ण विश्वास है।

पाश्चात्य संस्कृति—पश्चिम का विचार-दर्शन सिर्फ ज्ञानेंद्रियों पर ही निर्भर करता है। सिर्फ ज्ञानेंद्रियों के द्वारा कभी पूर्ण ज्ञान की प्राप्ति नहीं हो सकती। पूर्ण ज्ञान की प्राप्ति सिर्फ प्रज्ञा के द्वारा ही हो सकती है। भारत देश में ऋषि-मुनियों ने अपने अंतर्मन की प्रज्ञा के द्वारा अपनी समग्रता का दर्शन किया। हमारा केंद्र पूर्णता है और अन्य विचारों का एकांकी। पश्चिमी सभ्यता के द्वारा समाज के सामने खड़ा किया गया सवाल 'व्यक्ति बड़ा या समाज'? यह प्रश्न स्वयं में सार्थक एवं पूर्ण नहीं है, क्योंकि भारतीय परंपरा में व्यक्ति और समाज विभाजित नहीं है, दोनों ही

एक-दूसरे के पूरक हैं, दोनों ही एक-दूसरे के बिना अधूरे हैं। पश्चिम के संस्कार में प्रकृति पर विजय पाने की, ब्रह्मांड के रहस्यों को उजागर करने की अंधी दौड़ चल रही है, मगर प्रकृति पर विजेता बनने की यह अवधारणा अहंकार और अहं से परिपूर्ण है, जो इस सृष्टि के विनाश का कारण बन सकती है। मगर भारतीय समाज में प्रकृति को माता माना गया है, उसे ईश्वर का रूप मानकर पूजा जाता है, जितना उससे लिया जाता है, उतना उसे वापस दिया जाता है। उपयोग की परंपरा का पालन होता है, उपभोग का नहीं। पूँजीवादी शोषण व समाजवादी तानाशाही इसी अहंकार के परिणाम हैं। पाश्चात्य संस्कृति में धर्म का क्षय हो रहा है, वहाँ धर्म का कोई मूल नहीं है। पश्चिम के विचार में धर्म सिर्फ भोगने की वस्तु है, यह अवधारणा प्रचलित है। समर्थ ही जीवित रहता है, इस मान्यता ने जंगल के कानून की व्यवस्था उत्पन्न की, प्रतिद्वंद्विता और संघर्ष के द्वारा विकास होता है, यह विचार ही गलत है। यह विचार सभ्य नहीं, असभ्य है। सभ्यता के विकास का अर्थ यहाँ कमजोर हो या बलवान, सबको जीने का बराबर का अधिकार हो, सबमें एकात्मता का भाव हो, समाज की रचना में अंतिम व्यक्ति का विकास ही एकात्म मानव दर्शन की विशेषता है, जो पश्चिम के दर्शन में नहीं है। भौतिकतावाद में स्वतंत्रता, समानता व आपस में जुड़े होने की प्रेरणा नहीं मिल सकती, इसीलिए मैजिनी द्वारा कल्पित 'मानवतावादी यूरोपीय राष्ट्रवाद' आज तक व्यवहार में नहीं आ सका तथा स्वयं यूरोप, अमेरिका व रूसी साम्राज्यवाद में विभक्त हो गया।

दीनदयाल उपाध्याय ने पश्चिम के पूर्ण विचार को मानवीय भूलों में से उत्पन्न विचार घोषित किया। उन्होंने कहा, "यदि संघर्ष है तो वह प्रकृति का अथवा संस्कृति का द्योतक नहीं है, विकृति का द्योतक है। जिस मत्स्य न्याय के जीवन संघर्ष को पश्चिम के लोगों ने ढूँढ़ निकाला, उसका ज्ञान हमारे दार्शनिकों को था। मानव जीवन में काम, क्रोध आदि षड्विकारों को हमने स्वीकार किया है, किंतु इन सब प्रवृत्तियों को हमने अपनी संस्कृति और शिष्ट व्यवहार का आधार नहीं बनाया।"

षड्विकारों के साथ पश्चिम द्वारा स्वीकृत मानवीय प्रवृत्तियों को निम्नलिखित प्रकार से समीकृत किया जा सकता है। काम-उपभोगवाद; क्रोध-प्रतिक्रियात्मक विचार; मद-प्रकृति पर विजय तथा भौतिकतावादी मानववाद; लोभ-स्वार्थ; मोह-अतिवादी महत्त्वाकांक्षा; मत्सर-संघर्ष एवं स्पर्धा।

जब हम भारत की एकात्म समाज-रचना की बात करते हैं तो पंडित दीनदयाल द्वारा सृजित एकात्म मानव दर्शन को समझते हुए हम आगे बढ़ते हैं, हम समाज में

व्याप्त समस्या और उनके समाधान की दिशा में अग्रेषित होते हैं। उससे पूर्व हमें भारत के महान् व्यक्तित्व अरविंद घोष के इस वाक्य को भी समझना चाहिए— अरविंद घोष आध्यात्मिक एकात्म भाव को स्पष्ट करते हुए लिखते हैं कि "सभी मानव समाज, राष्ट्र, धर्म, जाति अथवा किसी भी अन्य सुसंगठित समाज (समुदाय) को इसी दृष्टि से देखेगा, यह भी कहा जा सकता है कि वह उन्हें उप-आत्माएँ समझेगा, उन्हें परम आत्मा की दिव्य वस्तु की तथा पृथ्वी पर मनुष्यों के अंदर की चेतन असीम की जटिल अभिव्यक्ति और स्वपरिपूर्णता का साधन समझेगा।"

आभारोक्ति

प्रस्तुत पुस्तक के विषय चयन से लेकर संपूर्ण लेखन कार्य के संपादन प्रस्तुतीकरण के विभिन्न चरणों में पूज्य गुरुजनों, आदरणीय शुभचिंतकों, श्रेष्ठ मार्गदर्शकों, विचारकों, विद्वानों, इष्ट मित्रों एवं सगे-संबंधियों का सहयोग प्राप्त हुआ।

इस पुस्तक की पूर्णता एवं मौलिकता का श्रेय मेरे माता-पिता, श्री रामलालजी, डॉ. दिनेशजी, श्री शिवप्रकाशजी, श्री बी.एल. संतोषजी, श्री अर्जुन मुंडाजी, डॉ. ओ.पी. शर्मा को समर्पित है।

इस पुस्तक के लेखन कार्य में जिनका मुझे पग-पग पर निर्देशन मिलता रहा, ऐसे श्री श्रीनिवासनजी, श्री संजीवजी, डॉ. अश्वनी लोचन अग्रवाल, डॉ. स्वदेश सिंह और मेरे सभी इष्ट मित्रों का, जिनका मुझे इस लेखन कार्य को पूर्ण करने में सिर्फ सहयोग ही नहीं मिला, बल्कि समय-समय पर दिशा-निर्देशन किया तथा पुस्तक के विषय-संकलन को लेकर हर प्रकार का योगदान दिया। मैं हृदय से उन सभी का आभार व्यक्त करता हूँ।

इस कार्य में प्रत्यक्ष एवं परोक्ष सहयोग हेतु उन समस्त लोगों को, जिनका नाम विस्मृत कर रहा हूँ, उन्हें मेरा प्रणाम है।

अस्तु, यह पुस्तक आप सभी सुधीजनों के अध्ययन-अनुभावन हेतु सविनय प्रस्तुत है।

पुस्तक का वास्तविक उद्देश्य मन और बुद्धि को स्वयं का चिंतन करने के लिए बाध्य करना है।

—डॉ. सरवन सिंह बघेल 'श्रवण'

अनुक्रम

1

स्वामी दयानंद सरस्वती

राष्ट्रीय विचारधारा से प्रेरित आध्यात्मिक और सामाजिक संगठन आर्य समाज के जनक स्वामी दयानंद का आध्यात्मिक दर्शन सत्य, अहिंसा, सदाचार और विश्व की सर्वांगीण उन्नति से जुड़ा हुआ था। वेदों-वेदांगों के अद्वितीय जानकार, भाष्यकार और निर्भीक क्रांतिकारी संन्यासी स्वामी दयानंद सरस्वती ने राष्ट्र को पाखंड, दुराचार, अशिक्षा, दुर्दशा और अनाचार से मुक्ति दिलाने के लिए तथा उसे पुनः गौरवशाली, सदाचारी और विश्वगुरु बनाने हेतु शंखनाद किया। स्वामीजी ने सदैव झूठ, पाखंड और अंधविश्वासी विचारधाराओं का खंडन किया। ईश्वर की प्रार्थना-उपासना में भी उन्होंने भारत को विदेशी शासन से मुक्ति की कामना की है। स्वामी दयानंद ने मनुष्यों की सर्वांगीण उन्नति और विकास के लिए आर्य समाज की स्थापना की और इसी ध्येयवाद से उसके नियम और कानूनों का निर्माण किया। दयानंदजी के अनुसार, जो पदार्थ विद्या से जाने जाते हैं, उन सबका आदि मूल एकात्म परमेश्वर है। ईश्वर निराकार ब्रह्म और सृष्टिकर्ता है। उन्होंने वेद और वेदांगों का पठन-पाठन अनिवार्य बताया है। स्वामीजी ने कहा कि सत्य को ग्रहण करने और असत्य को त्यागने के लिए सर्वदा उद्यत रहना चाहिए। उन्होंने विश्व के कल्याण करने को प्रमुख उद्देश्य माना है। इसके तहत उन्होंने सामाजिक, आर्थिक और आत्मिक उन्नति प्राप्त करने की ही शिक्षा दी है। उन्होंने अविद्या को समूल नष्ट करने और विद्या की वृद्धि करने का उपदेश दिया है। वहीं स्वामीजी ने कहा कि प्रत्येक सामाजिक व्यक्ति को अपने ही विकास में संतुष्ट नहीं रहना चाहिए, बल्कि संपूर्ण मानवजाति की उन्नति में सहभागी बनना चाहिए। उन्होंने लिखा है कि सृष्टिकर्ता परमात्मा और सृष्टिक्रम का विचार कर जगदीश्वर को सर्वव्यापक, न्यायकारी, सर्वत्र, सर्वदा मानें और पाप (बुरे कर्मों) की ओर अपने मन को कभी न जाने दें, बल्कि सदा धर्मयुक्त (सदाचार) सत्कर्मों में लगे रहें। स्वामी दयानंदजी

ने परमात्मा को निराकार परब्रह्म बताया है, वहीं वेदों को उन्होंने सत्य पर आधारित विद्याओं की पुस्तक। स्वामीजी ने कहा है कि प्रत्येक व्यक्ति को सत्य को ग्रहण करने तथा असत्य को छोड़ने के लिए उद्यत रहना चाहिए तथा प्रत्येक कार्य सत्य-असत्य का विचार करके ही करना चाहिए। आर्य समाज एक सामाजिक सुधार का आंदोलन है। यह जन-आंदोलन पाश्चात्य प्रभावों की प्रतिक्रियास्वरूप सत्य सनातन धर्म में सुधार के लिए प्रारंभ हुआ। आर्य समाज में शुद्ध वैदिक परंपरा में विश्वास करते हैं तथा मूर्तिपूजा, अवतारवाद, बलि, झूठे कर्मकांड व अंधविश्वासों को अस्वीकार किया जाता है। आर्य समाज ने जातिगत भेदभाव व छुआछूत का भरपूर विरोध किया तथा महिलाओं व शूद्रों को भी यज्ञोपवीत धारण करने एवं वेद पढ़ने का अधिकार दिलाया। स्वामी दयानंद सरस्वती द्वारा रचित 'सत्यार्थ प्रकाश' नामक ग्रंथ आर्य समाज का मूल ग्रंथ है। आर्य समाज का आदर्श वाक्य है : 'कृण्वंतो विश्वमार्यम्,' जिसका अर्थ है—विश्व को आर्य बनाते चलो। स्वामी दयानंदजी के जीवन दर्शन का मूलमंत्र था कि जनता की उन्नति और प्रगति सुनिश्चित करने और उनके अस्तित्व की रक्षा करने का सर्वोत्तम साधन शिक्षा है। इसी मंत्र को आधार मानकर आर्य समाज ने इस सामाजिक आंदोलन का परिचालन किया है। आर्य समाज ने इस तथ्य को आत्मसात् कर लिया था कि शिक्षा की जड़ें राष्ट्रीय भावना एवं परंपरा में गहरी जमी होनी चाहिए। हम पुरातन और श्रेष्ठ परंपरा के उत्तराधिकारी हैं। हमारी शिक्षा-दीक्षा में भारतीय नीतिशास्त्र तथा दर्शन को सर्वोपरि स्थान प्राप्त होगा। स्वामी दयानंद सरस्वती न सिर्फ सामाजिक सुधारक थे, बल्कि वे आधुनिक प्रेरणा के स्रोत भी हैं। उनके धार्मिक एवं सामाजिक चिंतन से भारतीय समाज को एक नया प्रकाशपुंज मिला।

आर्य समाज स्वतंत्रता क्रांति, विचार क्रांति, समाज सुधार, शिक्षा एवं राष्ट्रीयता का आंदोलन था। भारत के लगभग 85 प्रतिशत स्वतंत्रता संग्राम सेनानी आर्य समाज ने दिए। भारत में स्वदेशी आंदोलन का मूल सूत्रधार आर्य समाज ही है। स्वामी दयानंदजी ने धर्म परिवर्तन कर चुके लोगों को पुन: हिंदू बनने की प्रेरणा देकर शुद्धि आंदोलन चलाया। आज देश-विदेश तथा योग जगत् में 'नमस्ते' शब्द का प्रयोग बहुत आम बात है। एक समय में इसका प्रचलन नहीं था—सनातनी लोग भी ऐसा नहीं करते थे। आर्य समाज के अनुयायियों ने एक-दूसरे को अभिवादन करने का यह तरीका प्रचलित किया। यह अब भारतीयों की पहचान बन चुका है। स्वामी दयानंद ने हिंदी भाषा में 'सत्यार्थ प्रकाश' ग्रंथ तथा अनेक वेदभाष्यों की रचना की।

शिरोल नामक एक अंग्रेज ने तो 'सत्यार्थ प्रकाश' को ब्रिटिश साम्राज्य की जड़ें खोखली करनेवाला लिखा था। वर्ष 1886 में लाहौर में स्वामी दयानंद के अनुयायी लाला हंसराज ने 'दयानंद एंग्लो वैदिक कॉलेज' की स्थापना की थी। वर्ष 1901 में स्वामी श्रद्धानंद ने हरिद्वार में 'गुरुकुल काँगड़ी विद्यालय' की स्थापना की।

इस संगठन ने भारतवर्ष में राष्ट्रवादी और क्रांतिकारी विचारधारा को आगे प्रचारित करने में महत्त्वपूर्ण योगदान दिया है। इसके अनुयायियों ने भारतीय स्वतंत्रता आंदोलन में बढ़-चढ़कर भाग लिया। आर्य समाज के प्रभाव से ही भारतीय राष्ट्रीय कांग्रेस के भीतर स्वदेशी आंदोलन आरंभ हुआ था। स्वामी दयानंदजी आधुनिक भारत के धार्मिक नेताओं में प्रथम क्रांतिकारी महापुरुष थे, जिन्होंने 'स्वराज्य' शब्द का प्रयोग किया। स्वामी दयानंद ने हिंदू धर्म में एक नई चेतना का आरंभ किया था। स्वतंत्रता पूर्व काल में हिंदू समाज के नवजागरण और पुनरुत्थान आंदोलन के रूप में आर्य समाज सर्वाधिक शक्तिशाली आंदोलन था। यह पूरे पश्चिम तथा उत्तर भारत में सक्रिय था एवं सुप्त हिंदू जाति को जाग्रत् करने में संलग्न था। यहाँ तक कि आर्यसमाजी प्रचारक फिजी, मॉरीशस, गयाना, ट्रिनिडाड, दक्षिण अफ्रीका में भी हिंदुओं को संगठित करने के उद्देश्य से पहुँच रहे थे। इस आंदोलन ने सबसे बड़ा अतुलनीय कार्य जाति व्यवस्था को तोड़ने और सभी हिंदुओं में एकात्मता का भाव जाग्रत् करने का किया।

□

2

स्वामी विवेकानंद

स्वामी विवेकानंदजी का आदर्श चरित्र ही संपूर्ण विश्व का आदर्श है। सरकार की नागरिकों के हितों की नीति का आधार भी यही होना चाहिए। स्वामी विवेकानंदजी ने भारत और शेष विश्व के राष्ट्रों में एक महत्त्वपूर्ण अंतर निरूपित किया है। यह अंतर ही हमारे राष्ट्र की मौलिकता है, जिसकी वजह से हमारे देश का अस्तित्व बना हुआ है, जिसके कारण से हमारा देश शाश्वत है। इस अंतर की स्तंभशिला है हमारी आध्यात्मिकता। स्वामी विवेकानंदजी के वाक्यों में हिंदुस्थान में अध्यात्म ही राष्ट्र के हृदय का मर्मस्थल है, इसी को राष्ट्र का मेरुदंड कह लो अथवा नींव समझ लो, जिसके ऊपर राष्ट्ररूपी भवन खड़ा हुआ है। जबकि विश्व के शेष देशों में राजनीति और भौतिकता की प्रधानता है तो भारत में धर्मनीति और आध्यात्मिकता की। जीवन के संघर्ष में भौतिकता लंबे समय तक स्थिर नहीं रह सकती जबकि आध्यात्मिकता चिरस्थायी है, इसी कारण भारत की संपूर्ण विश्व में आदर्शतम पहचान है। इतिहास इस बात का साक्ष्य दे रहा है कि प्राय: प्रत्येक सदी में नए-नए राष्ट्रों का उदय और अंत होता रहा है। वे जन्म लेते हैं, कुछ समय बाद समाप्त हो जाते हैं। परंतु भारत राष्ट्र अनेकानेक खतरों तथा उथल-पुथल की कठिनतम समस्याओं से जूझते हुए भी स्थिर है, तो इसका कारण है वैराग्य-त्यागयुक्त हमारी धार्मिकता-आध्यात्मिकता। हमारे राष्ट्र का आधार धर्म है और धर्म का आधार त्याग है। इसके विपरीत रूस, यूरोप, अमेरिका, चीन एक दूसरी ही समस्या सुलझाने में लगे हुए हैं। उन देशों की समस्या यह है कि वे किसी भी प्रकार से शक्ति व धन पाना चाहते हैं। इसके लिए क्रूर, निर्दयी, हृदयहीन प्रतिद्वंद्विता यूरोप, रूस, चीन, अमेरिका का नियम है। स्वामी विवेकानंदजी कहते हैं कि राजनीति एवं इस प्रकार की अन्य बातें भारतीय जीवन दर्शन के अत्यावश्यक विषय कभी रहे ही नहीं हैं। परंतु धर्म एवं आध्यात्मिकता ही ऐसा मुख्य मार्ग है, जिसपर भारतीय

जीवन दर्शन निर्भर रहा है, भविष्य के कालखंड में भी उसे इसी पर निर्भर रहना है। अन्य राष्ट्रों के लिए धर्म, संसार के अनेक कर्मों में से एक व्यवसाय मात्र है। वहाँ राजनीति है, सामाजिक जीवन की सुख-सुविधाएँ हैं, धन तथा प्रभुत्व द्वारा जो कुछ प्राप्त हो सकता है और मन को जिससे सुख मिलता है, उन सब को पाने का प्रयास भी है, इन सब विभिन्न जीवन व्यापारों के भीतर तथा भोग से निस्तेज इंद्रियों को पुनः उत्तेजित करने के साधनों की समस्त खोज के साथ वहाँ संभवतः थोड़ा-बहुत धर्म-कर्म भी है। परंतु, भारत में मानव की सारी चेष्टाएँ धर्म के लिए होती हैं—धर्म ही यहाँ जीवन का मूल मंत्र है। स्वामी विवेकानंद कहते हैं कि ब्रिटिश लोग राजनीति के साथ धर्म को समझ सकते हैं, अमेरिकन लोग राजनीतिक, सामाजिक सुधार के माध्यम से धर्म को जान सकते हैं। अमेरिका और इंग्लैंड में बिना यह बताए कि वेदांत के द्वारा कौन-कौन से आश्चर्यजनक राजनीतिक परिवर्तन हो सकेंगे, मैंने कभी धर्म का प्रचार नहीं किया। किंतु भारतवर्ष में सभी लोग राजनीति और समाज सुधार को धर्म का आधार समझते हैं। वे आगे बताते हैं कि भारत में किसी तरह के सुधार या उन्नति की चेष्टा करने से पहले धर्म का विस्तार होना आवश्यक है। सर्वप्रथम हमारे वेदों, पुराणों, उपनिषदों और अन्य शास्त्रों में जो शाश्वत सत्य छिपे हुए हैं, उन्हें मंदिरों और मठों की दीवारों को भेदकर, वनों की शून्यता से दूर लाकर सभी जगह फैला देना होगा, ताकि सत्य मिलकर संपूर्ण भारत वर्ष को अपने घेरे में समेट ले, पूर्व दिशा से पश्चिम दिशा और उत्तर दिशा से दक्षिण दिशा तक सब जगह फैल जाए—हिमालय से कन्याकुमारी और सिंधु से ब्रह्मपुत्र तक सर्वत्र सत्य का प्रकाश विद्यमान हो जाए। स्पष्ट है कि स्वामी विवेकानंदजी भारतीय दर्शन से चाहते थे भारत देश की पुनर्स्थापना, पुनर्रचना। आधुनिक समय के रंगमंच पर प्राचीन भारत की स्थापना ही था स्वामीजी का स्वप्न। वे भारतवासियों को ललकारते हुए कहते हैं—हे भारत के वीर पुत्रो और पुत्रियो! तुम्हें विस्मृत नहीं करना चाहिए कि तुम्हारी स्त्रियों का आदर्श दुर्गा, सती, सीता, दमयंती व सावित्री हैं। मत भूलना कि तुम्हारे उपास्य भोलेनाथ शंकर हैं। यह भी मत भुलाना कि तुम्हारा विवाह, जीवन इंद्रिय सुख व धन के लिए—अपने वैयक्तिगत सुख के लिए नहीं है। याद रखना कि तुम भारत माता की रक्षार्थ हेतु बलि के लिए सदैव समर्पित हो। तुम मत भूलना कि समस्त समाज विराट् ईश्वर महामाया की छायामात्र है। हे साहसी! साहस का आश्रय लो। गर्व के साथ कहो कि मैं भारत का वासी हूँ और प्रत्येक भारतवासी मेरा भाई व बहन है। भारत का समाज मेरे बचपन का झूला है, जवानी की फुलवारी है और मेरे बुढ़ापे

की काशी है। भाई! तुम बोलो कि भारतवर्ष की पवित्र मिट्टी मेरा स्वर्ग है, भारत के कल्याण से मेरा कल्याण है और रात-दिन कहते रहो—हे विश्वनाथ! हे जय माँ दुर्गे! मेरी दुर्बलता को ही मेरी शक्ति की पहचान बना दो! भारत के पुनरुत्थान हेतु स्वामीजी प्राथमिकता के तौर पर ऐसी शिक्षा पद्धति की सिफारिश करते हैं, जो हमारे भारत के भविष्य—युवाओं, छात्रों और किशोरों को भारत की ऋषि-संस्कृति का ज्ञान दर्शन कराए, जिसके लिए आवश्यक है संस्कृत की शिक्षा और दीक्षा। स्वामीजी उद्घोष करते हैं—जनता को उसकी आम बोलचाल की भाषा और सभी के संपर्क सूत्र की भाषा में शिक्षा दो, उन लोगों से बहुत कुछ जानने और समझने में सहायता मिलेगी। साथ ही कुछ और भी जरूरी है—उसे भारतीय संस्कृति का बोध कराया जाए। इसके लिए आवश्यक है संस्कृत की शिक्षा-दीक्षा। संस्कृत के शब्दों की ध्वनि मात्र से एक प्रकार का गौरव, शक्ति एवं शौर्य का संचार होता है। स्वामीजी कहते हैं कि राष्ट्रीय भारतीय रीति से राष्ट्रीय सिद्धांतों के आधार पर संस्कृत शिक्षा का विस्तार करें तथा विश्व के समस्त देशों में प्राचीन भारतीय दर्शन शास्त्रों के शाश्वत सत्य का प्रचार-प्रसार ही हमारे राष्ट्र की वैदेशिक नीति का आधार हो।

कुछ विद्वानों का मत है कि स्वामी विवेकानंद का चिंतन राजनीतिक विचार से प्रेरित है। परंतु उनका चिंतन राष्ट्रीय है, न कि राजनीतिक। स्वामीजी ने स्वयं स्पष्ट करते हुए कहा कि न मैं राजनीतिक हूँ और न राजनीतिक आंदोलन चलानेवालों में से हूँ। यह सत्य है कि वे राजनीतिक आंदोलन के पक्ष में नहीं थे। परंतु उनकी इच्छा थी कि भारत एक शक्तिशाली, समृद्धशाली, आत्मनिर्भर, स्वदेशी कार्यों से पूर्ण और गतिशील राष्ट्र बने।

मैं अपने मूल चिंतन में सिर्फ आत्मतत्त्व की चिंता करता हूँ, जब वह स्वस्थ होगा तो संपूर्ण कार्य स्वयं ठीक होंगे। परंतु हम इस तत्त्व से मना नहीं कर सकते कि स्वामीजी के विचारों में राजनीतिक दर्शन मिलता है, उनका राजनीतिक दर्शन ही भारत का चिंतन दर्शन है। उनका यह दर्शन ही स्वामीजी को बड़े-बड़े राजनीतिज्ञों और राजनीतिक चिंतकों से भी आगे की पंक्ति में खड़ा करता है। स्वामी विवेकानंदजी के राष्ट्रवाद का आध्यात्मिक सिद्धांत है कि प्रत्येक देश का जीवन किसी एक मुख्य तत्त्व की अभिव्यक्ति है। उनके आध्यात्मिक दृष्टिकोण में धर्म भारत के इतिहास में महत्त्वपूर्ण नियामक सिद्धांत रहा है। उनका मत था कि जिस प्रकार से हर देश का जैसे संगीत में प्रमुख स्वर होता है, वैसे ही देश में एक केंद्रीय विषय होता है, उसके ऊपर शेष अन्य वस्तुएँ टिकी रहती हैं, प्रत्येक राष्ट्र का एक निश्चित लक्ष्य होता है,

उसके सिवाय प्रत्येक वस्तु उसके लिए गौण है। भारत का विशिष्ट उद्देश्य धर्म है, सामाजिक सुधार तथा अन्य दूसरी वस्तुएँ गौण स्थान रखती हैं।

वास्तव में स्वामी विवेकानंद ने भारतीय समाज को यह विचार करने पर विवश कर दिया कि यदि भारत ने अपने मूल तत्त्व आध्यात्मिकता का परित्याग कर दिया तो उनका उन्मूलन तय है। उन्होंने भारतीय समाज को सचेत करते हुए कहा कि अगर तुम आध्यात्मिकता का परित्याग कर दोगे और पाश्चात्य की जड़वादपूर्ण संस्कृति के पीछे दौड़ोगे तो परिणाम यह होगा कि तीन पीढ़ियों में तुम एक मृत जाति बन जाओगे, क्योंकि इससे राष्ट्र की रीढ़ टूट जाएगी, राष्ट्र की वह नींव जिस पर इसका निर्माण हुआ है। इसका फल भारत की मूल संस्कृति का सर्वांगीण विनाश होगा।

स्वामी विवेकानंदजी का दृढ़ विश्वास था कि आध्यात्मिकता को आधार मानकर भारत के समग्र कल्याण का मार्ग प्रशस्त हो सकता है। उन्होंने अपने एक भाषण में कहा था कि "भारत में विदेशियों को आने दो, शस्त्रबल से जीतने दो, किंतु हम भारतीय अपनी आध्यात्मिकता से समस्त विश्व को जीत लेंगे। प्रेम नफरत पर जीत प्राप्त करेगा। हमारी आध्यात्मिक संस्कृति पश्चिम की उपभोगवादी संस्कृति से जीतकर रहेगी। उद्‌बुद्ध और सजीव राष्ट्रीय जीवन की शर्त ही यह है कि हम अपने भारतीय चिंतन दर्शन और आध्यात्मिकता के बल से विश्व पर विजय प्राप्त करेंगे।"

विवेकानंदजी के विचार दर्शन के क्षेत्र में दूसरा महत्त्वपूर्ण योगदान उनकी वास्तविक स्वतंत्रता की संकल्पना है। संपूर्ण सृष्टि में स्वतंत्रता की प्राप्ति के लिए प्रयास किए जा रहे हैं। स्वतंत्रता का चेतन आध्यात्मिक प्रगति का मूल मंत्र है। उनके स्वतंत्रता विषयक सिद्धांत अत्यंत व्यापक थे। उनका स्पष्ट मत था कि संपूर्ण जगत् अपनी अनवरत गति के माध्यम से मुख्यतः स्वतंत्रता ही तलाश कर रहा है। मानव का समग्र विकास स्वतंत्रता के आभामंडल में ही संभव है। स्वामीजी के शब्दों में—"आध्यात्मिक, मानसिक तथा शारीरिक आजादी की ओर अग्रेषित होना तथा अन्य को भी उस ओर अग्रेषित होने में मदद करना मनुष्य का सबसे बड़ा पुरस्कार है। जो सामाजिक नियम इस स्वतंत्रता के विकास में बाधा उत्पन्न करते हैं, वे नुकसानदायक हैं और उन्हें जल्दी नष्ट करने के लिए प्रयास करने चाहिए। उन सामाजिक, धार्मिक और राजनीतिक संस्थाओं व संगठनों को प्रोत्साहन दिया जाए, जिनके द्वारा मनुष्य स्वतंत्रता के मार्ग पर अग्रसर होता है।"

उनके द्वारा विश्व को सबसे बड़ी देन शक्ति सृजन और निर्भयता का संदेश है। वे अत्यंत उत्साही, शक्तिशाली, निर्भीक तथा विचारवान व्यक्ति थे। जब देश स्वतंत्र नहीं था और भारतीय जनमानस हीनता तथा भीरुता से पूर्णत: ग्रस्त था, उस वक्त स्वामीजी ने अनुभव किया कि "सुप्त तथा पददलित भारतीय जन को आत्मशक्ति के अभाव में न तो हम अपने व्यक्तिगत अस्तित्व को स्थिर रख सकते हैं और न ही अपनी स्वतंत्रता के अधिकारों का रक्षण कर सकते हैं।" उनके कथनानुसार, "शक्ति ही धर्म है, मेरे धर्म का सार शक्ति है, जो धर्म हृदय में शक्ति का संचार नहीं करता, वह मेरी दृष्टि में धर्म नहीं है, शक्ति धर्म से बड़ी वस्तु है और शक्ति से बढ़कर कुछ नहीं।" उनका चिंतन था कि हर भारतीय को ज्ञान, विज्ञान, चरित्र तथा नैतिकता की शक्तियों का सृजन करना चाहिए, किसी राष्ट्र का वास्तविक निर्माण शक्तियों से होता है, अत: भारतीयों को अपने पुरुषार्थ, मानव गरिमा तथा स्वाभिमान आदि श्रेष्ठ गुणों का विकास करना चाहिए और अपने अवगुणों से मुक्ति लेनी चाहिए।

स्वामीजी कहते हैं कि हमें सिर्फ शक्ति का सृजन ही नहीं करना, हमें अपने समाज को निर्भय भी बनाना है। भारतीय चिंतन में निर्भयता का सिद्धांत एकदम उचित माना गया है जैसे आत्मा का स्वभाव सिंह के समान है, अत: जीव को भी सिंह के समान निर्भय होकर अपना आचरण करना चाहिए। उन्होंने भारतीय समाज को संबोधित करते हुए कहा—"हे वीर, निर्भीक बनो, साहस धारण करो, इस बात पर गर्व करो कि तुम भारतीय हो और गर्व के साथ घोषणा करो, मैं भारतीय हूँ व प्रत्येक भारतीय मेरा भी है।" स्वामीजी के ये प्रेरणादायक शब्द भारतवासियों को जाग्रत् करने के लिए अत्यंत सामयिक और विशेष थे। गुलामी के काल में जब भारत की जनता त्रस्त और निराशा के भाव में डूबी हुई थी, तब स्वामीजी द्वारा शक्ति और निर्भीकता का संदेश देना उनकी प्रखर बुद्धि का ज्वलंत उदाहरण है।

स्वामी विवेकानंदजी प्राचीन भारतीय संस्कृति और महान् परंपरा के पक्षधर थे और मजबूती के साथ इन सबका प्रचार एवं प्रसार भी करते थे। लेकिन साथ ही वे समाज में प्रचलित रूढ़िवादी सिद्धांत व संकीर्णता से पूर्ण मानसिक भाव के विरुद्ध एक विध्वंसकारी योद्धा के समान संघर्ष करते थे। वे समाज में व्याप्त जातिभेद और वर्णभेद के परम आलोचक थे। उनकी दूरदृष्टि का चिंतन था कि आधुनिक भारत में वर्ण-व्यवस्था सामजिक अत्याचारों तथा सामाजिक असमानता को बढ़ावा देनेवाली है। इस वर्ग एवं जाति-व्यवस्था ने भारतीय समाज को खोखला कर दिया है। वे अधिकारवाद के विरोधी थे। भारतीय समाज में अस्पृश्यता कोढ़ का कार्य

करती रही है। उन्होंने इसका मजबूती के साथ विरोध किया है। उनका दृष्टिकोण है कि भगवान् की दृष्टि में सभी प्राणी एकसमान हैं, इसलिए किसी भी विशेष जाति या वर्ग को हीन भावना से देखना अत्यंत दुःख का विषय है। हमारे प्राचीन समाज व्यवहार में अस्पृश्यता थी नहीं। वे सबको समान अधिकार और उपभोग करने की स्वतंत्रता की वकालत करते हैं। इस व्यावहारिक व्यवस्था को समाज में लागू करने का प्रयास करते हैं।

स्वामी विवेकानंद भारतीय संस्कृति और विचारों के प्रति गहन आस्था रखते थे। उनका मानना था कि भारत के बुद्धिजीवियों को पश्चिम की उपभोगवादी संस्कृति की चमक-दमक में भारतीय संस्कृति को विस्मृत नहीं करना चाहिए।

हम सभी भारतीय हैं और भारतीयता हमारी मूल पहचान। हम सभी को अपनी एकता को बनाए रखने का मजबूत प्रयास करते रहना है। यदि भारतवासी ब्राह्मण, दलित, द्रविड़-आर्य आदि विवादों में ही रहेंगे तो भारत का संपूर्ण विकास संभव नहीं है।

हमारा देश कर्म प्रधान है। जब स्वामीजी संन्यास ग्रहण करने के पश्चात् भ्रमण पर निकले तो उन्होंने देखा कि भारत की अधिकांश जनता अत्यंत दरिद्रता का जीवनयापन कर रही है। स्वामीजी ने अनुभव किया कि इस व्यापक दरिद्रता और निर्धनता का मूल कारण लोगों का आलसी और भाग्यवादी होना है। इसलिए वे कर्म करने की प्रेरणा देते हैं और कर्म को ही प्रधान मानते हैं।

जिनकी महान् शिष्या भगिनी निवेदिता जैसी दिव्य स्त्री हो, तो उस महान् पुरुष का चिंतन मातृशक्ति के लिए सदैव कल्याणकारी होगा। उन्होंने महिलाओं के अधिकारों और वैचारिक स्वतंत्रता के लिए पुरजोर समर्थन किया। वे कहते थे कि वैदिककाल में भारतीय स्त्रियाँ पुरुषों के समक्ष समस्त अधिकारों का उपभोग करती थीं तथा उन्हें प्रत्येक प्रकार के ज्ञान प्राप्त करने की स्वतंत्रता थी। परंतु आज खेद का विषय है कि भारत की स्त्री को कुछ पुरुषवादी मानसिकता के लोग केवल उपभोग की वस्तु मात्र बनाकर रखना चाहते हैं। स्त्री आदि शक्ति दुर्गा के समान पूजनीय है और सम्माननीय है, वह मात्र उपभोग की वस्तु मात्र नहीं है। भारत में आज भी कुछ स्थानों पर महिलाओं की दशा अत्यंत दयनीय अवस्था में है। उनके वैचारिक और कार्य स्वतंत्रता पर प्रतिबंध है या समाज की लोक-लाज की बंदिशें, परंतु यदि हमने स्त्रियों की दशा को नहीं सुधारा तो राष्ट्र कल्याण की कल्पना करना पूर्णतः व्यर्थ है।

स्वामी विवेकानंदजी ने भारतीयों में एक नवीन उत्साह तथा चेतना का संचार

करके राष्ट्रीय जागरण में जो महत्त्वपूर्ण योगदान दिया है, वह सदैव अविस्मरणीय रहेगा। राष्ट्रकवि दिनकरजी ने स्वामीजी के लिए लिखा है कि उन्होंने हिंदू धर्म और भारतीय संस्कृति की जो सेवा की, उसका मूल्य कभी नहीं चुकाया जा सकता। सृष्टि के समक्ष भारतीय सभ्यता और परंपरा की श्रेष्ठता की सर्वोच्चता का श्रेय स्वामी विवेकानंद और उनके समान अन्य श्रेष्ठ विचारकों को जाता है।

□

3

श्री गोपाल कृष्ण गोखले

भारतीय स्वतंत्रता संग्राम में अग्रणी भूमिका निर्वहन करनेवाले गोपाल कृष्ण गोखले महान् स्वतंत्रता सेनानी होने के साथ ही एक मँजे हुए राजनीतिज्ञ भी थे। ऐसे महान् स्वतंत्रता सेनानी गोखले की देशभक्ति आध्यात्मिकतापूर्ण थी। महात्मा गांधी ने राजनीति के बारे में उनसे बहुत कुछ सीखा और इसीलिए वे राष्ट्रपिता के राजनीतिक गुरु कहलाए।

इतिहासकार एच.एन. कुमार का कहना है कि अधिकतर लोग गोखले को सिर्फ महात्मा गांधी के राजनीतिक गुरु के रूप में ही जानते हैं, लेकिन वे सिर्फ राष्ट्रपिता ही नहीं, बल्कि मोहम्मद अली जिन्ना के भी राजनीतिक गुरु थे। उनका मानना है कि यदि आजादी के समय गोखलेजी जीवित होते तो शायद जिन्ना देश के बँटवारे की बात रखने की हिम्मत ही नहीं जुटा पाते।

गोपाल कृष्ण गोखलेजी ने अपना जीवन एक शिक्षक के रूप में प्रारंभ किया, इस कारण गोखलेजी ने समय-समय पर भारत की शिक्षा प्रणाली के संबंध में अपने विचारों को राष्ट्र के समक्ष रखा है। गोखलेजी के चिंतन में शिक्षा, सामाजिक और आर्थिक विषयों की प्रधानता रही है।

वे हिंदुस्तान में ब्रिटिश शासन द्वारा शिक्षा के क्षेत्र में महत्त्वपूर्ण भूमिका का निर्वाह करना उचित मानते थे, क्योंकि उनका मानना था कि भारतीय शिक्षा के साथ-साथ हमें अंग्रेजी शिक्षा को जानना चाहिए। उनके अनुसार शिक्षा का प्रसार नैतिक तथा आर्थिक दोनों ही दृष्टियों से अनिवार्य होना चाहिए।

देश में शिक्षा के विस्तार को अत्यधिक महत्त्वपूर्ण राष्ट्रीय कर्तव्य मानते हुए गोखलेजी ने देश में शिक्षा, विशेष रूप से प्रारंभिक शिक्षा पर ध्यान केंद्रित करने का आह्वान किया, क्योंकि किसी भी देश की प्रारंभिक शिक्षा ही उस देश के भविष्य की नींव तैयार करती है। आज हमारे देश में प्रारंभिक शिक्षा के हालात अच्छे नहीं हैं।

हमें अपनी नींव को और अधिक मजबूत करने की आवश्यकता है। सरकारें प्रयास कर रही हैं, मगर जैसे गोखलेजी समाज की भागीदारी की बात करते थे, वैसे ही आज हमें इस विषय पर समाज की भागीदारी की नितांत आवश्यकता है।

उन्होंने तत्कालीन अंग्रेज सरकार का ध्यान इस ओर आकर्षित किया तथा उचित वित्तीय व्यवस्था द्वारा भारत में शिक्षा के विस्तार की माँग रखी। गोखलेजी भारत में संपूर्ण शिक्षा को निःशुल्क एवं अनिवार्य किए जाने के घोर पक्षधर थे। गोखलेजी ने अनिवार्य और मुफ्त शिक्षा का अपना फॉर्मूला साल 1910 में 'प्राथमिक शिक्षा बिल' के रूप में रखा। उस समय गोखले ने इसके पक्ष में ढेरों तर्क दिए, पर जब अंग्रेजों को इससे कोई फायदा ही नहीं हो रहा था तो अंग्रेज ऐसा क्यों करते? इसलिए उस वक्त तो यह बिल पास नहीं हो सका, पर एक शताब्दी बाद यही बिल देश की जनता के सामने शिक्षा के अधिकार के रूप में आया। माना जा सकता है कि गोखलेजी का वो कदम भारत में शिक्षा के अधिकार की नींव थी। वे कहते थे कि शिक्षा के विस्तार द्वारा व्यक्तियों के जीवन में नवीन चेतना का संचार होगा। लेकिन शिक्षा के विस्तार मात्र से भारत अपनी समस्याओं तथा कठिनाइयों का समाधान प्राप्त नहीं कर सकता। जीवन में संघर्ष, अपरिपक्वता, स्वार्थ तथा कष्टों का फिर भी सामना करना पड़ेगा। केवल शिक्षा से गरीबी का अंत भी संभव नहीं है। इन सब बातों से इतना जरूर होगा कि उचित शिक्षा द्वारा व्यक्तियों में जिस नवीन आत्मनिष्ठा का विकास होगा, उससे वे आर्थिक एवं राजनीतिक शोषण का प्रतिकार अवश्य कर सकेंगे। गोखलेजी का विचार निरर्थक सिद्ध नहीं हुआ। उनके द्वारा भारत में पाश्चात्य शिक्षा के प्रसार का समर्थन आगे चलकर भारतीयों को स्वशासन के कार्य में पाश्चात्य स्तर की दक्षता दिलाने में सहायक हुआ। अंग्रेजों ने भारत में पाश्चात्य शिक्षा पर अत्यधिक ध्यान दिया, जिसका लाभ भारत को अपनी राजनीतिक चेतना जाग्रत् करने के अर्थ में अवश्य प्राप्त हुआ। परंतु स्वतंत्रता के पश्चात् सन् 1950 में यही प्रणाली अपनाई गई। इस प्रकार गोखलेजी का हमारे शिक्षण संस्थानों और भारतीय राष्ट्रवादी आंदोलन पर व्यापक प्रभाव पड़ा था। मगर फिर भी वे सदैव मध्यम मार्ग के प्रति अपनी आस्था को प्रकट करते रहे। वे किसी भी विचार के प्रति कठोर नहीं थे, जो राष्ट्रहित में उचित था, वे उस बात का समर्थन करते थे।

गोपाल कृष्ण गोखले ने आधुनिक भारत में समाज सुधार आंदोलन में अपनी सक्रिय भूमिका के उत्तरदायित्व का पालन किया। वे देश की उस तत्कालीन

परिस्थिति में एक निर्भीक और सच्चे समाज सुधारक थे। वे समाज में व्याप्त रूढ़िवादिता के प्रबल विरोधी थे। हमारे देश में प्रचलित जाति और धर्म आधारित व्यवस्था को वे देश की सामाजिक प्रगति के मार्ग में बाधक मानते थे। गोखलेजी, डॉ. भीमराव और संत ज्योतिबा फुले की तरह दलित जातियों के उत्थान के वे प्रबल समर्थक थे। देश में व्याप्त सामाजिक बीमारी छुआछूत तथा भेदभाव का अंत करने के लिए गोखलेजी ने भारतीयों को सामाजिक संकीर्णता से बाहर निकलने का आह्वान किया और सामाजिक स्तर पर समाज सुधार के लिए आंदोलन का नेतृत्व किया। एक बार प्रसिद्ध इतिहासकार रामचंद्र गुहा ने कहा था कि गोखले को जिन पाँच कारणों की वजह से हमेशा याद किया जाएगा, वे हैं—'हिंदू-मुसलिम संबंध, दलितों के अधिकार, महिलाओं के अधिकारों का समर्थन, गुणवत्तापूर्ण शिक्षा की वकालत और आखिरी पर सबसे महत्त्वपूर्ण देशसेवा की सच्ची भावना।'

इतिहास के प्रोफेसर के.के. सिंह का कहना है कि गांधीजी को अहिंसा के जरिए स्वतंत्रता आंदोलन की प्रेरणा गोखलेजी से ही मिली थी। उन्हीं की प्रेरणा से गांधीजी ने दक्षिण अफ्रीका में रंगभेद के खिलाफ आंदोलन चलाया। उन्होंने कहा कि गांधीजी के आमंत्रण पर 1912 में गोखले खुद भी दक्षिण अफ्रीका गए और रंगभेद की निंदा की तथा इसके खिलाफ आंदोलन के प्रति अपना समर्थन व्यक्त किया। उनका मानना था कि जब तक देश में छुआछूत और जातिप्रथा की समस्या का निवारण नहीं कर लिया जाता तब तक देश में समान अधिकारों की माँग अर्थहीन है।

दक्षिण अफ्रीका में भारतीय जिन समान अधिकारों की माँग कर रहे थे, उन्हीं समान सामाजिक अधिकारों को, भारत के अग्रणी समाज के लोग, पिछड़ी एवं दलित जातियों को देने में अपना विरोध करते थे। वे उन्हें अछूत और समाज से विहीन मानते थे। समाज में व्याप्त इस दोहरी सामाजिक व्यवस्था से भारत का हित संभव नहीं हो सकता था, ऐसा गोपाल कृष्ण गोखलेजी का मानना था।

गोखलेजी भारतीय समाज की सामाजिक संकीर्णता की मानसिकता को त्यागकर व्यापक दृष्टिकोण से सामाजिक समस्याओं का हल ढूँढ़ रहे थे। गोखलेजी अपने को किसी धर्म और जाति विशेष में बाँधकर भारतीय कहलाना पसंद करते थे। उनका कहना था कि राष्ट्रीयता से बड़ा कोई धर्म नहीं है। राष्ट्र की सेवा और सुरक्षा ही हमारा परम कर्तव्य है।

वे धार्मिक सहिष्णुता को सामाजिक एकता का प्रमुख आधार मानते थे। वे धर्म के आधार पर होनेवाली सामाजिक कुरीतियों को समाप्त करने के लिए लगातार प्रयास कर रहे थे। उनका मानना था कि देश की आजादी के लिए हर भारतीय को सामाजिक और धार्मिक स्तर पर एक होना होगा। हिंदू और मुसलमानों के मध्य मधुर सामाजिक संबंधों की स्थापना उनका प्रमुख उद्देश्य था। मगर शायद ऐसा संभव नहीं हो पाया।

गोपाल कृष्ण गोखलेजी हिंदू लीग और मुसलिम लीग दोनों को ही राष्ट्र-विरोधी मानते थे। उनके विचारों का भारत-राष्ट्र न तो हिंदू था, न मुसलिम। वे धर्मनिरपेक्षता तथा सहिष्णुता के उपासक थे। वे पृथक् प्रतिनिधित्व के कट्टर विरोधी थे। भारत में विभिन्न सामाजिक और धार्मिक समुदायों के मध्य अविश्वास के लिए कोई स्थान नहीं था। वे मानवतावादी सिद्धांत के पक्षधर थे। उनके मन में किसी भी धार्मिक समुदाय अथवा राष्ट्रीयता के प्रति द्वेष नहीं था।

वे हिंदुस्तान में औद्योगिक विकास के लिए हमेशा प्रयास करते रहे, उनका मानना था कि अगर देश में उद्योगों का विकास होता है तो भारत आत्मनिर्भर बनेगा। रोजगारों का सृजन होगा, देश आर्थिक प्रगति करेगा। वे देश में निर्मित स्वदेशी वस्तुओं के प्रोत्साहन के समर्थक थे, परंतु गोखलेजी विदेशी वस्तुओं के बहिष्कार की नीति द्वारा स्वदेशी का विस्तार भारत के लिए हितकारी नहीं मानते थे। उनकी दृष्टि में भारत के लिए स्वदेशी की नीति अपनाने के साथ पूँजी, आर्थिक उद्यम की तकनीकी तथा उद्योगों संबंधी ज्ञान को प्राप्त करना भी आवश्यक था। उनका मानना था कि भारतीय उद्योगों की स्थिति इतनी मजबूत नहीं थी कि स्वदेशी वस्तुओं तथा औद्योगिक जानकारी का परित्याग कर हम अपना स्वतंत्र आर्थिक अस्तित्व प्राप्त कर सकें। वे अपने विचारों और कार्यों में वास्तविक और वैज्ञानिकता को आधार मानते थे। वे अपने विचारों पर व्यावहारिक और वैज्ञानिक सर्वेक्षण करने के लिए आगे प्रेषित करते थे। उनके मतानुसार उचित मानसिक दृष्टिकोण का विकास करके ही हम विदेशी आयात पर नियंत्रण स्थापित कर सकते हैं। उपयोगी वस्तुओं का भारत में उत्पादन न होने तक विदेशी माल का बहिष्कार केवल नारों तक ही सीमित रहनेवाला है, यह बात वे हमेशा अपने समकालीन नेताओं को कहते थे। उनका मानना था कि हमें आगे आकर पहले भारत में उद्यम की छोटी और बड़ी इकाइयों को खड़ा करना चहिए। हमें लघु और कुटीर उद्योग को भी भारत में विकसित करने की आवश्यकता है।

गोखलेजी का समाज को देखने का दृष्टिकोण यथार्थवादी था। उनका दृष्टिकोण आज भी प्रासंगिक है, क्योंकि, जबकि आज भारत में अत्यधिक औद्योगिक विकास हो चुका है, मगर फिर भी भारतीयों में विदेशी वस्तुओं के प्रति आकर्षण कम नहीं हुआ है, इसलिए हमें अपनी मानसिक स्थिति का देशीकरण करने की नितांत आवश्यकता है और देश को आत्मनिर्भर बनाने की भी।

उनका सिद्धांत उदारवादी था, मगर फिर भी वे उन्मुक्त व्यापार तथा कम-से-कम हस्तक्षेप की नीति के पक्षपाती नहीं थे। वे समझते थे और मानते थे कि उन्मुक्त व्यापार की नीति से आर्थिक दृष्टि से पिछड़े हुए देशों के व्यापार नष्ट होने की संभावनाएँ बढ़ जाएँगी और वे आर्थिक दृष्टि से पिछड़ जाएँगे।

वे ब्रिटिश सत्ता की भारत के प्रति दुर्भावनापूर्ण आर्थिक नीति के गंभीर आलोचक थे। ब्रिटिशों ने जिस प्रकार से भारत के कुटीर व लघु उद्योगों पर कुठाराघात किया था, उसी वजह से हमारा देश विदेशों से तैयार माल देश में आयात करने के लिए मजबूर हुआ। गोखलेजी इस बात को भलीभाँति जानते थे कि ब्रिटिशों ने भारत को कृषि प्रधान देश बनाकर तैयार माल आयात करनेवाली मंडी बना दिया है। अत: उन्होंने भारत में उचित आर्थिक संरक्षण की व्यवस्था नीति को ग्रहण करने की आवश्यकता पर जोर देते हुए तत्कालीन सरकार का ध्यान इस ओर आकर्षित किया था। किंतु वे पूर्ण संरक्षण के पक्ष में नहीं थे। गोखलेजी का उद्देश्य था कि भारतीय उद्योगों को उचित संरक्षण तो प्रदान किया जाए, किंतु यह कार्य प्रशासन की उन्मुक्त व्यापार नीति के अनुरूप हो। उनका मत था कि अगर ऐसा हुआ तो भारत भी अपनी औद्योगिक क्षमता का स्वतंत्रतापूर्वक विकास कर पाएगा। वे अनियंत्रित व्यापार तथा अनुचित संरक्षण के विरोधी थे।

चूँकि गोपाल कृष्ण गोखले विद्वान् और शिक्षक थे। साथ-ही-साथ वे गणित के उत्तम प्रोफेसर भी थे। उनका रुझान देश की अर्थव्यवस्था की ओर भी रहा, इसलिए उन्होंने देश की अर्थव्यवस्था को सुधारने और इसके विकास के लिए कुछ क्षेत्रों के लिए अपने कुछ सुझाव दिए थे, जो निम्नानुसार हैं—

- इंडियन फाइनेंस,
- डीसेंट्रलाइजेशन ऑफ पावर,
- लैंड रेवेन्यू,
- पब्लिक एक्सपांडीचर,

- एजूकेशन,
- ट्रेड।

गोपाल कृष्ण गोखलेजी राष्ट्रीय सामर्थ्य, स्वावलंबन और आत्मनिर्भरता के विकास के साथ–साथ राजकीय संरक्षण में भारत के नए उद्योगों को इतना विकसित देखना चाहते थे कि वे अन्य देशों से प्रतिस्पर्धा कर सकें।

□

4

लोकमान्य बाल गंगाधर तिलक

आधुनिक भारत में राष्ट्रवाद के नेताओं में लोकमान्य तिलक का नाम अग्रणी है। वे आधुनिक भारत के सामाजिक और राजनीतिक आंदोलनों के भीष्म पितामह कहे जाते हैं। उनका भारत के हित में सामाजिक एवं राजनीतिक चिंतन अतुलनीय है। तिलकजी प्रकांड विद्वान्, मौलिक विचारक, आधुनिक चिंतक, ओजस्वी पत्रकार, क्रांतिकारी विचारक, राजनीतिक नेतृत्व के धनी, कुशल सामाजिक संगठनकर्ता, उग्र पुनरुत्थानवादी, शिक्षाविद्, अदम्य साहस के जीवंत उदाहरण थे। भारतीय राजनीतिक चिंतन तथा राष्ट्रवाद के इतिहास में वे अमर हैं। लोकमान्य तिलक के जीवन दर्शन में राजनीतिक नेतृत्व तथा पांडित्य, यथार्थवाद तथा बौद्धिक आदर्शवाद के साथ-साथ पौवार्त्य एवं पश्चिम के चिंतन का समन्वय भी था।

लोकमान्यजी के ऐतिहासिक दर्शन पर पृथक् रूप से चिंतन न करते हुए भी उनका संपूर्ण राजनीतिक एवं सामाजिक चिंतन उनके इतिहास दर्शन पर ही आधारित है। इस संदर्भ में उनकी रचना 'आकर्टिक होम इन वेदाज', 'ओरायन' एवं 'गीता रहस्य' स्पष्ट है। यथार्थत: लोकमान्यजी एक नैतिक, धर्मपरायण, आध्यात्मिक, अद्वैतवादी, वेदांत दर्शन में आस्था रखनेवाले विचारक थे। ईश्वर के जिस स्वरूप का ऋग्वेद के नाषदीय सूत्र में उल्लेख है तथा जिसका विवेचन वेदांत दर्शन, उपनिषदों, ब्रह्मसूत्रों तथा भगवद्गीता में है, तिलकजी उसी को स्वीकार करते हैं। तिलकजी की मान्यता है कि मानव अपने वैयक्तिक चेतना के चरम विकास हेतु परम चेतना को ही भगवान् के रूप में मूर्तस्वरूप देने का प्रयास करता है। जिन व्यक्तियों की चेतना अल्प स्वरूप में ही विकसित होती है, उन्हें धार्मिक प्रतीकों की जरूरत होती है, जिसके माध्यम से वे अपनी वैयक्तिक चेतना का धीरे-धीरे विकास कर सकें। इन धार्मिक प्रतीकों की उपयोगिता को उपनिषदों में, बद्रीनारायण शाह तथा आचार्य शंकर ने भी स्वीकार्य किया है। इसी कारण लोकमान्य तिलकजी ने

'धर्म' शब्द की व्याख्या करते हुए कहा है कि धर्म भारत की राष्ट्रीयता का अभिन्न तत्त्व है। धर्म के शाब्दिक अर्थ की विवेचना यह है कि धर्म एकात्मता का बंधन है और 'धृञ' धातु से बना है। 'धृञ' का शाब्दिक अर्थ है धारण करना या परस्पर संबंधों को बाँधकर रखना और किसको बाँधकर रखना? आत्मा को परमात्मा से और मानव को मानव और प्रकृति से, धर्म से उनका अभिप्राय परमपिता परमात्मा और सृष्टि के प्रति हमारे कर्तव्यों से है।

इसीलिए ऐसा लगता है कि लोकमान्य तिलक ने 'ईश्वर अंशजीवी अविनाशी' की अवधारणा को अपने ऐतिहासिक दर्शन का मूलस्तंभ बनाया। अलग अर्थ से इसको समझें तो, जब कोई जीव अंश के रूप में अपने पूर्णतत्त्व से पृथक् होकर निम्न स्तर पर आ जाता है तो स्वाभाविक रूप से वह प्रयास करता है कि उत्तरोत्तर विकास करते हुए पुनः अपने पूर्णतत्त्व को प्राप्त कर ले। इसी तरह से आत्मा (चेतना) जब परमात्मा (परम चेतना) से अलग हो गई तो अपने ऊर्ध्वगामी विकास के माध्यम से पुनः परमात्मा का अंश बनाने और उसमें स्वयं के अस्तित्व को विलीन करने के लिए निरंतर प्रयासरत रहती है और उसका अंतिम लक्ष्य मोक्ष है। इसी आध्यात्मिक और भारतीय चिंतन के दर्शन की पृष्ठभूमि में लोकमान्य तिलकजी का सामाजिक और राजनीतिक चिंतन विचारणीय है। वे इसी चिंतन के आधार पर भारत की स्वतंत्रता और विकास की अवधारणा को देश में स्थापित करना चाहते थे।

अगर हम लोकमान्य तिलक के जीवन दर्शन का अध्ययन करते हैं तो हमें स्पष्ट होता है कि वे अपने समय की भीषण परतंत्रता की जंजीरों में बँधे हुए भी सुदृढ़, साहसिक, धैर्यवान एवं सकारात्मक ऊर्जा से परिभूत एक राजनीतिक और सामाजिक चिंतक, विद्वान् तथा शोधपरक लेखक, धर्मविद्, प्राचीन भारतीय उच्चता, व्यावहारिक ज्ञान के धनी, आत्मिक गौरव और गरिमा के प्रति आस्थावान, संघर्षरत व्यक्तित्व के स्वामी ही नहीं थे, अपितु राजनीतिक और सामाजिक नेतृत्व की वे अपने वांछित कार्यक्रमों की पूर्णता हेतु संगठन निर्माण कर उसका सफलता-पूर्वक परिचालन भी करते रहे हैं। यही कारण है कि वे अपने सफलतम जीवन में कुछ अपवादों के अतिरिक्त कभी असफल नहीं हुए। उनके व्यक्तित्व की सर्वोपरि विशेषता यह थी कि वे सभी के हितैषी, सहायक और परोपकारी होने के साथ-साथ विरोधियों के प्रति भी उदार थे।

लाला लाजपत राय की तरह बाल गंगाधर तिलक का भी मानना था कि

ब्रिटिश शासन से छुटकारा पाने के लिए उग्रवादी तरीके आवश्यक थे। तिलकजी का सिद्धांत सैन्यवाद था, न कि मैंडिसेंस। बाल गंगाधर तिलक नारा देनेवाले पहले भारतीय नेता थे, 'स्वतंत्रता मेरा जन्मसिद्ध अधिकार है और मैं इसे हासिल करके रहूँगा'। उनकी साम्राज्यवाद-विरोधी गतिविधियों के लिए उन्हें कई बार जेल भेजा गया।

सन् 1908 में उन्हें ब्रिटिश शासन के खिलाफ उनकी गतिविधियों के लिए 6 साल का सश्रम कारावास दिया गया और उन्हें मंडल की जेल में भेज दिया गया। अपने कारावास के दौरान उन्होंने श्रीमद्भगवद्गीता के रहस्य पर अपनी प्रसिद्ध टिप्पणी लिखी। तिलकजी वास्तव में भारतीय इतिहास एवं संस्कृति के प्रखर विद्वान् थे और उन्होंने वेदों के आर्कटिक होम पर एक पुस्तक भी लिखी थी। तिलकजी ने लॉर्ड कर्जन के वायसराय के अधीन बंगाल विभाजन (1905) का विरोध किया। आजीवन लोकमान्य तिलक राष्ट्रीयता के लिए प्रयत्नशील रहे।

तिलक ने अपनी पुस्तकों 'ओरायन' और 'आर्कटिक होम' द्वारा वेदों में यूरोप और अमेरिका में बहुत लोकप्रियता हासिल की। एक महान् जर्मन विद्वान् और इंडोलॉजिस्ट मैक्समूलर तिलक की प्रख्यात विद्वत्ता से बहुत प्रभावित थे। जब पूना में प्लेग फैल गया, तो तिलकजी ने खुद को पीड़ितों की सेवा के लिए पूरे दिल से समर्पित कर दिया। तिलकजी को भारत में 'राजनीतिक अशांति का जनक' कहा जाता था, लेकिन उन्होंने इसके लिए जिम्मेदार अंग्रेजों की दमनकारी नीति को अपनाया।

सन् 1908 में उनको राजद्रोह के आरोप में मुकदमे का सामना करना पड़ा। उन्होंने अपने बचाव में जो ऐतिहासिक भाषण दिया, वह चार दिनों और 24 घंटों तक चला। 1916 में ऐनी बेसेंट के साथ मिलकर उन्होंने होमरूल लीग मूवमेंट का शुभारंभ किया, लेकिन ब्रिटिश सरकार से अनुकूल आश्वासन मिलने पर इसे वापस ले लिया। तिलकजी उन नेताओं में से एक थे, जिन्होंने कांग्रेस को भारत की आजादी के लिए लड़ने के लिए एक प्रभावी संगठन बनने में मदद की। तत्कालीन काल में स्वतंत्रता के पूर्व से ही भारतीय राष्ट्रीय कांग्रेस में उदारवादियों का वर्चस्व रहा। उदारवादी नेता अपने पवित्र मंतव्यों के पश्चात् भी, आग्रह की अपनी पद्धतियों से ब्रिटिश सरकार को भारत में वांछित सुधारों के प्रति प्रेरित नहीं कर सके। उदारवादी रीति-नीति की असफलता की सहज प्रतिक्रिया में देश के विभिन्न हिस्सों में राष्ट्रवादी आंदोलन की धारा उठने लगी। पंजाब में लाला लाजपत राय, बंगाल में बिपिन चंद्र पाल और महाराष्ट्र में लोकमान्य बाल गंगाधर तिलक ने ही राष्ट्रवादी चेतना का

शंखनाद किया। कांग्रेस के मंच पर इन नेताओं के सामूहिक प्रयत्नों से राष्ट्रवादी आंदोलन को अखिल भारतीय स्वरूप प्राप्त हुआ। कांग्रेस में राष्ट्रवादियों की यह त्रिमूर्ति 'लाल-बाल-पाल' नाम से सुविख्यात हुई। इस त्रिमूर्ति में तिलक वरिष्ठतम तो थे ही, इन सब में प्रमुख भी थे। उनके विषय में महर्षि अरविंद ने लिखा था, "वे भारत के दो या तीन ऐसे प्रमुखतम व्यक्तियों में से एक थे, जिनकी संपूर्ण देश ने आराधना की और अनुसरण किया।" तिलक ने राष्ट्रीय आंदोलन में एक नई चेतना का संचार किया और राजनीतिक चेतना को बुद्धिजीवियों के 'वाणी विलास' की अपेक्षा जनमानस के स्वाभिमान एवं राष्ट्रगौरव की अनुभूति का पर्याय बना दिया। यद्यपि लोकमान्य तिलक को अपने दृष्टिकोण और पद्धतियों के कारण कांग्रेस में उदारवादियों के कड़े प्रतिरोध का निरंतर सामना करना पड़ा तथापि उनके विरोधी भी उनकी उत्कृष्ट देशभक्ति, मातृभूमि की सेवा की उत्कृष्ट लालसा तथा देश की सेवा के लिए बलिदान और त्याग करने की तत्परता आदि गुणों के प्रशंसक थे।

लोकमान्य तिलक भारत के संभवत: प्रथम ऐसे नेता थे, जिन्हें राजनीतिक आंदोलन के लिए कारावास भेजा गया। उनका संपूर्ण जीवन, त्याग, तपस्या और बलिदान की ओजपूर्ण गाथा रही है।

महाराष्ट्र में मनाए जानेवाले प्रसिद्ध गणपति उत्सव की शुरुआत में बाल गंगाधर तिलक ने अहम भूमिका निभाई। यहाँ से उन्होंने जाति और संप्रदायों में बँटे समाज को एक बनाने और अंग्रेजों के खिलाफ आवाज उठाने के लिए एक बड़ा जनआंदोलन उस समय आरंभ किया, जो आज संपूर्ण भारतवर्ष में एकात्मता का परिचय देते हुए मनाया जाता है। यह देश का उस समय के आम समाज को धर्म के मार्ग से जोड़कर राष्ट्रहित में समर्पित प्रथम आंदोलन था।

लोकमान्य तिलकजी के राजनीतिक चिंतन को हमें समझना चाहिए कि वे किस प्रकार से देश स्वतंत्रता और संवर्धन के लिए अपने उत्तरदायित्वों का पालन करते थे। उनके चिंतन की साधना हमें उनके विचार दर्शन में दिखती है। तिलकजी ने राज्य से संबंधित सैद्धांतिक पक्षों का विस्तृत व व्यवस्थित विवेचन नहीं किया, किंतु उन्होंने राजनीतिक प्रश्नों पर मौलिक दृष्टिकोण का प्रतिपादन किया। स्वतंत्र स्वराज्य के प्रयोजनों, राज्य, व्यक्ति व समाज के संबंधों आदि पर तिलक ने जो विचार व्यक्त किए, वे उनके दृष्टिकोण और वैचारिक स्पष्टता को उजागर करते हैं—

(क) व्यक्ति की स्वतंत्रता की आध्यात्मिक धारणा

लोकमान्य तिलक व्यक्ति के व्यक्तित्व पर बाध्यकारी नियंत्रण को अनैतिक मानते थे। स्वतंत्रता की उनकी धारणा उनकी आध्यात्मिक आस्था से ही निर्धारित हुई थी। भारतीय अद्वैतवाद में गहरी आस्था होने के कारण तिलकजी सभी मनुष्यों को निरपवाद परमात्मा का अंश स्वीकार करते थे। इस प्रकार उनके लिए व्यक्ति की स्वतंत्रता का निषेध ईश्वर की सत्ता के निषेध के समान की आपत्तिजनक और अपवित्र था। तिलकजी के लिए स्वतंत्रता व्यक्ति की बाहरी नियंत्रणों से मुक्ति का नकारात्मक परिणाम नहीं, अपितु व्यक्ति की ऐसी सामर्थ्य के रूप में समझी जा सकती थी। जिसके द्वारा वे अपने ईश्वरीय अंश को व्यक्तिगत व सामाजिक जीवन में प्रतिबिंबित कर सकें। इस प्रकार राजनीतिक स्वतंत्रता तिलक के लिए स्वयं में साध्य नहीं थी, अपितु वह व्यक्ति की आध्यात्मिक स्वतंत्रता की पूर्व शर्त थी तथा अनिवार्य रूप से उसकी पूरक थी।

व्यक्ति की स्वतंत्रता के प्रति तिलक का नैतिक आग्रह राष्ट्रों की स्वतंत्रता के प्रति उनके दृष्टिकोण में भी पूर्णत: परिलक्षित हुआ। राष्ट्रों की स्वतंत्रता और आत्मनिर्णय के अधिकार के प्रति तिलक का आग्रह भारतीय दर्शन और पश्चिमी उदारवादी आग्रहों के विलक्षण समन्वय का उदाहरण था।

उन्होंने राष्ट्र की जॉन स्टुअर्ट मिल द्वारा दी गई परिभाषा को स्वीकार किया। उन्होंने 1919 में विल्सन द्वारा घोषित राष्ट्रीय आत्मनिर्णय के सिद्धांत का समर्थन किया। उन्होंने इसी सिद्धांत को भारत के संबंध में क्रियान्वित किए जाने का आग्रह किया।

(ख) स्वराज्य की धारणा

लोकमान्य तिलक की स्वराज्य की धारणा मौलिक और सकारात्मक थी। वे विदेशी आधिपत्य से मुक्ति को स्वराज्य का पहला सोपान स्वीकार करते थे, किंतु केवल विदेशी आधिपत्य से मुक्ति उनके स्वराज्य का मर्म नहीं था। उनके मत में विदेशी शासन राज्य की अनुभूति के मार्ग में सबसे बड़ी बाधा थी। उनके अनुसार व्यक्ति के लिए स्वराज्य का अर्थ था व्यक्ति को स्वधर्म पालन की स्वतंत्रता, वहीं एक राजनीतिक प्रणाली के रूप में स्वराज्य का अर्थ था—धर्म राज्य की स्थापना। स्वराज्य से उनका आशय एक ऐसी प्रशासन प्रणाली से था, जो पूरी तरह जनता के हितों के प्रति समर्पित हो, जिसमें राजकीय शक्ति जनता के स्वाभिमान के अपहरण का माध्यम न बने अपितु उसका उपयोग इस रीति-नीति से किया जाए कि जनता

समझ सके कि वह शासित नहीं है, अपितु शासन उसकी सहमति और अनुमति से चलाया जा रहा है।

लोकमान्य तिलक के स्वराज्य की धारणा में सामाजिक, राजनीतिक व आर्थिक समस्त प्रश्नों के निर्धारण में जनता की सक्रिय व सार्थक भागीदारी आवश्यक थी। तिलकजी का स्पष्ट दृष्टिकोण था कि ऐसा शासन, जो शासक की निरंकुश शक्तियों पर नियंत्रण की व्यवस्था न रखता हो, जनहित के प्रति संवेदनहीन हो तथा केवल शासक के स्वार्थों की पूर्ति के लिए चलाया जा रहा हो, स्वराज्य की धारणा के अनुकूल नहीं माना जा सकता, भले ही वह शासन सदस्यों द्वारा ही चलाया जा रहा हो। इसीलिए उन्होंने भारत की देशी रियासतों में विदेशी राजाओं द्वारा चलाए जा रहे शासन को स्वराज्य का उदाहरण नहीं माना था। उनका स्वराज्य किसी विदेशी शासक के हाथों में शक्तियों के अमर्यादित केंद्रीयकरण को नहीं, अपितु शासन के पूर्णत: जनहित के प्रति समर्पण और शासन के कार्यों पर जनता के निर्णायक नियंत्रण के भाव को समाहित करता है।

उनके स्वराज्य का मर्म राज्य की शक्ति पर जाग्रत् लोकशक्ति के प्रभावी नियंत्रण में निहित था। तिलकजी की यह दृढ़ मान्यता थी कि जब तक अपना भाग्य स्वयं ही निर्धारित करने की शक्ति भारतीय जनता के हाथों से नहीं आती, तब तक सरकार की सद्इच्छा पर निर्भर रहते हुए क्रमिक आर्थिक सुधारों का राष्ट्र के निर्माण की दृष्टि से भी कोई लाभ नहीं होगा, क्योंकि इन सुधारों से जनता में आत्मविश्वास उत्पन्न नहीं होगा। हमें जनता में स्वाभिमान और आत्मसम्मान को भी जाग्रत् करना होगा, तभी देश का पूर्ण सामाजिक, आर्थिक और राजनीतिक विकास हो सकेगा।

□

5

महात्मा गांधी

राष्ट्रपिता महात्मा गांधी भारतीय स्वाधीनता और स्वतंत्रता आंदोलन के पितामह थे। महात्मा गांधीजी को आधुनिक भारत का सामाजिक संत-संन्यासी, समाजशास्त्री, शिक्षाविद्, अर्थशास्त्री, दार्शनिक, समाज सुधारक, वैद्य, राजनीतिज्ञ, लेखक, पत्रकार, साहित्यकार, कानूनविद्, सौंदर्यशास्त्री कहा जाए तो उसमें कोई अतिशयोक्ति नहीं होगी। महात्मा गांधीजी सर्वांग हैं। जब हम संपूर्ण महात्मा गांधी वाङ्मय में गांधीजी के विचारों में ध्यान लगाते हैं, तो हमें ऐसा लगता है कि उनके जीवन का लक्ष्य भारत की स्वंत्रता के साथ मानवता की वैश्विक मुक्ति से था। उनके आदर्श हृदय में एकमेव यही लक्ष्य था कि भारतवर्ष, एशिया महाद्वीप और अफ्रीका महाद्वीप ही नहीं, बल्कि संपूर्ण विश्व की मुक्ति का नेतृत्व भारत करे। इस नेतृत्व में उपयोगितावादियों की तरह बहुतों की नहीं सबके कल्याण की भावना निहित थी। सही रूप में देखा जाए तो गांधीवादी पद्धति का निरूपण दक्षिण अफ्रीका में सन् 1906 के बाद हुआ था और राष्ट्रपिता महात्मा गांधीजी के द्वारा समाज को 'सर्वोदय' विचार-दर्शन के रूप में एक महत्त्वपूर्ण दर्शन प्राप्त हुआ।

'सर्वोदय' शब्द महात्मा गांधी द्वारा प्रतिपादित एक ऐसा विचार दर्शन है, जिसमें 'सर्वभूत हितेश्ता:' की भारतीय दर्शन की कल्पना, महान् दार्शनिक सुकरात की 'सत्य साधना' और विचारक रस्किन की 'अंत्योदय विचार दर्शन की अवधारणा' सबकुछ समाहित है। महात्मा गांधीजी ने कहा था, "मैं अपने पीछे कोई पंथ या संप्रदाय नहीं छोड़ना चाहता हूँ।" यही कारण है कि 'सर्वोदय' आज एक समर्थ-समग्र-संपूर्ण जीवन का पर्याय बन चुका है।

'सर्वोदय' एक सामासिक शब्द है, जो 'सर्व' + 'उदय' के योग से प्रतिपादित है, 'सर्वोदय' एक ऐसा अर्थपूर्ण शब्द है, जिसका जितना अधिक चिंतन-मनन और प्रयोग हम लोग करेंगे, उतना ही अधिक अर्थ उसमें पाते जाएँगे। 'सर्वोदय' शब्द

के दो प्रमुख शब्दार्थ हैं—प्रथम सर्वोदय अर्थात् 'सबका उदय', दूसरा 'सब प्रकार से उदय' अथवा सर्वांगीण विकास—इसका अर्थ अलग-अलग दृष्टिकोण से भिन्न-भिन्न हो सकता है, जैसे भौतिकतावादी विचार सदैव अपनी बढ़ी हुई आवश्यकता की पूर्ति में लगा रहता है और अध्यात्मवादी ब्रह्म-प्राप्ति या मोक्ष-प्राप्ति में रमा रहता है। 'सबका उदय' सर्वोदय का एकमेव लक्ष्य है, 'सब प्रकार से उदय' इसकी विशेषता है और 'सबके द्वारा उदय' इसका साध्य है। जब सब प्रकार से उदय की बात की जाती है, तो वह धर्म की वैचारिक दृष्टि से की जाती है, जिसमें लौकिक और पारलौकिक उत्थान, शास्त्रीय भाषा में 'अभ्युदय' और 'निःश्रेयस सिद्धि' दोनों का समावेश है। अंत: सर्वोदय में लौकिक और पारलौकिक दोनों प्रकार के लक्ष्यों की सिद्धि का आदर्श व्याप्त है। सर्वोदय में सबका साथ, सबके विकास की साथ-साथ परिकल्पना की गई है। जीवन का मूल अर्थ उन्नति, विकास या अभ्युदय है। सबका संपूर्ण विकास हो, यही सर्वोदय है और यही दीनदयालजी की अंत्योदय की अवधारणा है। सर्वोदय मानवजाति का साध्य एवं साधन है।

सर्वोदय का दर्शन धर्मग्रंथों के उद्गारों में भी देखने एवं समझने को मिलता है। वेद और वेदांग सृष्टि के सभी प्राणियों के उदय की बात करते हैं। 'सर्वे भवंतु सुखिनः, सर्वे संतु निरामयाः, सर्वे भद्राणि पश्यंतु, मा कश्चित दुःख भागभवेत' वेदों के मंत्रों में भी सबके कल्याण का ही भाव है। 'ईशावास्योपनिषद्' के प्रथम श्लोक 'ईशावास्यमिदम सर्वं यत किंचित जगत्यांजगत। तेन त्यक्तेन भुंजीथाः मा ग्रीधः कश्यश्चिदधनम' तथा गीता के 'आत्मवत सर्वभूतेषु' और 'सर्वभूत हितो रताः' में सर्वब्रह्म जगत्‌रूपी संपूर्ण विश्व के कल्याण का भाव जाग्रत् रहता है। वास्तव में सर्वप्रथम सर्वोदय का प्रयोग जैन मुनि आचार्य संत समंत भद्र ने 'सर्वोदय तीर्थ' के रूप में उपयोग किया था। हकीकत में सर्वोदय का विचार नवीन नहीं, लेकिन इस आधुनिक काल में 'सर्वोदय' शब्द का व्यापक प्रयोग एवं सर्वोदय का कार्य गांधीजी द्वारा आरंभ किया गया था। महात्मा गांधीजी ने सर्वोदय को 3 वाक्यों में सूत्रबद्ध करने का प्रयास किया है—

1. सब जन की भलाई में ही अपनी भलाई निहित है।
2. नाई और अधिवक्ता के कार्य का समान मूल्य है। क्योंकि प्रत्येक व्यक्ति को व्यवसाय द्वारा आजीविका चलाने का समान अधिकार है।
3. कृषक, मजदूर और कारीगर का जीवन ही सच्चा जीवन है।

महात्मा गांधीजी इन सिद्धांतों पर अमल करते हुए कार्य करते रहे। गांधीजी

का कहना है कि मैं 'अंटू दिस लास्ट' वाक्यांश के निहितार्थ का समर्थक हूँ। 'अंटू दिस लास्ट' पुस्तक ने मेरे जीवन की दिशा और दशा ही बदल दी। हमें जगत् से जो कुछ चाहिए, वह पहले हम स्वयं जगत् के अंतिम व्यक्ति को उपलब्ध कराएँ। सभी व्यक्तियों को समान अवसर मिलना चाहिए। अवसर मिले तो प्रत्येक व्यक्ति के आध्यात्मिक विकास की एक जैसी संभावना है। जबकि आज के संदर्भ में देखें तो कुछ ही ताकतवर लोग सारे वर्चस्व के एकाधिकारी हैं। सर्वोदय का दर्शन समग्र जीवन के लिए निरपेक्ष और सार्वभौम होता है।

विचारक रस्किन की पुस्तक 'अंटू दिस लास्ट' सन् 1904 में पोलक ने जोहांसबर्ग से डरबन की रेल यात्रा में गांधीजी को जाने से पहले पढ़ने को दी थी। अपनी आत्मकथा में गांधीजी ने लिखा है कि इस पुस्तक को लेने के बाद मैं इसे छोड़ ही नहीं सका। इसने मुझे फाँस लिया। रेलगाड़ी शाम को डरबन पहुँची। पूरी रात्रि मुझे नींद नहीं आई। इसी क्रम में आगे वे इस पुस्तक के बारे में बताते हैं कि पहली बात मैं जानता था, दूसरी बात धुँधले रूप में मेरे सामने थी, पर तीसरी बात का तो मैंने विचार ही नहीं किया था। 'अंटू दिस लास्ट' पुस्तक ने सूर्य के प्रकाश की तरह गांधीजी के समक्ष यह बात स्पष्ट कर दी कि पहली बात में ही दूसरी और तीसरी बातें भी समाई हुई हैं। गांधीजी ने सन् 1908 में इस किताब का गुजराती में अनुवाद कर 'सर्वोदय' नामक किताब लिखी। महात्मा गांधीजी ने लिखा है, "सर्वोदय पुस्तक का मूल उद्देश्य तो सबका उदय यानी उत्कर्ष करने का है, अत: मैंने इसका नाम 'सर्वोदय' रखा है।"

स्वतंत्रता से पूर्व 'स्वराज' शब्द की जो महत्ता थी, वही महत्ता आज 'सर्वोदय' शब्द की है। आज सर्वोदय दर्शन का संपूर्ण शास्त्र विकसित हो रहा है, शास्त्र के निहित आनेवाले विचार राजनीति, शिक्षानीति, धर्मदर्शन, अर्थनीति इत्यादि 'सर्वोदय समाज' नामक आस्था रखनेवालों का एक आध्यात्मिक बंधुत्व भी बना है और 'सर्व सेवा संघ' नामक सामाजिक संस्था भी है।

समाजवादी विचारक डॉ. राममनोहर लोहिया ने गांधीवादी विचारों को बहुत ही नजदीक से जाना और समझा था। डॉ. राममनोहर लोहिया का मानना था कि सन् 1916 से चला गांधी का 'सर्वोदय' सन् 1948 (गांधीजी के अवसान के बाद) में तीन विभागों में विभाजित हो चुका है। ये तीन विभाग हैं—1. सरकारी गांधीवादी, 2. मठी गांधीवादी और 3. कुजात गांधीवादी।

महात्मा गांधीजी ने सन् 1936 में यह आह्वान किया था कि "गांधीवाद नाम

की कोई चीज है ही नहीं।" गांधीजी मूल अंतर्मन से एक प्रयोगकर्ता थे, इसलिए उन्होंने अपनी आत्मकथा को 'सत्य के प्रयोग' कहा है। "सत्य एवं अहिंसा का समन्वय ही उनके जीवन का पूर्ण लक्ष्य था, अत: उन्होंने किसी नवीन विचार या सिद्धांत का आविष्कार नहीं किया।" अपितु भारत के पुरातन विचार सुमंगलम को आधार माना। सर्वोदय सिर्फ 'वाद' नहीं है, 'वाद' का अर्थ होता है कोई ऐसा महत्त्वपूर्ण शास्त्र, जिससे जीवन संबंधी सभी समस्याओं का हल निकालने का प्रयास किया जा सके। गांधीवाद या सर्वोदयवाद कोई वस्तु नहीं है। लेकिन जीवन व्यवहार के लिए कुछ आधारभूत नैतिक मूल्यों एवं सामाजिक सिद्धांतों को स्वीकार करना हो तो मानना होगा कि 'गांधीदर्शन' है।

'सर्वोदय' की परिभाषा को लेकर विभिन्न-विभिन्न विद्वानों ने अलग-अलग इसकी विविध परिभाषाएँ दी हैं—

1. **आचार्य विनोबा भावे**—'सर्वोदय' का अर्थ है—सर्व सेवा के माध्यम से समस्त प्राणियों की उन्नति। हम अधिकतर के सुख से नहीं, सबके सुखी होने से संतुष्ट हैं। हम ऊँच-नीच, अमीर-गरीब, सबकी भलाई से ही संतुष्ट हो सकते हैं।
2. **प्रख्यात मार्क्सवादी चिंतक यशपाल**—गांधी के विचारों को 'गांधीवाद' ही कहना ठीक होगा। उपर्युक्त विद्वानों के गांधीवाद के संबंध में प्रतिपादित विचारों से ऐसा लगता है कि गांधी ने भले ही अपने विचारों को किसी 'वाद' से नहीं जोड़ा, लेकिन गांधी विचार-दर्शन को 'गांधीवाद' कहना एकदम सत्य होगा। यदि हम गांधी द्वारा प्रतिपादित विचारों के परिप्रेक्ष्य में आज की व्याख्या करना चाहते हैं तो यह उपयुक्त होगा।
3. **किशोरी लाल मशरूवाला**—गांधीवाद को हम 'सर्वोदयवाद' तथा 'सत्याग्रह मार्ग' कह सकते हैं।
4. **काका साहेब कालेलकर**—गांधीवाद को 'गांधी मार्ग' या 'गांधी दृष्टि' कहा जा सकता है।
5. आचार्य जे.बी. कृपलानी के अनुसार गांधीवाद को सर्वोदयकारी समान व्यवस्था कहा जा सकता है।
6. हरिभाऊ उपाध्याय के अनुसार, गांधीवाद को 'गांधी विचार' न कहकर 'गांधीवाद' ही कहना ठीक होगा।

नैतिक जीवन मूल्यों में सहज जीवन अपने आप में एक बड़ी आदर्श बात है। जब हम किसी से अच्छे व्यवहार की अपेक्षा करते हैं, वही व्यवहार हम दूसरों के साथ करें। महात्मा गांधी के अनुसार व्यक्ति का कल्याण समाज कल्याण में निहित है, अतः सहजीवन कोई परमार्थ का सूत्र नहीं, बल्कि जीवन का आधार है। मगर सहज जीवन की साधना साम्ययोग के बिना संभव नहीं है। सर्वोदय दर्शन की यह मान्यता है कि "चाहे अधिवक्ता का कार्य हो या नाई का, दोनों के परिश्रम का मूल्य बराबर है। सर्वोदय दृष्टि से कृषक, मजदूर या कारीगर का जीवन ही सच्चा एवं सर्वोत्कृष्ट है। पसीना बहाकर ईमानदारी से कार्य कर रोटी खाना ही यज्ञ है।"

समाज के उत्थान के लिए कई प्रकार की प्रवृत्तियों का विकास हुआ, लेकिन वे प्रवृत्तियाँ कुल मिलाकर कूपमंडूक के सदृश हैं। फलतः लगभग कुछ वैचारिक अधिष्ठान लुप्तप्राय हो चुके हैं। इसलिए गांधीजी ने कहा कि मानव शरीर नश्वर है तथा विचार अमर हैं, उनका कभी नाश नहीं होता, क्योंकि शास्त्रों में कहा गया है कि शब्द ही ब्रह्म है, अर्थात् शब्द की महत्ता का प्रतिपादन केवल गांधीजी ने नहीं किया था। उन्होंने तो 'सर्वोदय' को अपने जीवन का आदर्श ही मान लिया था। समाज में व्याप्त शोषण, उत्पीड़न, आर्थिक, सामाजिक विषमता पर प्रहार के साथ संयम, अपरिग्रह, त्याग द्वारा संपूर्ण भारत को आलोकित किया।

महात्मा गांधी ने अपने सर्वोदय दर्शन के द्वारा स्वतंत्रता के संघर्ष का उद्घोष किया। गांधीजी ने भारतीय जीवनमूल्यों से प्रभावित होकर सत्याग्रह, अपरिग्रह तथा सविनय अवज्ञारूपी आंदोलनों का प्रारब्ध किया। महात्माजी को इसमें न केवल पर्याप्त रूप से सफलता मिली, बल्कि अस्पृश्यता, खादी ग्रामोद्योग तथा शराबबंदी द्वारा आर्थिक अन्याय का बहुतायत में मुकाबला किया गया। "सर्वोदय कोई समाज नहीं है, यह तो एक मानवीय एकात्मता, सेवा कार्य तथा समरस समाज की भावना से समग्र दृष्टि है, जो पूर्णरूपेण भारतीय चिंतन का पर्याय है। इसमें भारतीय एवं पाश्चात्य विचारों के परिप्रेक्ष्य में गांधीजी ने सभी के अंतर्मन में परमात्मा का स्वरूप देखा।" गांधी द्वारा प्रतिपादित सर्वोदय विचार में त्याग के द्वारा हृदय परिवर्तन, तर्क एवं अध्ययन द्वारा वैचारिक परिवर्तन, शिक्षा के द्वारा मानवता का परिवर्तन तथा पुरुषार्थ द्वारा हर वर्ग-स्तर परिवर्तन पर ज्यादा शक्ति लगाई गई। इसमें मार्क्स की 'वर्गविहीन व्यवस्था', गांधी का 'रामराज्य', डॉ. लोहिया की 'सप्त क्रांतियाँ', लोकनायक जयप्रकाश नारायण का 'चौखंभा राज्य' तथा सावरकर-हेडगेवार

के 'हिंदू राष्ट्र' का साक्षात् विराट् दर्शन होता है। इसमें सामाजिक व्यवस्था को बदलकर प्रेम एवं अहिंसा को जगह मिलती है। कार्ल मार्क्स की भाँति साध्य-साधन में भेद न करके साध्य की प्राप्ति के लिए अहिंसा, प्रेम, सद्भाव, मित्रता का सर्वोपरि स्थान निहित रहता है।

सर्वोदय के दृष्टिकोण से जीवन कला भी है, विज्ञान भी। प्राणिमात्र के लिए सहोदर, प्रत्येक के प्रति सहानुभूति ही सर्वोदय का मार्ग है। जीवमात्र के लिए सहानुभूति का यह अमृत जब जीवन में प्रवाहित होता है, तो सर्वोदय की लता में सुरभिपूर्ण सुमन खिल उठते हैं। सर्वोदय कहता है कि तुम दूसरों के जीने के लिए जीयो। मैं तुम्हें जीने के लिए जीऊँगा। तभी और केवल तभी सबका जीवन संपन्न होगा, दूसरों को अपना बनाने के लिए प्रेम का व्यवहार करना पड़ता है, इसके लिए अहिंसा का मार्ग अपनाना पड़ता है। सामाजिक मूल्यों में परिवर्तन करना पड़ता है। सर्वोदय जीवन के शाश्वत और व्यापक मूल्यों की स्थापना चाहता है और बाधक मूल्यों का निराकरण। यह सिद्धांत शोषणविहीन समाज, वर्गविहीन और जातिविहीन समाज की स्थापना का अचूक अस्त्र है, जिसके द्वारा प्रत्येक व्यक्ति और समूह के सर्वांगीण विकास का मार्ग प्रशस्त करता है।

सर्वोदय का सिद्धांत प्रतिपादित करता है कि 'जो तोकूँ काँटा बुवै, ताहि बोउ तू फूल' पत्थर का जवाब पत्थर से देने में अन्याय होने पर दुराचार की भावना से बदला लेने का मन, खून के बदले खून बहाने में कौन सी क्रांति है? क्रांति तो है दुश्मन को कंठ से लगाने में, क्रांति तो है दुराचारी को माफ करने में, क्रांति तो है गिरे हुए को ऊपर उठाने में और इस क्रांति का साधन मंत्र है—जीवन-शुद्धि, साधन-शुद्धि, हृदय-परिवर्तन और प्रेम का अधिकतम विस्तार। 'ईशावास्यमिदं सर्वं यत्किंच जगत्या जगत्' में लोगों का विश्वास बढ़ने लगेगा तो हम लोगों की दृष्टि में बदलाव निश्चित है। फिर न तो किसी से द्वेष होगा और न किसी से राग उत्पन्न होगा। किसी का शोषण करने, किसी के प्रति अन्याय, किसी का शोषण करने का प्रश्न ही नहीं उठेगा। 'मैं-तू एक रक्त!' यह भाव मन में आते ही संपूर्ण भेदभाव दूर भाग जाएँगे। घर में, परिवार में हम जैसे सभी लोग प्रेम से रहते हैं, हँसते-हँसते जैसे एक-दूसरे के लिए कष्ट उठाते हैं, हर व्यक्ति की सुख-सुविधा का जैसे ध्यान रखते हैं, वैसे ही हम सारे विश्व का, प्राणिमात्र का, मानवमात्र का ध्यान रखेंगे। 'वसुधैव कुटुंबकम्' की भावना हमारे हृदय में सदैव विद्यमान रहती है। सर्वोदय मानवीय विभूति के विज्ञान में विश्वास करता है। मानव भी उसके लिए विभूति है, सृष्टि भी,

देश-काल भी। वह मानता है—कर्म करना हमारा काम है, फल देना ईश्वर का। उसकी मान्यता है—मेहनत इनसान की, दौलत भगवान् की। 'समाजाय इदं न मम' और 'तेन त्यक्तेन भूंजीथा:' उसका आदर्श है। वह मानव के लिए जीने की, मानव के लिए उत्पादन करने की और मानव का सुख-दु:ख बाँटने की कला सिखाता है। वह यह मानता है कि हर बुरे आदमी में अच्छाई होती है। वह हर व्यक्ति के दैवी तत्त्वों के विकास में विश्वास करता है। सर्वोदय की मान्यता है कि पाप से घृणा करनी चाहिए, पापी व्यक्ति से नहीं। उसकी दृष्टि में कोई छोटा नहीं, कोई बड़ा नहीं, कोई ऊँचा नहीं, कोई नीचा नहीं। सबका सर्वांगीण विकास उसका लक्ष्य है और प्राणिमात्र से तादात्म्य उसका साधन।

लोकतंत्र, शस्त्र-सत्ता और धन-सत्ता सारी मानवजाति के कल्याण में असफल होती जा रही है। विज्ञान और यंत्र ने अपने घुटने टेक दिए हैं, उस परिस्थिति में सर्वोदय दर्शन भी एक उपाय है। मानव जिन पद्धतियों का प्रयोग कर चुका है, उनके आगे का कदम सर्वोदय है। सृष्टि जिस रूप में हमारे सामने रही, उसको समझने का काम लगातार वैज्ञानिकों एवं दार्शनिकों ने साक्षात्कार एवं शोध के माध्यम से किया है। परंतु विश्व को परिवर्तित करने का कार्य न तो दार्शनिक ने किया और न वैज्ञानिक ने। अर्थशास्त्रियों ने भी वह कार्य नहीं किया। वह काम राजनेताओं ने सँभाला—जो न तो दार्शनिक ही थे, न वैज्ञानिक। जो लोग दर्शनमूढ़ थे, विज्ञानमूढ़ थे, उन्होंने ही समाज और सृष्टि को बदलने का काम अपने हाथों में लिया। परिणाम यही है कि आज दार्शनिक अलग हैं, वैज्ञानिक अलग हैं व नागरिक अलग हैं। परंतु ऐसा विभाजन-भेद गलत है, कृत्रिम है, अवैज्ञानिक है, अप्राकृतिक है। इस द्वैत में से अद्वैत का, इस भेद में से अभेद का निर्माण हो नहीं सकता। जब तक अद्वैत और अभेद की स्थापना नहीं होती, समग्रता की दृष्टि से मानव के व्यक्तित्व के विकास की चेष्टा नहीं की जाती, तब तक न तो ये भेद मिटनेवाले हैं और न सच्ची लोकसत्ता का निर्माण होनेवाला है। सर्वोदय का विचार सभी समाहित कर चलता है।

सर्वोदय की पृष्ठभूमि आध्यात्मिक है। विज्ञान में ऐसी बात नहीं। विज्ञान अपने आविष्कारों से जनता को अनेक सुविधाएँ प्रदान कर सकता है। वह भौतिक सुखों की व्यवस्था कर सकता है; पर हर स्त्री को हर पुरुष की बहन बना देने की क्षमता उसमें नहीं। विज्ञान जीवन का बाहरी नक्शा बदल सकता है, पर भीतरी नक्शा बदलना उसके वश की बात नहीं।

सर्वोदय ऐसी राजनीति का कायल नहीं है जिसमें लोभ, मोह, शोषण इत्यादि

अवगुण समाहित रहें। वह लोकनीति का पक्षपाती है। राजनीति में जहाँ शासन मुख्य है, वहाँ लोकनीति में अनुशासन। राजनीति में जहाँ सत्ता मुख्य है, वहाँ लोकनीति में स्वतंत्रता। राजनीति में जहाँ नियंत्रण मुख्य है, वहाँ लोकनीति में संयम। राजनीति में जहाँ सत्ता की स्पर्धा, अधिकारों की स्पर्धा मुख्य है, वहाँ लोकनीति में कर्तव्यों का आचरण। सर्वोदय का क्रम यही है कि हम शासन से अनुशासन की ओर, सत्ता से स्वतंत्रता की ओर, नियंत्रण से संयम की ओर तथा अधिकारों की स्पर्धा से कर्तव्यों के आचरण की ओर बढ़ें। राज्य-सत्ता पुलिस और सेना के सहारे, शस्त्र-सत्ता के सहारे जीती है, कानून की छत्रच्छाया में बढ़ती है, धन-सत्ता के भरोसे पलती-पनपती है और विज्ञान के जरिए विकसित होती है। परंतु इतने साधनों से सज्जित रहने पर भी वह शत-प्रतिशत जनता को सुखी करने में अपने को असमर्थ पाती है। वह एक ओर अल्पसंख्यकों के प्रति अन्याय न होने देने का दावा करती है, वहीं दूसरी ओर बहुसंख्यकों के हितों की रक्षा का ढिंढोरा पीटती है। पर अल्पसंख्यक भी उसकी शिकायत करते हैं, बहुसंख्यक भी। कारण उसका आदर्श रहता है—अधिक-से-अधिक लोगों का अधिक-से-अधिक सुख। उसने यह मान लिया है कि सबको तो हम अधिकतम सुख दे नहीं सकते, इसलिए अधिकतम लोगों को यदि हम अधिकतम सुख दे लें तो हमारा कर्तव्य पूरा हो गया! हमारी आज की राजनीति इन्हीं आदर्शों पर चल रही है। पर इससे मानवजाति का कल्याण संभव नहीं है।

आजकल धन की लोलुपता से प्रभावित सरकारों ने संपूर्ण विश्व को अपने मोहपाश के बंधन में फाँस लिया है। आज धन के लोभ और प्रभाव से अनाचार और भ्रष्टाचार जैसे जघन्य अपराध करनेवाले अपराधी भी छूट जा रहे हैं, न्याय बिक रहा है। विश्व का कौन सा अनैतिक कार्य है, जो धन के बलबूते न हो सकता हो। भ्रष्टाचार, अन्याय, घोटाला, बेईमानी, हिंसा, चोरी, डकैती आदि सबकी जड़ धन और लालच है। इस शारीरिक सुखरूपी मायाजाल में पड़कर मनुष्य अपना कर्तव्य भूल गया है, अपना दायित्व भूल गया है, अपना लक्ष्य भूल गया है। धन के कारण श्रम की प्रतिष्ठा मानव-जीवन से शीर्ण होती जा रही है। मनुष्य येन-केन-प्रकारेण सोने की हवेली खड़ी करने को व्याकुल है। मगर वह यह बात भूल गया है कि सोने की लंका भस्म होकर ही रहती है। रावण का प्रासाद मिट्टी में ही मिलकर रहता है। दूसरों पर अत्याचार, अन्याय, शोषण, बेईमानी द्वारा संगृहीत की गई संपत्ति द्वारा भौतिक सुख भले ही ले लिये जाएँ, उनसे आत्मिक सुख नहीं मिल सकता। धन

विश्व के अन्य सुख भले ही प्राप्त करा दे, परंतु उससे आत्मा की प्रसन्नता प्राप्त नहीं की जा सकती।

सर्वोदय विचार की ओर अग्रेषित होने के लिए सत्य और अहिंसा का मार्ग अपनाना पड़ता है, जिसमें गांधीजी के एकादश व्रत अपने आप जुड़कर सर्वोदय का मार्ग आसान कर देता है। इसमें दृढ़ इच्छाशक्ति की आवश्यकता होती है।

महात्मा गांधीजी के सर्वोदय विचार की संक्षिप्त रूप से व्याख्या करने पर ऐसा अभास होता है कि वर्तमान युग में जहाँ हिंसा, अतिसंग्रह, धर्मांधता, मतभेद, लैंगिक भेदभाव, क्षेत्रवाद, जातिवाद, नस्लभेद तथा राष्ट्रभेद का सर्वत्र हाहाकार मचा हुआ है, वहाँ महात्मा गांधी भारतीय संस्कृति के माध्यम से संपूर्ण विश्व को बदलने के लिए सत्य एवं अहिंसा को मुख्य अस्त्र-शस्त्र मानते हैं तथा इसी विचार से वे संपूर्ण समस्याओं का समाधान चाहते हैं। आज जहाँ मुट्ठी भर लोग सुख भोग रहे हैं, वहीं देश की चालीस प्रतिशत जनता 20 रुपए मजदूरी पर जीवनयापन कर रही है। यह गांधी के सर्वोदय दर्शन द्वारा ही सुलझाया जा सकता है। इसके साथ-साथ संतसत्ता, धर्मसत्ता, राज्यसत्ता, अर्थसत्ता तथा बौद्धिकसत्ता का समन्वय करके सर्वोदय दर्शन को लागू किया जा सकता है।

□

6

श्रीगुरुजी गोलवलकर

राष्ट्रीय स्वयंसेवक संघ के द्वितीय सर संघचालक श्री माधव सदाशिव गोलवलकर (उपाख्य-श्रीगुरुजी) थे। अपने संघ कार्य के 33 वर्षों (सन् 1940 से सन् 1973) में श्रीगुरुजी ने संघ को अंतरराष्ट्रीय स्वरूप प्रदान किया। राष्ट्रीय स्वयंसेवक संघ की नींव को तो डॉ. हेडगेवारजी ने रखा, मगर उसे विशाल आंदोलन का रूप प्रदान किया गया श्रीगुरुजी के द्वारा। इस कालखंड में उन्होंने संघ की विचार-प्रणाली को सूत्रबद्ध किया। अपनी दृढ़ इच्छाशक्ति, कार्यशक्ति व विचारशक्ति से विभिन्न आयामों, क्षेत्रों एवं संगठनों के कार्यकर्ताओं के लिए प्रेरणास्रोत बने। श्रीगुरुजी का जीवन दिव्य शक्तियों से प्रेरित था, राष्ट्र जीवन की दिशा के विभिन्न पहलुओं पर उन्होंने मूलभूत एवं क्रियाशील मार्गदर्शन किया। भारत की अलौकिक देदीप्यमान महाविभूतियों की शृंखला में श्रीगुरुजी का राष्ट्रहित चिंतन, राष्ट्रोत्थान तथा हिंदुत्व की सुरक्षा के लिए किए गए सतत कार्यों तथा उनकी राष्ट्रीय विचारधारा के लिए वे जनमानस के मस्तिष्क से कभी विस्मृत नहीं होंगे। श्रीगुरुजी कहते थे कि हम भारत के गौरवशाली अतीत की तेजस्विता से प्रेरित हैं, हम इसे अपने राष्ट्रीय जीवन का सर्वोच्च शिखर नहीं मानते हैं। हमें वर्तमान की वास्तविक समझ है, किंतु हम वर्तमान के साथ बँधे हुए नहीं हैं, क्योंकि हमारी आँखों में भारत के उज्ज्वल भविष्य का सुनहरा सपना है। हम न तो सोने के और न सुस्ताने के लिए उद्यत हैं, हम कर्मयोगी हैं, उन सपनों को वास्तविकता में बदलने के लिए उद्यत हैं, इस भारत के कालजयी अतीत, गतिशील वर्तमान और अलौकिक भविष्य के उपासक हैं। विजय के विश्वास के साथ हम इस दिशा में प्रयास करने की प्रतिज्ञा लें।

श्रीगुरुजी राष्ट्र का चिंतन करते हुए एकात्म समाज रचना के विषय पर बताते है कि अनादि काल से भारत के मंत्रद्रष्टा मनीषियों की परंपरा में एकात्म समाज संरचना संबंधी अवधारणा पूर्णरूपेण वैज्ञानिक है, क्योंकि वह इस मानवीय सृष्टि की

रचना से पूर्ण तादात्म्ययुक्त है। पाश्चात्य जगत् के वैज्ञानिकों द्वारा पृथ्वी का स्वरूप श्रीगुरुजी के बताए जाने से लक्षावधि वर्ष पूर्व ही इस सनातन राष्ट्र के शास्त्रकारों ने मानवीय सृष्टि का स्वरूप मंडलाकार घोषित किया था। उनकी इस अवधारणा की व्याख्या करते हुए श्रीगुरुजी ने कहा था कि इस राष्ट्र के मंत्रद्रष्टा मनीषियों ने व्यक्ति को केंद्र-बिंदु मानकर मंडलाकार आधार पर उसका विकास संपूर्ण ब्रह्मांड तक में किया था। उनकी मान्यता थी कि मानवीय समाज की यह संरचना सृष्टि जगत् की प्रकृति से पूर्ण साम्यता रखने के कारण विघटन अथवा बिखराव के स्थान पर एकात्मता को प्रोत्साहित और पुष्ट करती है। इसका कारण यह है कि भारतीय मनीषियों की इस समाज संरचना में व्यक्ति से परिवार, वंश, ग्राम, मोहल्ला, नगर, प्रदेश, राष्ट्र, विश्व और संपूर्ण मानवीय सृष्टि की संरचना तक मंडलाकार आधार पर जो विकास क्रम बताया गया है, उसमें कहीं पर भी पारस्परिक विरोध, कटुता, संघर्ष और तनाव आदि के लिए कोई स्थान इसलिए नहीं है, क्योंकि इस संरचना में प्रारंभिक केंद्र-बिंदु से लेकर अंतिम छोर तक सत्यता के आधार पर मंडलाकार विकास होता जाता है और उसमें कहीं पर टूटन उत्पन्न नहीं होती। इस संरचना के समस्त मंडल एक-दूसरे के पूरक और सहयोगी होते हैं और इसलिए व्यक्ति, परिवार, ग्राम, मोहल्ला, नगर, प्रदेश, राष्ट्र, विश्व, मानवता तथा सृष्टि-जगत् में पारस्परिक सहकार्य बना रहता है और उसमें कहीं पर भी अंतर्विरोध उत्पन्न नहीं होने पाता।

श्रीगुरुजी ने भारतीय सांस्कृतिक अवधारणा के अनुरूप चिंतन किया है। वैसे तो 20वीं सदी में भारत में अनेक गरिमायुक्त महापुरुष हुए हैं, परंतु श्रीगुरुजी उन सब से भिन्न थे, क्योंकि श्रीगुरुजी जैसा व्यक्तित्व हिंदू समाज की एकता, हिंदू जीवन की आध्यात्मिकता और हिंदुस्थान की अखंडता के विचार का पोषक और उपासक कोई अन्य उन जैसा न था। श्रीगुरुजी की राष्ट्रनिष्ठा असंदिग्ध थी।

श्रीगुरुजी भारत के नौजवानों को ज्ञान प्राप्ति के लिए प्रेरित करते रहते थे। वे बाहरी राष्ट्रों में शिक्षा प्राप्त करनेवाले नौजवानों से कहा करते थे कि नौजवानों को विदेशों में वह ज्ञान प्राप्त करना चाहिए जिसका स्वदेश में विकास नहीं हुआ है। वहाँ ज्ञान संपादन कर उन्हें शीघ्र अपने स्वदेश लौट आना चाहिए। श्रीगुरुजी का प्रबंधन, अध्ययन व चिंतन इतना उच्चतम था कि वे राष्ट्र भर के युवाओं के लिए ही प्रेरकपुंज नहीं बने अपितु पूरे राष्ट्र के प्रेरकपुंज व दिशा निर्देशक हो गए थे। श्रीगुरुजी कहा करते थे कि युवा शक्ति अपनी क्षमता का एक-एक क्षण दाँव

पर लगाती है। अत: मैं आग्रह करता हूँ कि स्वयं प्रसिद्धि, संपत्ति एवं अधिकार की अभिलाषा देश की वेदी पर समर्पित कर दें। वे देश के युवाओं से अपनी शिक्षा की ओर ध्यान केंद्रित करने के लिए कहा करते थे, गुरुजी नौजवानों को विदेशी संस्कृति का अंधानुकरण न करने के लिए भी प्रेरित करते थे। गुरुजी को बाल्यकाल से ही आध्यात्मिक स्वभाव होने के कारण साधु-संतों के श्रीचरणों में बैठना, ध्यान लगाना, ईश्वर का स्मरण करना, संस्कृत व अन्य ग्रंथों का अध्ययन करने में उनकी गहरी रुचि थी। श्रीगुरुजी की विचार प्रणाली पुनरुत्थानवादी थी या जातिवादी, यह विवाद का विषय है, परंतु जिस एकात्म भाव से उन्होंने संपूर्ण समाज और संघ का संपोषण किया, उस पर कोई भी व्यक्ति आक्षेप नहीं कर सकता। उनका व्यक्तिगत जीवन संन्यासी का था तथा उनकी संगठन क्षमता अद्वितीय थी। अपने हृदयपंथ पर चलते हुए आलस्य नहीं था, शब्दों की कमजोरी नहीं थी तथा चेहरे पर थकान नहीं थी। यह उचित होगा कि अन्यान्य राजनीतिक क्षेत्र के लोग उनके उदाहरण को समझें।

श्रीगुरुजी का भारत के श्रेष्ठ ज्ञान से उत्पत्तित धर्मग्रंथों एवं विराट् भारतीय जीवन-दर्शन पर इतना अधिकार था कि एक बार शंकराचार्य पद के लिए उनका नाम प्रस्तावित किया गया था, जिसे उन्होंने राष्ट्र-सेवा और संघ के दायित्व की वजह से सहर्ष अस्वीकार कर दिया। यदि वे चाहते तो शंकराचार्य बनकर पूजे जा सकते थे, किंतु उन्होंने राष्ट्र और धर्म-सेवा दोनों के लिए संघ का ही मार्ग उपयुक्त माना।

श्रीगुरुजी को अनेक आध्यात्मिक विभूतियों का प्यार व सान्निध्य प्राप्त था। संघ कार्य करते हुए वे निरंतर राष्ट्रचिंतन किया करते थे, चाहे आधी-अधूरी स्वतंत्रता के बाद कश्मीर विलय का मसला हो या फिर अन्य कोई महत्त्वपूर्ण प्रकरण। श्रीगुरुजी को राष्ट्रीय सीमाओं की सुरक्षा की भारी चिंता लगी रहती थी। गुरुजी मानते थे कि भारत कर्मभूमि, धर्मभूमि और पुण्यभूमि है, यहाँ का जीवन विश्व के लिए आदर्श है। भारत राज्य नहीं, राष्ट्र है। राष्ट्र बनाया नहीं गया, अपितु यह तो सनातन राष्ट्र ही है।

श्रीगुरुजी लगातार राष्ट्र श्रद्धा के प्रतीकों का मान रक्षण करते रहे, वे सदैव देशहित में स्वदेशी चेतना, स्वदेशी व्रत, स्वदेशी जीवन पद्धति, भारतीय वेशभूषा तथा सुसंस्कार की भावना का समाज के समक्ष प्रकटीकरण करते रहे। श्रीगुरुजी सदैव भारत की राष्ट्रभाषा और मातृभाषा के उपयोग के लिए आह्वान करते रहे। अंग्रेजी तिथि के स्थान पर हिंदी तिथि के प्रयोग को स्वदेशीकरण का आवश्यक अंग मानते थे। गौरक्षा के प्रति चिंतित व क्रियाशील रहते थे। गुरुजी की प्रेरणा से ही

गोरक्षा का आंदोलन संघ ने प्रारंभ किया था। विद्या भारती के नेतृत्व में अनेकानेक शिक्षण संस्थाओं का श्रीगणेश हुआ। उनकी प्रेरणा से सामाजिक दृष्टि से महत्त्वपूर्ण संभवत: ऐसा ही कोई क्षेत्र छूटा हो जहाँ संघ के आनुषांगिक संगठनों का प्रादुर्भाव न हुआ हो। सभी संगठन आज देश के हर हिस्से में राष्ट्र कार्य के निर्माण और नारायणरूपी नर की सेवा में कार्यरत हैं। श्रीगुरुजी प्राय: अपने उद्‌बोधनों में यह कहा करते थे कि यदि भारत के मात्र तीन प्रतिशत लोग भी समर्पित होकर राष्ट्र की सेवा करें तो देश की बहुत सी समस्याएँ अपने आप समाप्त हो जाएँगी। श्रीगुरुजी ने लगभग 33 वर्षों तक संघ कार्य किया और पूरे देश भर में फैला दिया। उनकी ख्याति पूरे देश में ही नहीं, अपितु विश्व में भी फैल चुकी थी।

उनके प्रशंसकों में उनकी विचारधारा के घोर विरोधी कतिपय कम्युनिस्ट तथा मुसलिम नेता भी थे। ईरानी मूल के डॉ. सैफुद्दीन जिलानी ने श्रीगुरुजी से हिंदू-मुसलमानों के विषय में बात करते हुए यह निष्कर्ष निकाला, "मेरा निश्चित मत हो गया है कि हिंदू-मुसलमान प्रश्न के विषय में अधिकार वाणी से यथोचित् मार्गदर्शन यदि कोई कर सकता है तो श्रीगुरुजी।

निष्ठावान कम्युनिस्ट बुद्धिजीवी और पश्चिम बंगाल सरकार के पूर्व वित्तमंत्री डॉ. अशोक मित्र के श्रीगुरुजी के प्रति यह विचार थे, "हमें सबसे अधिक आश्चर्य में डाला श्रीगुरुजी ने। उनकी उग्रता के विषय में बहुत सुना था, किंतु मेरी सभी धारणाएँ गलत निकलीं। इसे स्वीकार करने में मुझे हिचक नहीं कि उनके व्यवहार ने मुझे मंत्रमुग्ध कर लिया है।"

श्रीगुरुजी के विचारों को निम्नलिखित प्रसंगों से और भलीभाँति रूप से समझा जा सकता है—

श्रीगुरुजी के जीवन दर्शन के कुछ प्रेरक प्रसंग, संस्मरण

1. मनुष्य के जीवन में संस्कार स्वत: संक्रमित होते हैं

जनवरी 1948 को कोचीन में संघ-स्वयंसेवकों के अनुशासन, प्रामाणिकता, समर्पण भाव आदि की सराहना करते हुए सुविख्यात मलयालम लेखक श्री पी. राम मेनन ने श्रीगुरुजी से पूछा—इन उत्तम संस्कारों की शिक्षा आप किस प्रकार देते हैं? श्रीगुरुजी—शिक्षा द्वारा उत्तम संस्कार हृदयंगम नहीं किए जाते। निकट संपर्क से और परस्पर विश्वासपूर्ण मित्रता से वे संक्रमित होते हैं। श्री मेनन ने कहा—बिल्कुल ठीक, ऐसा ही संभव है।

2. देश की हर बाला देवी की प्रतिमा है

सन् 1949 की बात है, एक स्त्री अपनी आठ वर्षीय बेटी को लेकर श्रीगुरुजी के दर्शनार्थ मिलने आई और अपनी बेटी से बोली, 'श्रीगुरुजी के गले में माला डालकर उनको प्रणाम करो।' पुष्पमाला लेकर ज्यों ही बालिका श्रीगुरुजी की ओर बढ़ी, त्यों ही श्रीगुरुजी ने जल्दी से खड़े होकर पुष्पमाला उसके हाथों से ले ली और बालिका के चरणों का स्पर्श किया। यह देखकर आश्चर्यचकित माता बोली—आपने यह क्या किया? मैं तो अपनी बच्ची को आपसे आशीर्वाद दिलाने लाई थी और एक आप हैं कि उसके चरण स्पर्श कर रहे हैं।

श्रीगुरुजी ने विनम्रतापूर्वक उत्तर दिया—आपके लिए वह बच्ची होगी, परंतु मेरे लिए तो वह साक्षात् 'माँ' है।

3. जातियाँ गुणधर्म से बनती हैं, न कि जन्म से

"अगस्त 1955 को हिसार (हरियाणा) में सांयकालीन चाय पर वार्त्ता करते हुए श्रीगुरुजी ने पं. दीनदयालजी से कहा—कंस भगवान् श्रीकृष्ण का मामा ही तो था, परंतु उसे राक्षस कहा गया है। रावण के दस सिर और बीस हाथ थे और वह राक्षस था। विभीषण उसका सगा भाई था, पर मानुषी शरीर रचना और सात्विक वृत्ति का था। एक राक्षस और दूसरा मनुष्य जाति का हुआ। कारण रावण के गुणधर्म राक्षसी थे, विभीषण के मनुष्य समाज के अनुकूल थे। इसका स्पष्ट निर्देश इसी एक बात से मिलता है कि गुणधर्म की जातियाँ ही अपने यहाँ मानी जाती थीं।"

4. सभी भारतीय हैं

23 सितंबर, 1953 को जालंधर में 20-25 परिवारों के गणेशोत्सव आयोजन में श्रीगुरुजी का जाना हुआ था। उनमें कुछ स्वयंसेवक भी थे। परिचय कराते समय उत्सव के प्रमुख पदाधिकारी ने श्रीगुरुजी से कहा—यह श्रीमान, आपके आर.एस.एस. के हैं। श्रीगुरुजी—आर.एस.एस. मेरा नहीं है, मैं उसका हूँ और संघ भारत का है, इसलिए हम सब भारतीय हैं। व्यापक का अंश छोटी चीज होती है। ईश्वर का मैं हूँ, ईश्वर मेरा नहीं। तरंग समुद्र की होती है, तरंग को समुद्र कहना ठीक नहीं होगा। संघ राष्ट्र की चेतना से बाहर नहीं है और संघ के दर्शन में पूर्ण भारतीय तत्त्व विद्यमान है। संघ में संपूर्ण भारत के दर्शन और विचार की संकल्पना व्याप्त है।

5. शिव का तृतीय नेत्र

18 से 20 फरवरी, 1966 को कालीकट (केरल) में संपन्न हुए स्वयंसेवकों के शिविर में श्रीगुरुजी उपस्थित थे। अभी निवास व्यवस्था जिस कमरे में थी, उसके ठीक सामने ही सुप्रसिद्ध शिव मंदिर था। एक कार्यकर्ता ने कहा—शिव भगवान् आपके कमरे की ओर देख रहे हैं। क्या वे अपने तृतीय नेत्र से दृष्टिक्षेप कर रहे हैं? उनका तृतीय नेत्र तो बड़ा डरावना कहा गया है। श्रीगुरुजी ने कहा—भगवान् शिव के हृदय में जिनके प्रति सद्भावना रहती है, उनके लिए तृतीय नेत्र भयकारक नहीं, अपितु कृपा करनेवाला ही होता है। स्वामी विवेकानंदजी ने कहा था कि रौद्र रूप में भी भगवान् का दर्शन कर उसकी पूजा करें। भारतीय चिंतन और संघ चिंतन एक-दूसरे से पृथक् नहीं हैं, वे एक-दूसरे के पूरक हैं।

6. नया दृष्टिकोण

अस्पृश्य बंधुओं को खुद को अस्पृश्य या दीन-हीन नहीं समझना चाहिए। एक हरिजन नेता डॉ. हेडगेवारजी से और श्रीगुरुजी से मिलने आया, उसने कहा—संघ-कार्य बहुत अच्छा है, परंतु संघ हमारा शत्रु है, क्योंकि बाकी सब हमारा पृथक् अस्तित्व स्वीकारते हैं, हमारे अधिकार की बात करते हैं, परंतु संघ में जाकर हमारी पृथकता समाप्त हो जाएगी और हम केवल हिंदू रह जाएँगे। फिर विशेषाधिकार कैसे मिलेगा? पृथकता का भाव उनमें कटुता तक पहुँच गया।

सन् 1941 में एक दलित समाज का लड़का श्रीगुरुजी से मिलने आया, उसने पूछा—संघ में आने से हमें क्या लाभ होगा? श्रीगुरुजी ने कहा—तुम अपने को पृथक् मानते हो और दूसरे तुमको पृथक् मानते हैं, यह पृथकता की दीवार ढह जाएगी। यह लाभ है या नहीं? इतिहास साक्षी है कि गत एक हजार वर्षों के राष्ट्रीय संघर्षों में तथाकथित अस्पृश्य कहा जानेवाला हमारा यह हृदयगामी समाज ही अग्रणी रहा है, महाराणा प्रताप, गुरुगोविंद सिह और छत्रपति शिवाजी की सेनाओं में सर्वाधिक पराक्रमी योद्धाओं में हमारा यही समाज साथ था। दिल्ली और बीजापुर की विद्रोही शक्तियों के विरुद्ध छत्रपति शिवाजी के कुछ अति महत्त्वपूर्ण युद्ध में हमारे शूरवीर और साहसी बंधुओं ने मानव आपूर्ति एवं नेतृत्व प्रदान किया। अपने आध्यात्मिक जगत् में अपने इन बंधुओं का योगदान भी अतीव श्रेष्ठ है। उत्तर में रैदास, महाराष्ट्र में चोखामेला, इतना ही नहीं, रामायण और महाभारत के रचयिता भी हमारे इस पुण्य समाज से ही थे। ऐसे श्रेष्ठ महापुरुष निर्माण करनेवाली इन जातियों की अवहेलना करना महाअपराध है।

7. माता की सेवा का प्रचार

मई 1972 में ग्वालियर-प्रवास के समय 'राष्ट्रीय सुरक्षा के मोर्चे पर' नामक पुस्तक, जिसमें भारत-पाक युद्ध के समय राष्ट्रीय स्वयंसेवक संघ के स्वयंसेवकों की सेवाओं का तथ्यपूर्ण उल्लेख था, श्रीगुरुजी को भेंट दी गई। भेंटकर्ता का दावा था कि उल्लेखित तथ्य भविष्य में इतिहास की सामग्री बन सकते हैं और इस प्रकार के साहित्य से संघ-कार्य का प्रचार भी हो सकता है।

श्रीगुरुजी ने मुसकराते हुए उत्तर दिया—यदि कोई पुत्र माँ की सेवा करने का समाचार प्रकाशित करे, क्या उसे श्रेयस्कर माना जा सकता है? स्वयंसेवकों ने भारत माता की सेवा में जो कुछ किया, वह उनका स्वाभाविक कर्तव्य ही था, अत: उसका प्रचार कैसा?

8. मैं नहीं, तू ही

यह आत्मीयता ही उनकी महानता और उनके प्रति व्यापक श्रद्धा का कारण है और उनकी महानता इसमें है कि वे इस आत्मीयता को लेकर चल सके हैं। गत वर्ष 'धर्मयुग' साप्ताहिक ने भारत के अनेक महापुरुषों के जीवन के ध्येय वाक्य छापे थे। पूजनीय श्रीगुरुजी का ध्येय वाक्य सबसे छोटा किंतु संपूर्ण था—'मैं नहीं, तू ही।' इन चार शब्दों में श्रीगुरुजी का संपूर्ण जीवन समाया हुआ है। यह 'तू' कौन है? संघ, समाज, ईश्वर, वे तीनों को एकरूप करके चलते हैं। तीनों की सेवा में विरोध नहीं, विसंगति नहीं। 'एकहि साधो सब सधो' के अनुसार वे संघ की साधना करके सबकी साधना में लगे हुए हैं। उनका जीवन ही साधना बन गया है।

□

7

स्वातंत्र्यवीर विनायक दामोदर सावरकर

स्वातंत्र्यवीर विनायक दामोदर सावरकर उत्कृष्ट राष्ट्रवादी चिंतक, क्रांतिकारी और भारत के स्वतंत्रता-संग्राम सेनानी थे। उन्हें देश में 'वीर सावरकर' के नाम से जाना जाता है। उन्होंने 20वीं शताब्दी के प्रारंभ के दशकों में इंग्लैंड में शिक्षा ग्रहण की, जहाँ वे मैडम भीकाजी कामा, लाला हरदयाल और क्रांतिकारी मदनलाल ढींगरा जैसे राष्ट्रवादियों के संपर्क में आए और उनके साथ मिलकर उन्होंने क्रांतिकारी गतिविधियाँ इंग्लैंड में प्रारंभ कर दीं। इन क्रांतिकारी स्वतंत्रता प्राप्ति की गतिविधियों की वजह से पचास वर्ष के कारावास का दंड मिला, लेकिन सन् 1937 में उन्हें कारावास से मुक्त कर दिया गया। रिहाई के पश्चात् वीर सावरकर ने लोकमान्य तिलक की डेमोक्रेटिक स्वराज पार्टी में सहयोग दिया और फिर हिंदू महासभा की स्थापना की। उन्होंने हिंदू महासभा को सिर्फ राजनीतिक दल नहीं बनाया, उन्होंने उसे सामाजिक और क्रांति की भावना और दृढ़संकल्प शक्ति से पोषित किया। वीर सावरकर के हृदय में भारतीय संस्कृति और दार्शनिक परंपराओं के प्रति गहरा प्रेम था। अपनी प्रसिद्ध पुस्तक 'हिंदुत्व' (1923) के अंतर्गत उन्होंने यह प्रमाणित किया कि भारतीय दर्शन में मानवीय चिंतन की उच्चतम उपलब्धियों के दर्शन होते हैं। वे इस दृष्टिकोण के प्रारंभिक अनुयायियों में से थे कि 1857 का भारतीय सैनिकों का अंग्रेजों के विरुद्ध विद्रोह भारत का पहला स्वाधीनता संग्राम था। उन्होंने इस स्वाधीनता संग्राम के वीर सैनिकों की अत्यंत प्रशंसा की और जनजागरण को इस संग्राम के बारे में बताने के लिए '1857 का स्वातंत्र्य समर' नामक पुस्तक की रचना की।

सावरकरजी केवल क्रांतिकारी, लेखक, कवि और सनातन धर्म के दार्शनिक ही नहीं थे, वे एक प्रसिद्ध समाज उद्धारक भी थे। समाज और राष्ट्र के लिए उनका चिंतन बहुत ही क्रांतिकारी था। वीर सावरकर के बारे में यह धारणा अधिक व्यापक

है कि वे हिंदू राष्ट्रवाद के प्रबल समर्थक थे, परंतु उनके जीवन और विचारों में सामाजिक समरसता का महत्त्वपूर्ण स्थान था। वीर सावरकर का मानना था कि आध्यात्मिक, सामाजिक और सार्वजनिक सुधार राजनीतिक बदलाव की समानता का महत्त्व रखते हैं और ये एक-दूसरे के परस्पर सहयोगी हैं। उस समय भारतीय समाज अनेक बुराइयों, कुरीतियों और गुलामी के बंधनों में बँधा हुआ था। इन सबमें प्रमुख थी जाति और वर्ण व्यवस्था, जो भारतीय समाज के लिए एक अभिशाप थी, जिसके कारण समाज में आपसी मतभेद थे। समाज एक समाज न होकर अनेक विभागों में बँटा हुआ था, कोई स्वयं को श्रेष्ठ समझता था तो दूसरे को तुच्छ। इस व्यवस्था ने भारतीय समाज को कमजोर कर दिया था। समाज में एकात्म भाव की भारी कमी थी। इन सबको व्यवस्थित और एकत्र करने के लिए सावरकरजी ने अपने वक्तव्यों, लेखों व कृत्यों के द्वारा इस दिशा में काफी समाज सुधार का प्रयास किया। भारतीय समाज में एकात्म समाज रचना को स्थापित करने के लिए उन्होंने अपने अभियानों को जन-आंदोलन बनाया। वीर सावरकरजी के सामाजिक सुधार के कार्यक्रम सिर्फ हिंदू समाज के लिए नहीं, बल्कि संपूर्ण राष्ट्र को समर्पित होते थे। उनका मूल चिंतन राष्ट्रीय था। उन्होंने अपने जीवन का अधिकतर समय समाज उत्थान के विषयों में लगाया।

अंडमान में कालापानी की सजा से मुक्त होने के पश्चात् वीर सावरकर महाराष्ट्र के रत्नागिरि में आकर निवास करने लगे तथा अपनी सामाजिक और राजनीतिक गतिविधियों का केंद्र यहीं बनाया। उस समय संपूर्ण भारत में जातिवाद का कुछ ज्यादा ही प्रभाव था। इसके कारण समाज में दलित समाज के बंधुओं को नीच दृष्टि से देखा जाता था। सामाजिक समरसता को समाज में स्थापित करने और दलित व वनवासी समाज को समाज की मुख्यधारा से जोड़ने के लिए रत्नागिरि में पतित पावन मंदिर की स्थापना की। समाज के सभी वर्गों को संगठित कर राष्ट्र चिंतन में कार्य करने के लिए प्रेरित किया। उनके लेखन में राष्ट्रभक्ति और उसके प्रति निष्ठा के भाव का अधिक महत्त्व था। उसके पश्चात् उन्होंने सामाजिक अस्पृश्यता निवारण को अपने लक्ष्यों में रखा। अस्पृश्यता भारतीय समाज के लिए किसी अभिशाप से कम नहीं है, इसके समूल निवारण का मार्ग वे जाति व्यवस्था की समाप्ति में ही खोजते हैं।

वीर सावरकर और डॉ. बाबासाहेब के मध्य बहुत ही गहन मित्रता थी। उस समय बाबासाहेब ने दलित चिंतन करते हुए 'जाति का विनाश' नाम से एक पुस्तक

लिखी तो दूसरी ओर समग्र समाज का चिंतन करते हुए वीर सावरकर ने जाति और वर्ण व्यवस्था व अस्पृश्यता के खिलाफ कई निबंध व लेख लिखे, जो बाद में पुस्तक के रूप में प्रसिद्ध हुए। इस पुस्तक में सावरकरजी ने जाति व्यवस्था को समझाने के लिए कई महत्त्वपूर्ण निबंधों का लेखन किया है, जैसे—चार वर्ण और समाज की चार हजार जातियाँ, सगोत्र विवाह निषिद्ध क्यों, जन्मजात अस्पृश्यता का मृत्युलेख, मुसलिम समाज का समता का दावा आदि।

वीर सावरकर का मत था कि भारतीय सनातन समाज विकास को अवरुद्ध करनेवाली बेड़ियों में फँसा हुआ है। वो समाज की बेड़ियाँ इस प्रकार थीं—

1. **अस्पृश्यता और स्पर्शबंदी**—उस समय समाज में तथाकथित निम्न जातियों का उच्च जातियों से स्पर्श निषेध था।
2. **रोटीबंदी**—आपस में समाज में एक-दूसरे के साथ भोजन भी निषेध था। तथाकथित दलित बंधुओं के साथ अन्य समाज के लोग खानपान के संबंध भी नहीं रखते थे।
3. **बेटीबंदी**—अन्य कुछ विशेष जातियों के साथ वैवाहिक संबंधों पर प्रतिबंध था।
4. **व्यवसायबंदी**—कुछ निश्चित व्यवसायों पर निषेध
5. **सिंधुबंदी**—सागरपार यात्रा और व्यवसाय निषेध
6. **वेदोक्तबंदी**—वेद के कर्मकांड पर एक ही वर्ग विशेष का कब्जा था और अन्य वर्गों पर पाबंदी थी।
7. **शुद्धिबंदी**—धर्म का परिवर्तन करने पर हिंदू धर्म में वापसी पर प्रतिबंध

वीर सावरकरजी जीवनपर्यंत इन सामाजिक कुरीतियों के विरुद्ध संघर्ष करते रहे और इनके खिलाफ कई अभियानों का नेतृत्व किया। उन्होंने समाज के एकीकरण के लिए अंतर्जातीय विवाह का समर्थन किया।

भारत की राष्ट्रीयता का विचार वीर सावरकर के राजनीति-दर्शन का केंद्र-बिंदु है। सावरकरजी का मत था कि भारतीय राष्ट्रवाद की भौगोलिक अभिव्यक्ति उसकी सांस्कृतिक अभिव्यक्ति का प्रतिबिंब है। उन्होंने इसकी पहचान 'भारतीय राष्ट्रवाद' के रूप में की है। उनके चिंतन में भारतीय वह है, जो सिंधु नदी से रामेश्वरम तक की पवित्र भारत भूमि को अपनी मातृभूमि और पितृभूमि मानता हो।

अत: 'भारतीयत्व' का विचार केवल किसी एक धर्म का संकेत नहीं देता,

जिसे भारतीयों का वृहद् समूह मानता है, बल्कि वह राष्ट्र के राष्ट्रत्व का मूल चिंतन है। यह भारत के प्रत्येक नागरिक के हृदय और अंतरात्मा में वास करता है। अत: यह चिंतन इस राष्ट्र के अंदर तथा इसके आसपास के क्षेत्रों में निवास करनेवाले मनुष्यों के विश्वास का मजबूत आधार स्तंभ है, चाहे वे किसी भी मत या धर्म को मानने वाले ही क्यों न हों।

वीर सावरकर कहते हैं कि हमारे भारत में करोड़ों सिख, जैन, लिंगायत, भिन्न-भिन्न समाजियों और अन्य लोगों की पीछे की पीढ़ियों के इतिहास को पलटकर देखें तो ज्ञात होगा कि उनकी धमनियों में भी भारतीय संस्कृति और चिंतन रक्त व्याप्त है।

सनातन धर्म के सभी संप्रदाय और मत-मतांतर भारतीय संस्कृति की प्राचीन छत्रच्छाया में बढ़े हैं। भारतीयों का सत्य धर्म भारतीयों का इस देश के साथ इतना एकात्म हो गया है कि अब वह केवल उनकी मातृभूमि नहीं, बल्कि उनके लिए पवित्र चिंतन की भूमि बन गई है।

भारतीयों की राष्ट्रीयता के इस धर्म की विस्तृत अवधारणा में सावरकरजी ने यह मान्यता रखी कि भारतीयों का जनमत ही इस राष्ट्र के भावी रूप को प्रदर्शित करेगा। इस देश के सभी वर्गों—हिंदू, ईसाई, मुसलिम, सिख और जैन इत्यादि को चाहिए कि वे राष्ट्रत्व के विकास के लिए आपस में सभी वर्गों के साथ मिल-जुलकर काम करें और अपने आप को इस देश के सामाजिक, आर्थिक एवं राजनीतिक जीवन में आत्मसात् कर लें।

उनका मानना था कि राजनीतिक सत्ता की भागीदारी में वही लोग शामिल होंगे, जो भारत को अपनी पुण्यभूमि मानते हुए भावात्मक स्तर पर इसके साथ जुड़े हैं। उन्होंने भारतीय समाज को यह प्रेरणा दी कि उन्हें नेतृत्व के संघर्ष में अपने प्रतिद्वंद्वियों को मात देने के लिए छत्रपति शिवाजी के आदर्श का अनुकरण करना चाहिए, जिन्होंने अपने संगठन के बल पर मुगलों की ताकत को आगे बढ़ने से रोक दिया था। उन्होंने यह स्वीकार किया कि भारत में अगर मत संघर्ष पैदा हुआ तो भारत की सामाजिक संस्कृति को क्षति पहुँचेगी, क्योंकि इसमें हिंदू, इसलाम और अन्य सभी मतों का उल्लेखनीय योगदान रहा है। उनका चिंतन राष्ट्र के लिए था और उनका संपूर्ण जीवन राष्ट्र के लिए ही समर्पित हुआ। वीर सावरकर के संपूर्ण परिवार ने इस राष्ट्र की उन्नति के लिए बलिदान दिया है।

□

8

डॉ. भीमराव रामजी आंबेडकर

जिनकी सोच में सदा सबसे ऊपर रहा देश, ऐसे राष्ट्र-निर्माताओं की अग्रणी पंक्ति में प्रतिष्ठित डॉ. बाबासाहेब आंबेडकर राजनेता, संविधान निर्माता, समाज सुधारक, न्यायविद् और समग्र चिंतक थे। बाबासाहेब ने भारतीय संविधान निर्माण के समय संविधान सभा का निर्देशन किया और भारत में समरसता आंदोलन (दलित बौद्ध) की अगुआई की और सभी नागरिकों में एकात्म की भावना जाग्रत् करने के लिए लंबा संघर्ष किया। दलित, पिछड़े समाज के साथ होनेवाले सामाजिक भेदभाव को मिटाने और स्त्रियों व श्रमिकों के अधिकारों की सुरक्षा के लिए वे जीवनपर्यंत संघर्ष करते रहे। राष्ट्रवाद और सामाजिक न्याय के पुरोधा थे डॉ. बाबासाहेब आंबेडकर।

डॉ. बाबासाहेब आंबेडकर का जिक्र सामाजिक न्याय के महान् योद्धा और प्रखर राष्ट्रभक्त के रूप में किया जाता है। बाबासाहेब के व्यक्तित्व को ध्यान में रखते हुए उनके नाम के आगे अनेक प्रकार के विशेषण लगाने की परंपरा है, जैसे—भारतीय संविधान के निर्माता, दलितोद्धारक, छुआछूत-रूढ़िवादिता के नाशक, समता के प्रवर्तक और धम्म प्रवर्तक आदि। सामाजिक परिवर्तन की पृष्ठभूमि में बाबासाहेब डॉ. आंबेडकर का सार्वजनिक जीवन में प्रवेश भारतीय समाज में सामाजिक क्रांति के मार्ग को निर्णायक मोड़ देनेवाला महत्त्वपूर्ण ऊर्जा स्रोत रहा है। बाबासाहेब ने जीवन की शुरुआत तो अस्पृश्यता निवारण के कार्य से की और उसका समापन हम संविधान की निर्मिती में देखते हैं। उनके राष्ट्रीय कार्य की कोई चिंता नहीं करता, अपितु उनकी वैचारिक दृष्टि में अन्याय का प्रतिकार करने के साहस के साथ-साथ नैतिक पथ पर अविचल चलने की प्रतिबद्धता भी दिखाई देती है, जो मूल्यों की पहचान ढूँढ़ते समाज को दिशा दिखाती है।

डॉ. आंबेडकर ने तत्कालीन भारतीय सामाजिक स्थिति का गहन अध्ययन

किया और पाया कि अस्पृश्यता की रूढ़ि अन्यायकारक है, वह समाप्त होनी चाहिए, एक ही धर्म के लोगों को आपस में समता का व्यवहार करना चाहिए। समता के लिए संवैधानिक व्यवस्था होनी चाहिए, जातियों के मतभेद, छुआछूत जैसी नीच भावना के लिए धर्म की मान्यता खड़ी करना अधर्म है, उसे समाप्त होना चाहिए, पीड़ित और शोषित समाज की दुर्दशा को उन्होंने स्वयं देखा और उस पीड़ा को महसूस किया। ऐसे सारे विषय सामाजिक न्याय के अर्थ में निहित हो जाते हैं। बाबासाहेब आंबेडकर के मूल चिंतन में महात्मा बुद्ध, संत कबीर, संत रविदास और महात्मा ज्योतिबा फुले जैसे महान् युगदृष्टाओं, विचारकों और सामाजिक क्रांतिकारियों के जीवन दर्शन की छाप थी। इसी कारण वे समाज में व्याप्त अस्पृश्यता, क्षेत्रवाद, जातिवाद, वर्णवाद, अंधविश्वासों एवं हानिकारक रूढ़ियों एवं परंपराओं के घोर विरोधी हो गए। उन्होंने जीवन और जगत् के प्रति केवल अनुभवपरक, तर्कपूर्ण, वैज्ञानिक दृष्टिकोण को ही स्वीकार किया है। बाबासाहेब का मानना था कि मानवहित को ध्यान में रखते हुए 'सामाजिक उपयोगिता' की दृष्टि से सभी बातों का परीक्षण किया जाना चाहिए। इसी बात के चिंतन ने उनके मानववादी दर्शन के निर्माण में महत्त्वपूर्ण भूमिका निभाई। डॉ. साहेब का चिंतन समाजवाद इसीलिए कहा गया कि उसने समाज से अलग मनुष्य को नहीं देखा, मनुष्यों के हितों को समाज से ही संबंधित पाया और शुभ सामाजिक संबंधों को ही मानव के विकास व कल्याण का मूलाधार बतलाया।

बाबासाहेब ने सन् 1953 में औरंगाबाद में अपने कार्यकर्ताओं की बैठक लेते हुए कहा कि मेरे जीवन के सिद्धांत में राजनीति जीवन का सबकुछ मगर अंतिम नहीं है। वे नेहरूजी की मान्यता कि हम अंग्रेजों के 150 साल तक गुलाम रहे, यह बात बाबासाहेब को स्वीकार नहीं थी। वे मानते थे कि भारत शताब्दियों के बाद स्वतंत्र हुआ है और इस स्वराज्य की रक्षा प्रत्येक नागरिक का प्रथम कर्तव्य है। इस राष्ट्र हितकारी सोच के साथ समाज का नेतृत्व करते बाबासाहेब समाज का रक्षा कवच प्रतीत होते हैं। हमारे समाज में विविधता भी है और विषमता भी, विविधता स्वाभाविक होती है, परंतु विषमता नैसर्गिक नहीं है, इसलिए विषमता पर विचार आवश्यक है। डॉ. साहेब के नैतिक साहस ने अपने समाज की विषमतामूलक व्यवस्था का मात्र विरोध ही नहीं किया, उन्होंने इसके कारण समाज और राष्ट्रीय एकता पर इसके दुष्प्रभाव और सत्य, अहिंसा तथा मानवता के विरुद्ध इसके स्वरूप को सबके सामने प्रदर्शित किया। आधुनिक भारत के श्रेष्ठ विचारकों ने डॉ.

आंबेडकर की समाज पुनर्रचना की दृष्टि को मात्र वर्ण आधारित जाति व्यवस्था के विरोध एवं अछूतोद्धार तक ही सीमित करके देखा जाता है, जो उनके साथ अन्याय है। जाति व्यवस्था का विरोध एवं जाति आधारित वैमनस्य, छुआछूत का प्रतिकार मध्यकालीन संतों से लेकर आधुनिक विचारकों द्वारा तक किया गया, परंतु अधिकतर संतों, राष्ट्रनायकों ने वेद व उपनिषद् की दृष्टि से सामाजिक पुनर्रचना के कार्य में सहयोग दिया, जबकि बाबासाहेब ने महात्मा बुद्ध के संघवाद एवं धम्म के पथ से स्वयं को निर्देशित किया। इस पृष्ठभूमि में स्पष्टत: यह भारी अन्याय होगा कि उन्हें केवल दलितों के नेता के रूप में पहचाना जाए, उनकी असली पहचान एक राष्ट्रनेता के रूप में है, जो सदा हम भारतीयों में विद्यमान रहेगी।

महापुरुष दिव्य ही होते हैं। सामान्य व्यक्तित्व को घिसकर और लोकजन जीवन की साधना में स्वयं को तपाकर ही वह महान् बनता है। भारत में डॉ. आंबेडकर के जीवन चरित्र और दर्शन को जानने और समझने की सबसे बड़ी सीमा यह रही है कि या तो उनकी अनदेखी की गई या फिर उनकी पूजा की गई। अधिकाशत: लोग ऐसे हैं, जो डॉ. आंबेडकर के जीवन के किसी एक पहलू में उनका संपूर्ण दर्शन देखते और उस टुकड़े में ही वे बाबासाहेब के समग्र चिंतन खोजते रहे। डॉ. आंबेडकरजी बड़े हैं। उनका व्यक्तित्व विविध आयामी है। व्यक्तित्व की यह विराटता दायित्व, पद, पीढ़ी और धन से नहीं मिली। उन्होंने वंचना के थपेड़ों और विपरीतता के अंधड़ों से लड़कर इसे प्राप्त किया है। इसलिए बाबासाहेब का व्यक्तित्व बड़ा है। बाबासाहेब का संपूर्ण जीवन संघर्षों के साथ बढ़ा है। लोग उनके जीवन को समझना चाहते हैं कि एक सामान्य परिवार में जन्म लेनेवाला इतना बड़ा व्यक्तित्व कैसे बन गया? लोगों की अपनी-अपनी मान्यता है। कोई बाबासाहेब को संविधान निर्माता कहता है, जो वे थे ही। कुछ लोगों की नजर में बाबासाहेब अपने दौर के सबसे बड़े अर्थशास्त्री थे, जिनके अध्ययन के आलोक में रिजर्व बैंक की स्थापना हुई, भारतीय मुद्रा और राजस्व का जिन्होंने विस्तार से अध्ययन किया। कई लोगों की नजरों में बाबासाहेब दलित उद्धारक हैं, तो कई लोग हिंदू कोड बिल के सृजनकर्ता के रूप में उन्हें ऐसे व्यक्ति के रूप में देखते हैं, जिन्होंने महिलाओं को पैतृक संपत्ति में हिस्सा दिलाने की पहल की और महिला समानता की नींव रखी। देश में श्रम कानूनों को लागू कराने से लेकर नदी घाटी परियोजनाओं की बुनियाद रखनेवाले बाबासाहेब ही थे। बाबासाहेब के कार्यों और योगदानों की सूची बेहद लंबी है, लेकिन इन सबको जोड़कर बाबासाहेब की

जो समग्र तसवीर बनती है, वह निस्संदेह एक राष्ट्र निर्माता की है। बाबा साहेब में अनूठी अध्ययनशीलता, अद्‌भुत मेधा, समाज का भला करने की उत्कृष्ट इच्छा, विपन्नता एवं विचलन में भी ध्येय और प्रसन्नता खोज लेने की प्रवृत्ति। विपत्ति में भी धैर्य रखनेवाला मन था। विपरीतताओं से सहज भिड़ जानेवाला जुझारू स्वभाव, क्या नहीं था डॉ. आंबेडकर के जीवन में? बाबासाहेब की राष्ट्र के बारे में क्या कल्पना है, भारतीय राष्ट्र कैसा है? क्या वह राष्ट्र एक नक्शा है, जिसमें रहनेवाले अनेक लोग हैं? क्या राष्ट्र किसी झंडे का नाम है, जिसे कंधे पर रखकर चलने से कोई राष्ट्रवादी बन जाता है? क्या राष्ट्र एक तसवीर है? जिसमें एक स्त्री ध्वज लेकर सिंह की पीठ पर बैठी है, जिसे राष्ट्रमाता मानकर उसकी जय-जयकार करना जरूरी है? क्या भूगोल ने पहाड़ और नदियों को अपनी प्राकृतिक सीमाओं से घेरकर जमीन के एक टुकड़े को राष्ट्र का रूप दे दिया है? या फिर क्या हम इसलिए एक राष्ट्र हैं कि हमारे स्वार्थ और हित साझा हैं?

डॉ. आंबेडकर के राष्ट्र की कल्पना इन सब बातों से अलग है। धर्म, भाषा, नस्ल, भूगोल या साझा स्वार्थ को या फिर इन सबके समुच्चय को डॉ. आंबेडकर राष्ट्र नहीं मानते। बाबासाहेब का राष्ट्र एक आध्यात्मिक विचार है। वह एक चेतना है, हम एक राष्ट्र हैं, क्योंकि हम सब मानते हैं कि हम एक राष्ट्र हैं। बाबासाहेब वैज्ञानिकपूर्ण सोच और सामाजिक सोच को ही अपने जीवन का आदर्श मानते हैं। सही अर्थों में यह किसी स्वार्थ या संकीर्ण विचारों से बहुत ऊपर का एक पवित्र विचार है। इतिहास के संयोगों ने हमें एक साथ जोड़ा है, हमारा अतीत साझा है, हमने वर्तमान में साझा राष्ट्र जीवन जीना तय किया है और भविष्य के हमारे सपने साझा हैं और यह सब हैं, इसलिए हम एक राष्ट्र हैं। राष्ट्र की यह परिकल्पना बाबासाहेब ने यूरोपीय विद्वान् अर्नेस्ट रेनॉन से ली है, जिनका 1818 का प्रसिद्ध वक्तव्य 'ह्वाट इज नेशन' आज भी सामयिक दस्तावेज है।

25 नवंबर, 1949 को संसद् में जब बाबासाहेब संविधान सभा में पूछे गए तमाम सवालों का जवाब देने के लिए खड़े होते हैं, तो वे इस बात को रेखांकित करते हैं कि वर्षों बाद स्वतंत्रता पानेवाले देश के लिए यह भाषण राष्ट्रीय एकात्मता की दृष्टि से और देश की एकता बनाए रखने के लिए है। भारत स्वतंत्र हो चुका है, लेकिन उसका एक राष्ट्र बनना अभी अधूरा है। डॉ. आंबेडकरजी कहते हैं कि "भारत एक बनता हुआ राष्ट्र है। अगर भारत को एक राष्ट्र बनना है, तो सबसे पहले इस वास्तविकता से सामना करना आवश्यक है कि हम सब मानें कि जमीन

के एक टुकड़े पर कुछ या अनेक लोगों के साथ रहने भर से राष्ट्र नहीं बन जाता। राष्ट्र-निर्माण में व्यक्तियों का मैं से हम बन जाना बहुत महत्त्वपूर्ण होता है।" वे चेतावनी भी देते हैं कि हजारों जातियों और उपजातियों में बँटे भारतीय समाज का एक राष्ट्र बन पाना इतना आसान नहीं होगा। सामाजिक व आर्थिक जीवन में घनघोर असमानता और कड़वाहट के रहते यह काम मुश्किल लगता है। अपने बहुचर्चित, लेकिन कभी न दिए गए, भाषण 'एनिहिलेशन ऑफ कास्ट' में बाबासाहेब जाति को राष्ट्र विरोधी बताते हैं और इसके विनाश के महत्त्व को रेखांकित करते हैं। डॉ. आंबेडकर की संकल्पना का राष्ट्र एक आधुनिक विचार है। वे स्वतंत्रता, समानता और बंधुत्व की बात करते हैं, लेकिन वे इसे पश्चिमी विचार नहीं मानते। वे इन विचारों को फ्रांसीसी क्रांति से न लेकर, बौद्ध परंपरा से लेते हैं। संसदीय प्रणालियों को भी वे बौद्ध भिक्षु संघों की परंपरा से लेते हैं।

भारत की स्वतंत्रता और समानता जैसे विचारों की स्थापना भारतीय संविधान में नियम-कानूनों के तहत की गई है। इन दो विचारों को मूल अधिकारों के अध्याय में शामिल करके इनके महत्त्व को रेखांकित भी किया गया है। लेकिन इन दोनों से महत्त्वपूर्ण या बराबर महत्त्वपूर्ण है बंधुत्व का विचार। क्या कोई कानून और संविधान, दो या अधिक लोगों को भाईचारे के साथ रहना सिखा सकता है? क्या कोई कानून मजबूर कर सकता है कि हम दूसरे नागरिकों के सुख व दु:ख में साझीदार बनें और साझा सपने देखें? क्या इस देश में दलित उत्पीड़न पर पूरा देश दु:खी होता है? क्या मुसलमानों या ईसाइयों पर होनेवाले हमलों के खिलाफ पूरा देश एकजुट होता है? क्या आदिवासियों की जमीन का जबरन अधिग्रहण राष्ट्रीय चिंता का कारण है? दु:ख के क्षणों में अगर नागरिकों में साझापन नहीं है, तो जमीन के एक टुकड़े पर बसे होने और एक झंडे को जिंदाबाद कहने के बावजूद हम लोगों का एक राष्ट्र बनना अभी बाकी है। राष्ट्र बनने के लिए यह भी आवश्यक है कि हम अतीत की कड़वाहट को भूलना सीखें। अमूमन किसी भी बड़े राष्ट्र के निर्माण के क्रम में कई अप्रिय घटनाएँ होती हैं, जिनमें कई की शक्ल हिंसक होती है और वे स्मृतियाँ लोगों में साझापन पैदा करने में बाधक होती हैं। इसलिए जरूरी है कि खासकर विजेता समूह, उन घटनाओं को भूलने की कोशिश करे।

डॉ. आंबेडकर ने जीवन के कई बिंदुओं से जुड़े विभिन्न विषयों पर देश की जनता और सरकारों को कई रचनात्मक सुझाव दिए। इनमें राष्ट्र के चिंतन से लेकर शिक्षा व सिंचाई तक लगभग सभी पक्ष शामिल हैं। राष्ट्र का चिंतन करते समय

बाबासाहेब मानते हैं कि राष्ट्र जब लोगों की सामूहिक चेतना में है, तभी राष्ट्र है। बाबासाहेब चाहते थे कि भारत के लोग, तमाम अन्य पहचानों से ऊपर खुद को सिर्फ भारतीय मानें। राष्ट्रीय एकता ऐसे स्थापित होगी। वर्तमान विवादों के आलोक में बाबासाहेब के राष्ट्र संबंधी विचारों को दोबारा पढ़े जाने और आत्मसात् किए जाने की जरूरत है। शिक्षा के विषय पर बाबासाहेब कहते थे कि केंद्रीय सत्ता की परिकल्पित एकसूत्रीय नीति से ही सार्वजनिक शिक्षा की समस्या खंड-खंड करके सुलझानेवाला प्रश्न नहीं है, बल्कि यह प्रश्न एकसूत्रीय नीति से ही सुलझ सकता है, क्योंकि शिक्षा निरंतर चलनेवाली दीर्घ प्रक्रिया है। शिक्षा क्षेत्र को सच्चे अर्थों में स्वतंत्र होना चाहिए, उस पर व्यक्ति की सत्ता धोखादायक होगी। शिक्षा की जिम्मेदारी स्थानिक स्वराज्य संस्थाओं को न सौंपें। वे कहते हैं कि शिक्षा गटर साफ करने जैसी बातों से भिन्न है, यहाँ कारोबार उपयुक्त नहीं है। बाबासाहेब के राजनीतिक, सामाजिक विचारों को उदारता के साथ सामाजिक-राजनीतिक जीवन में स्थापित करने की आवश्यकता है। दलित-चिंतन के अलावा संसदीय राजनीति में नागरिक समानता, राजनीतिक सिद्धांत, अधिकार और कर्तव्य पर उनके विचार महत्त्वपूर्ण हैं।

बाबासाहेब लिखित कुछ प्रमुख पुस्तकें—

- हू इज शुद्रा ?
- द बुद्धा एंड हिज धम्मा
- थॉट्स ऑन पाकिस्तान
- पाकिस्तान ऑर पार्टीशन ऑफ इंडिया
- आइडिया ऑफ ए नेशन
- द अनटचेबल
- फिलॉस्फी ऑफ हिंदुइज्म
- सोशल जस्टिस एंड पॉलिटिकल सेफगार्ड ऑफ डिप्रेस्ड क्लासेज
- गांधी एंड गांधीइज्म
- ह्वाट कांग्रेस एंड गांधी हैव डन टू द अनटचेबल

□

9

भगवान् बिरसा मुंडा

धर्मरक्षक, वनवासी समाज के प्रेरणा स्रोत, स्वाधीनता संग्राम सेनानी भगवान् बिरसा मुंडा का जन्म 15 नवंबर, 1875 को झारखंड में खूँटी जिले के अडकी प्रखंड के उलिहातु गाँव में हुआ था। भारत में ब्रिटिश शासन होने के कारण उस समय ईसाई स्कूल में प्रवेश लेने के लिए ईसाई धर्म को मानना आवश्यक था। मजबूरी और शिक्षा ग्रहण करने के लिए बिरसा मुंडा को बाल्यकाल में ईसाई मत अपनाना पड़ा तथा उनका नाम हो गया बिरसा डेविड। ईसाई धर्म का विस्तार करने के लिए चर्च और पादरी वनवासी बंधुओं की भूमि पर मिशन का कब्जा करने के लिए प्रयास करते थे। शिक्षार्थी जीवन से ही बिरसा मुंडा साहसी और निर्भीक थे। उन्होंने मिशनरी के अव्यावहारिक विषयों का पुरजोर विरोध किया। इस वजह से उन्हें विद्यालय से निष्कासित कर दिया गया। वे ईसाई मिशनरियों द्वारा प्रलोभन एवं छल-कपट से वनवासी समाज का धर्मांतरण करने के दुष्चक्र को देखकर बहुत व्यथित होते थे। बिरसा मुंडा ने सब बातों को ध्यान में रखकर राष्ट्र के स्वाभिमान को जगाने और भारतीय धर्म के रक्षण के लिए ईसाई मिशनरियों का विरोध करना प्रारंभ कर दिया।

भगवान् बिरसा मुंडा ने 1890-91 से लगभग पाँच वर्षों तक सनातनी संत आनंद पांडे से सनातन भारतीय धर्म व्यावहारिक ज्ञान प्राप्त किया और अपने व्यक्तिगत एवं सामाजिक जीवन पर धर्म के प्रभाव पर चिंतन किया। परंपरागत धर्म की ओर उन्होंने वापसी की और समाज को धर्मोपदेश देना तथा धर्माचरण का पाठ पढ़ाना आरंभ कर दिया। ईसाई मत को छोड़नेवाले वनवासी समुदाय के बंधु भगवान् बिरसाजी के अनुयायी बनने लगे। बिरसा मुंडा का यह विचार पंथ वनवासी समाज के पुनर्जागरण का माध्यम बना। उनका यह धार्मिक समाज सुधार आंदोलन कालांतर में वनवासियों को अंग्रेजी शासन और ईसाई मिशनरियों के विरोध में एकत्र

होकर एक स्वर में विद्रोह करने के लिए प्रेरित करने लगा। उन्होंने वनवासी समाज में व्याप्त अंधविश्वास और कुरीतियों का जमकर विरोध किया। वे वनवासी समाज की प्राचीन वेशभूषा जनेऊ, खड़ाऊँ और हल्दी रंग की धोती पहनने लगे। उन्होंने कहा कि ईश्वर एक है और प्रकृति ही उसका स्वरूप है। भूत-प्रेत की पूजा और बलि देना निरर्थक व घृणित है। सार्थक जीवन के लिए शाकाहारी भोजन और मांस-मछली का परित्याग करना आवश्यक है। हँडिया और मदिरा पीना बंद करना होगा। ये समाज में वैमनस्य पैदा करती हैं।

भगवान् बिरसा मुंडा ने वनवासियों को शोषण की नाटकीय यातना से मुक्ति दिलाने हेतु उन्हें तीन स्तरों पर संगठित करना आवश्यक माना और इस दिशा में कार्य करना प्रारंभ किया। पहला सामाजिक स्तर पर, ताकि वनवासी समाज अंधविश्वासों और कुरीतियों के चंगुल से बाहर निकलकर पाखंड के जाल से बाहर आ सके। उस समय ईसाई मिशनरी और गाँव के ओझा उन्हें प्रथाओं एवं भूत-प्रेतों के नाम पर दिग्भ्रमित करते थे। इसके लिए उन्होंने वनवासी समाज को स्वच्छता का संस्कार सिखाया। शिक्षा का महत्त्व बतलाया। आपसी सहयोग और सरकार के सहयोग से विकास का रास्ता दिखाया। अंग्रेजों द्वारा गौहत्या को देखकर बिरसा मुंडा बहुत व्यथित होते थे। इस अपराध को रोकने के लिए उन्होंने समाज को अंग्रेजों के प्रति सजग करना प्रारंभ कर दिया। अंग्रेजों द्वारा विदेशी पहनावा, विदेशी विचार भोले-भाले वनवासियों पर लादने का भी बिरसाजी ने विरोध किया। उनके मतानुसार ईसाइयत का कार्य भारतवासियों को अपनी ही जड़ों से दूर करने जैसा है। सामाजिक स्तर पर वनवासियों के इस जन-जागरण से जमींदार-जागीरदार और तत्कालीन अंग्रेजी शासन तो बौखलाया ही, पाखंडी झाड़-फूँक करनेवाले ओझाओं की मक्कारी भी समाज के सामने आने लगी। ये सभी एकजुट होकर बिरसा मुंडा के खिलाफ हो गए। इन सभी ने बिरसा मुंडा को साजिश रचकर फँसाने की साजिशें प्रारंभ कर दीं। इस अभियान से उनका सामाजिक दायरा और प्रभाव बढ़ने लगा।

दूसरा सुधार था आर्थिक स्तर पर, ताकि वनवासी समुदाय को जमींदारों और जागीरदारों के आर्थिक शोषण से मुक्त कराया जा सके। बिरसा मुंडा ने जब सामाजिक स्तर पर वनवासी समुदाय में चेतना पैदा कर दी तो आर्थिक स्तर पर सभी आदिवासी समुदाय आर्थिक शोषण के विरुद्ध स्वयं ही संगठित होने लगे और इन शोषणकारी शक्तियों का पुरजोर विरोध करने लगे। भगवान् बिरसा मुंडा ने उनके नेतृत्व की कमान सँभाली। उस समय बिरसाजी के निर्भीक और निडर

नेतृत्व में वनवासी समाज ने 'बेगारी प्रथा' के विरुद्ध भीषण आंदोलन प्रारंभ किया। परिणामस्वरूप जमींदारों और जागीरदारों के घरों तथा खेतों एवं वन की भूमि पर कार्य रुक गया और वनवासी समाज को उनके आर्थिक अधिकार मिलने लगे।

तीसरा था राजनीतिक स्तर पर वनवासी समाज को एकत्र करना। क्योंकि उन्होंने सामाजिक और आर्थिक स्तर पर वनवासियों में चेतना का जागरण किया, अतत: राजनीतिक स्तर पर इसे बढ़ने में समय नहीं लगा। वनवासी समाज अपने राजनीतिक अधिकारों के प्रति जाग्रत् हुआ। भगवान् बिरसा मुंडा ने वनवासियों को एकत्र कर अपनी सेना बनाई और अंग्रेजों से लोहा लिया। अंग्रेजों ने इस जन जागरण अभियान को अपने शासन के लिए खतरे का संकेत मानकर बिरसा मुंडा को गिरफ्तार करके जेल भेज दिया। वहाँ अंग्रेजों ने उन्हें धीमा जहर दिया और उन्हें हैजा हो गया, जिस कारण वे 9 जून, 1900 को वीरगति को प्राप्त हो गए।

बिरसा मुंडा के अंतिम लक्ष्य को पूर्ण करने के लिए झारखंड सरकार ने धर्मांतरण विरोधी कानून बनाया है। इस कानून के अंतर्गत झूठ, मक्कारी और प्रलोभन से धर्मांतरण को कानूनी रूप से दंडनीय अपराध माना गया है। इस कानून को बनाना ही भगवान् बिरसा मुंडा को सच्ची श्रद्धांजलि है।

भगवान् बिरसा मुंडा गोरक्षक, स्वदेशी जागरण के उद्घोषक, प्राचीन मान्यताओं एवं धार्मिक परंपराओं के समर्थक, अंग्रेजों के शत्रु, ईसाई धर्मांतरण के घोर विरोधी थे। बिरसा मुंडा एक ऐसे सामाजिक योद्धा थे, जिन्होंने भारत के आधुनिक इतिहास में अपने क्रांतिकारी चिंतन से उन्नीसवीं शताब्दी के उत्तरार्ध में वनवासी समाज की दशा और दिशा बदलकर नवीन सामाजिक और राजनीतिक युग का सूत्रपात किया। शोषित कानूनों को चुनौती देकर ब्रिटिश साम्राज्य की नींव हिला दी। बिरसा मुंडा सही अर्थों में देश में पराक्रम और सामाजिक जागरण के धरातल पर तत्कालीन युग के वीर एकलव्य और स्वामी विवेकानंद थे।

□

10
रानी गाइडिन्ल्यू

वर्ष 1932 में जब हमारा देश अपनी स्वतंत्रता के लिए संघर्ष कर रहा था, तब अंग्रेजों ने भारतीयों के मन से स्वतंत्रता की चाह को समाप्त करने के लिए अपने सारे असलहे खोलकर बिछा दिए थे। साम-दाम-दंड-भेद की नीति और दमनकारी इच्छा के साथ ब्रिटिश सरकार स्वतंत्रता के लिए उठनेवाले आंदोलनों को दबाने का प्रयास कर रही थी, मगर आजादी के परवाने देश के कोने-कोने से विद्रोह की आवाज को समाज में उठाने का सराहनीय प्रयास कर रहे थे। उन्हीं में से एक महत्त्वपूर्ण आवाज थी, मणिपुर की रानी गाइडिन्ल्यू की, जिन्हें 'देवी' का अवतरण रूप माना जाता है। रानी ने पूर्वोत्तर भारत में ब्रिटिश सरकार की नींव हिला दी थी, अंग्रेज शासन ने रानी की नेतृत्व क्षमता से भयभीत होकर उन्हें गिरफ्तार करने की योजना बनाई और उनको पकड़वानेवाले को 500 रुपए नकद तथा 10 साल टैक्स माफी के इनाम का वादा किया गया था। उस समय 500 रुपए बहुत बड़ी रकम होती थी। देश में रानी गाइडिन्ल्यू महिला सशक्तीकरण का महत्त्वपूर्ण उदाहरण बनी।

कहानी देवी से रानी तक

सन् 1915 में मणिपुर की जेलियांगाशांग कबीले के रोंग्मेई खानदान में गाइडिन्ल्यू का जन्म हुआ। नागा नेता हाइपोउ तदोनांग (कई जगह जदोनांग लिखा मिलता है) रिश्ते में उनके भाई लगते थे। तदोनांग ने पूर्वोत्तर भारत में 'हेराका' आंदोलन की शुरुआत की थी। इसका अर्थ होता है—'शुद्ध'। इस आंदोलन को चलानेवाले, ब्रिटिश राज के अफसरों को भगा देना चाहते थे। उनका लक्ष्य था 'नागा राज' को पुनर्स्थापित करना। गाइडिन्ल्यू 13 साल की थीं, जब वे तदोनांग के इस आंदोलन से जुड़ीं। वर्ष 1932 में इंफाल में तदोनांग को अंग्रेजों ने फाँसी

दे दी और इस आंदोलन को कमजोर करने का भरपूर प्रयास किया। उनके बाद उनकी विरासत सँभाली देवी गाइडिन्ल्यू ने। हेराका को माननेवाले लोगों के बीच उन्हें 'देवी चेराचमडिन्ल्यू' का अवतार माना जाने लगा। उन्होंने महात्मा गांधी के आंदोलन के बारे में सुनकर ब्रिटिश सरकार को किसी भी प्रकार का कर न देने की घोषणा की। उनके गाँव के लोगों ने ब्रिटिश राज को टैक्स देने से मना कर दिया। उनके गाँव के लोग गाइडिन्ल्यू को चंदा देते थे। ब्रिटिश राज ने उनको पकड़ने की बहुत कोशिश की, लेकिन पूरा गाँव उनके साथ खड़ा था। नागाओं के कबीलों में एकता स्थापित करके उन्होंने अंग्रेजों के विरुद्ध संयुक्त मोर्चा बनाने के लिए कदम उठाए। उनके तेजस्वी व्यक्तित्व और निर्भयता को देखकर जनजातीय लोग उन्हें सर्वशक्तिशाली देवी मानने लगे थे। नेता तदोनांग को फाँसी दे दिए जाने से भी लोगों में असंतोष व्याप्त था, गाइडिन्ल्यू ने उसे सही दिशा की ओर मोड़ा। सोलह वर्ष की इस बालिका के साथ केवल चार हजार सशस्त्र नागा सिपाही थे। इन्हीं को लेकर भूमिगत गाइडिन्ल्यू ने अंग्रेजों की फौज का सामना किया। वह गुरिल्ला युद्ध और शस्त्र संचालन में अत्यंत निपुण थीं। ब्रिटिश सरकार उन्हें बहुत खूँखार नेता मानती थी। दूसरी ओर जनता का हर वर्ग उन्हें अपना उद्धारक समझता था। असम, मणिपुर और नागालैंड के बीच में भागती-छुपती गाइडिन्ल्यू उनसे बचती रहीं। असम राइफल उनके पीछे लगा दी गई थी। यहाँ तक कि 500 रुपए नकद इनाम, टैक्स में छूट, कोई भी लालच लोगों को डिगा नहीं सका। ब्रिटिश राज ने कहा था कि जो भी गाँव उनके बारे में जानकारी देगा, उसे 10 साल तक टैक्स देने की जरूरत नहीं पड़ेगी।

सन् 1932 में उनको पोइलवा नाम की जगह पर पकड़ लिया गया। उनको जेल में डाल दिया गया। जेल में जवाहरलाल नेहरू उनसे मिलने गए। उन्हें दुलार से 'पहाड़ों की बेटी' कहा, वहीं पहली बार गाइडिन्ल्यू को नेहरू ने 'रानी' कहकर बुलाया। इसके बाद से ही वे 'रानी गाइडिन्ल्यू' के नाम से जानी गईं। सन् 1933 से 1947 तक वे गुवाहाटी, शिलांग, तूरा और आइजोल की जेलों में रहीं। नेहरू ने उनको जेल से निकालने के लिए ब्रिटेन की एम.पी. लेडी एस्टर को भी चिट्ठी लिखी थी, ऐसा पढ़ने को मिलता है, लेकिन वहाँ से जवाब इनकार में आया। नेहरू के हृदय में इस बात की जबरदस्त पीड़ा थी कि अनेक प्रयत्नों के बावजूद वह रानी गाइडिन्ल्यू को जेल से मुक्त नहीं करवा सके थे। एक अवसर पर उन्होंने कहा था—

"उस नन्ही बहादुर लड़की ने अपनी देशभक्ति के जोश में एक विशाल साम्राज्य को चुनौती दी थी, मगर उसे कितनी यातनाएँ और कितनी घुटन सहनी पड़ रही है। पहाड़ की ताजी खुशनुमा हवाओं में वह कभी नहीं आ सकेगी। पहाड़ की ढलानों और जंगली कुओं में अब वह कभी आजादी से नहीं घूम सकेगी। वह छोटी चिड़िया-सी गाइडिन्ल्यू रानी चुपचाप बैठी रहती होगी अँधेरे में कैद। छोटी सी कोठरी में अकेले, बिल्कुल अकेले अपनी यातनाओं को चुपचाप झेलते हुए। अफसोस यह है कि हिंदुस्तान अपनी इस बहादुर बिटिया के बारे में जानता तक नहीं। भारत की बहादुर बेटी नागा पहाड़ियों की वह पवित्र संतान है, जिसकी साँस-साँस में पहाड़ी हवाओं की आजादी बसी हुई है। उसके प्रदेश के लोग इसे प्यार से, इज्जत और दु:ख से याद कर रहे हैं। एक दिन आएगा, जब सारा हिंदुस्तान उसे याद करेगा, उसे इज्जत बख्शेगा और कैदखाने के दरवाजे खोलकर बाहर ले आएगा।"

जब भारत आजाद हुआ, तब रानी गाइडिन्ल्यू जेल से छूटीं। उनको लेकर विवाद भी हुए। रानी ने ईसाई धर्म अपना चुके नागा लोगों के धर्म परिवर्तन का विरोध किया था। इसके बाद इन लोगों ने रानी गाइडिन्ल्यू को हिंदू धर्म का समर्थक मानकर उनसे दूरी बना ली थी। आजादी के बाद भी रानी नागा लोगों के हक के लिए काम करती रहीं। 'नागा नेशनल काउंसिल' के लोग भारत से अलग होना चाहते थे। रानी उनके खिलाफ थीं। रानी की माँग थी कि उनके जेलियांगशांग समुदाय के लिए भारत के भीतर ही एक अलग जिला दिया जाए। वे हेराका आंदोलन को दोबारा शुरू करना चाहती थीं। लेकिन वहाँ के ईसाई नेताओं ने इसे ईसाई धर्म के खिलाफ बताया। कहा कि या तो अपना निर्णय बदलो या अंजाम भुगतो। रानी अपनी सुरक्षा के लिए अंडरग्राउंड हो गईं। अंडरग्राउंड रहते हुए ही उन्होंने अपनी एक अलग सेना बनाई। सन् 1965 में उनके समर्थकों ने नौ नागा नेताओं को जान से मार डाला था। इसकी काफी आलोचना हुई थी और रानी वापस खबरों में आ गई थीं। इसके बाद 1966 में रानी ने भारत सरकार के साथ समझौता किया। अपनी अंडरग्राउंड जिंदगी से बाहर निकलीं। उसके बाद भारत सरकार से वादा किया कि वे अहिंसक तरीकों से अपने लोगों की बेहतरी के लिए काम करेंगी। उनके अनुयायियों ने भी आत्म-समर्पण कर दिया था। 1982 में उन्हें 'पद्मभूषण' से नवाजा गया। 17 फरवरी, 1993 को मणिपुर में ही उनकी मौत हुई। आज रानी को याद करनेवाले बहुत कम हैं। लेकिन उनकी याद का एक महत्त्वपूर्ण टुकड़ा है, जो दिल्ली के इंडियन इंस्टीट्यूट ऑफ मास कम्यूनिकेशन (IIMC) में देखा जा

सकता है। वहाँ उनके नाम का हॉस्टल है लड़कियों के लिए, 2015 में प्रधानमंत्री नरेंद्र मोदी ने उनके जन्म के 100 साल पूरे होने के अवसर पर 100 और पाँच रुपए के सिक्के जारी किए थे।

देश की आजादी और रानी गाइडिन्ल्यू की रिहाई

जब सन् 1946 में अंतरिम सरकार का गठन हुआ, तब प्रधानमंत्री नेहरू के निर्देश पर रानी गाइडिन्ल्यू को तुरा जेल से रिहा कर दिया गया। अपनी रिहाई से पहले उन्होंने लगभग 14 साल विभिन्न जेलों में काटे थे। रिहाई के बाद वे अपने लोगों के उत्थान और विकास के लिए कार्य करती रहीं।

सन् 1953 में जब प्रधानमंत्री नेहरु इंफाल गए, तब वे उनसे मिलीं और रिहाई के लिए कृतज्ञता प्रकट की। बाद में वे जेलियांगशांग समुदाय के विकास और कल्याण से संबंधित बातचीत करने के लिए नेहरू से दिल्ली में भी मिलीं।

रानी गाइडिन्ल्यू नागा नेशनल कौंसिल (एन.एन.सी.) का विरोध करती थीं, क्योंकि वे नागालैंड को भारत से अलग करना चाहते थे, जबकि रानी जेलियांगशांग समुदाय के लिए भारत के अंदर ही एक अलग क्षेत्र चाहती थीं। एन.एन.सी. उनका इस बात के लिए भी विरोध कर रहे थे, क्योंकि वे परंपरागत नागा धर्म और रीति-रिवाजों को पुनर्जीवित करने का प्रयास कर रही थीं। नागा कबीलों की आपसी स्पर्धा के कारण रानी को अपने सहयोगियों के साथ 1960 में भूमिगत हो जाना पड़ा और भारत सरकार के साथ एक समझौते के पश्चात् वे 6 साल बाद 1966 में बाहर आईं। फरवरी, 1966 में वे दिल्ली में तत्कालीन प्रधानमंत्री लालबहादुर शास्त्री से मिलीं और एक पृथक् जेलियांगशांग प्रशासनिक इकाई की माँग की। इसके बाद उनके समर्थकों ने आत्म-समर्पण कर दिया, जिनमें से कुछ को नागालैंड आर्म्ड पुलिस में भरती कर लिया गया।

सन् 1972 में उन्हें 'ताम्रपत्र स्वतंत्रता सेनानी पुरस्कार', 1982 में 'पद्मभूषण' और 1983 में 'विवेकानंद सेवा पुरस्कार' दिया गया।

निधन

सन् 1991 में वे अपने जन्म-स्थान लोंग्काओ लौट गईं, जहाँ पर 17 फरवरी, 1993 को 78 साल की आयु में उनका निधन हो गया।

□

11

संत विनोबा भावे

भूदान, ग्रामदान, उद्योगदान, जीवनदान और विचारदानवाले 'विनोबा भावे' का यह दान आखिर गया कहाँ? इन अभियानों में अगर विनोबाजी लाखों लोगों को प्रेरित कर पाए तो सिर्फ इसलिए कि महात्मा गांधीजी के जाने के बाद भारतीय समाज के सभी वर्गों का उन पर सहज और सबसे ज्यादा भरोसा था। आचार्य विनोबाजी और पंडित दीनदयाल उपाध्याय दोनों ही महापुरुषों के ग्रामीण समाज के लिए समानार्थी विचार थे।

आचार्य विनोबाजी क्रांतिकारी विचारक, संत, स्वतंत्रता संग्राम सेनानी, सामाजिक और आध्यात्मिक तथा गांधीवादी विचार के पुरोधा थे। आचार्यजी का नाम विनायक नरहरि भावे था, महात्मा गांधी ने उन्हें 'विनोबा' नाम दिया था। उन्हें राष्ट्रीय अध्यापक और गांधीजी का आध्यात्मिक दत्तक पुत्र माना जाता है। आचार्य विनोबाजी सामाजिक और रचनात्मक कार्य के प्रशंसक थे। उन्होंने कई प्रयोग अपने सामाजिक जीवन में किए, नई पीढ़ी अकसर इस बात का भरोसा नहीं कर पाती कि भारत जैसे देश में लोगों ने अपने ही गाँव-समाज के भूमिहीन लोगों के लिए जमीनें दान में दी होंगी। देश में मौजूदा राजनीतिक, सामाजिक और वैचारिक वातावरण को देखते हुए सच में उनके लिए यह यकीन करना आसान भी नहीं होगा। उनके बारे में बस इतना जानना ही पर्याप्त होगा कि गणित और वैज्ञानिक अध्यात्म को अपने जीवन और चिंतन का आधार बनानेवाले विनोबा एक मौलिक विचारक, आजीवन शिक्षक और अहिंसक कर्मयोगी थे। आचार्य विनोबा के लिए अनेक विशेषणों का उपयोग हुआ, किसी ने उन्हें आचार्य विनोबा कहा, तो किसी ने संत विनोबा, बहुतों ने तो उन्हें ऋषि विनोबा और बाबा विनोबा तक कहकर संबोधित किया। मगर भारतीय समाज के एक बड़े हिस्से के लिए वे केवल उनके अपने विनोबा रहे। महात्मा गांधीजी के अवसान के बाद भारतीय समाज के सभी वर्गों ने, जिस पर सहज और सबसे अधिक विश्वास

किया, जिसकी तरफ मार्गदर्शन के लिए देखा, वह निर्विवाद रूप से आचार्य विनोबा ही कहे जा सकते हैं।

देश की महान् विभूतियों का मूल्यांकन आनेवाली पीढ़ियों के लिए आसान नहीं होता, क्योंकि इसके लिए सिर्फ दस्तावेजी साक्ष्य ही काफी नहीं होते। इन सबके लिए गहरी संवेदनशीलता, वैचारिक अनेकांतता, तटस्थता और विनम्रता के साथ-साथ स्वयं अपने जीवन के स्तर पर भी अनुभूतिजन्य प्रयोगशीलता की आवश्यकता पड़ेगी। आचार्यजी के जीवन दर्शन को समझने के लिए श्रद्धा और भक्ति के प्रचलित नमूनों से ऊपर उठना होगा, क्योंकि विनोबा स्वयं ही ऐसा सोचते थे। उन्होंने किसी को भी अपना गुरु मानने और किसी को भी अपना शिष्य बनाने से इनकार कर दिया था।

आचार्य विनोबा ने अपने सामाजिक कार्यों के लिए कभी कोई संस्था नहीं बनाई। किसी पक्षविशेष के समर्थन और विरोध में नहीं उलझे। देश में अहिंसा और गरीबी की शिकार जनता के बीच पदयात्रा के द्वारा ही अहिंसा और प्रेम की तलाश करते हुए उनका पूरा जीवन करुणामय हो गया था, शायद इसीलिए उन्हें ज्ञानदेव, नामदेव, तुकाराम, शंकरदेव-माधवदेव और एकनाथ जैसों की श्रृंखला में ही संतों जैसा मान लिया गया। लेकिन आधुनिक अर्थों में विनोबा मौलिकता से भरे अपनी तरह के एक 'SocialInovetar' कहे जा सकते हैं। जिन्हें अध्यात्म में रुचि हो, उनके लिए वे 'SpiritualInovetar' भी कहे जा सकते हैं, क्योंकि उनके अध्यात्म में स्वाभाविक रूप से सभी प्रकार की वैज्ञानिकता, मुक्तता और समावेशिकता मौजूद थी।

स्वतंत्रता के पश्चात् भारत की तत्कालीन सरकार के समक्ष सबसे बड़ा प्रश्न भूमि के बँटवारे का था। एक तरफ बड़ी-बड़ी रियासतों से लेकर जमींदारों और बड़े भूमिपतियों के पास बेहिसाब भूमि थी और दूसरी ओर देश का बहुसंख्यक जनमानस भूमिहीन था। भारत जैसे कृषि प्रधान देश में जमीन ही सबसे आधारभूत पूँजी और संसाधन थी। जहाँ एक ओर जमींदारी उन्मूलन एवं भू-हदबंदी जैसे सरकारी प्रयास चल रहे थे, वहीं दूसरी ओर तेलंगाना में हिंसा व डर के जरिए भूमि और संपत्ति छीन लेने का चरम-वामपंथी खूनी-संघर्ष भी छिड़ चुका था। तत्कालीन राज्य सरकार व केंद्र सरकार ने भी इस संघर्ष के खिलाफ आवश्यक जवाबी काररवाई शुरू कर दी। परिणाम यह हो रहा था कि रात में वाम-चरमपंथी और दिन में पुलिस उन लोगों को पकड़ती थी, जिनपर उन्हें शक होता। फिर वे लोग या तो गोलियों से भून दिए जाते थे या गिरफ्तारी के बाद हवालात में उन पर अत्याचार होता था। इसके चलते आम लोगों में हाहाकार मचा हुआ था। ऐसे हिंसारत स्थान पर 5 अप्रैल, 1951 को आचार्य

विनोबा ने अपनी पदयात्रा शुरू की। पहला पड़ाव हैदराबाद में रहा। जिला कारावास में जाकर विनोबा हिंसामार्गी वाम-चरमपंथियों से भी मिले। बहुत गहरी सहानुभूति के साथ उन्होंने उनसे बातें कीं, हिंसा-अहिंसा की चर्चा से लेकर जेल जीवन को सुसह्य बनाने के लिए जेल की परिस्थितियों तक के ऊपर प्रकट और व्यक्तिगत बातें हुईं। पदयात्रा करते हुए 18 अप्रैल की सुबह विनोबा नलगोंडा जिले के पोचमपल्ली गाँव में पहुँचे। यह कम्युनिस्ट चरमपंथियों का गढ़ माना जाता था। गाँव में चार खून हो चुके थे। आसपास के गाँवों को मिलाकर दो साल के भीतर इस इलाके में 22 हत्याएँ हो चुकी थीं। अपने रुकने के स्थान पर पहुँचने के बाद विनोबा गाँव घूमने निकले। पहले हरिजनों की बस्ती में पहुँचे। एक-एक घर में जाकर उन्होंने अपनी आँखों से वहाँ के लोगों की हालत देखी। हरिजनों ने अपना दु:ख सुनाते हुए कहा—"हम बहुत गरीब हैं, बेकार हैं, आप हमें थोड़ी जमीन दिलाइए। उस पर मेहनत करके हम अपना पेट भर सकेंगे।" विनोबा ने पूछा—"कितनी जमीन चाहिए?"··· हरिजनों ने कहा—"यहाँ हमारे 40 परिवार हैं, हमें 80 एकड़ जमीन भी मिल जाए, तो बहुत है।"

संत विनोबा गहरे मंथन में चले गए। विनोबाजी को कुछ सूझ ही नहीं रहा था। उन्होंने कहा कि "सरकार से बात करके आप सभी को भूमि दिलाने का प्रयास करूँगा।" मगर आचार्य विनोबा भावे स्वयं अपने इस आश्वासन से संतुष्ट नहीं थे। उन्हें सरकारों के कामकाज करने का रवैया पता था; विनोबाजी ने एक बार किसी अन्य अनुशंसात्मक प्रयास के बाद नेहरू की सदिच्छा एवं कहने के बावजूद विनोबा को सरकार से निराशा ही हाथ लगी थी और उन्होंने नेहरू को उनके सामने ही सहृदय विनोद में कहा था—"When A King Speaks, His Army Moves, When A Bearded Man Speaks, His Beard Moves, But When Nehru Speaks, Nothing Moves" (जब कोई राजा बोलता है, तो उसकी सेना हिलती है, जब कोई दाढ़ीवाला बोलता है, तो उसकी दाढ़ी हिलती है, लेकिन जब नेहरू बोलते हैं, तो कुछ भी नहीं हिलता), शायद इसी विचार से विनोबा ने सरकार के भरोसे नहीं छोड़ने की सोची। 18 अप्रैल, 1951 को विनोबाजी को एक बात ध्यान में आई, तेलंगाना प्रदेश के पोचमपल्ली गाँव के जो थोड़े लोग उनके सामने खड़े थे, उनसे उन्होंने पूछा—"आप लोगों में से ऐसा कोई सज्जन है, जो इन हरिजन भाइयों की सहायता कर सके? अगर इन लोगों को भूमि मिल जाए तो ये उस पर कठिन परिश्रम करने के लिए तैयार हैं।" उसी समय रामचंद्र रेड्डी नाम के एक सज्जन सामने आए और बोले—"मेरे पिताश्री की इच्छा थी कि हमारी 200 एकड़ जमीन में से 100 एकड़ जमीन कुछ सुपात्र लोगों में बाँट दी जाए। मेरी 100 एकड़ जमीन का भूदान

आप स्वीकार कीजिए।" यही आचार्यजी को पहला भूदान मिला और आचार्य विनोबा की आँखों से आँसू की धारा बह चली, सुननेवाले अपने कानों पर विश्वास नहीं कर पाए। रामचंद्र रेड्डी ने तुरंत ही लिखकर दिया कि मैं अपने गाँव की अपनी जमीन अपने हरिजन भाइयों को दान में देता हूँ। आचार्य विनोबाजी के भूदान आंदोलन की शुरुआत इसी पोचमपल्ली गाँव से हुई, जो अब इतिहास के पन्नों में कहीं खो गया है या बस लोगों की स्मृति में है।

27 जून, 1951 को जब आचार्य विनोबा पदयात्रा करते हुए अपने पवनार आश्रम (महाराष्ट्र) वापस पहुँचे तो इन 70 दिनों में उन्हें कुल 12 हजार एकड़ जमीन भूदान में मिल चुकी थी। वह संतरूपी मानव शरीर और गहन चिंतन में चला गया। वे बताते हैं कि "मैं सोचने लगा कि यह क्या बात हुई?" दो चीजों पर मेरा विश्वास है। एक भगवान् पर और दूसरा गणित-शास्त्र पर, मैं गणित की भाषा में सोचने लगा। मैंने माना कि अगर मुझे भारत के सभी भूमिहीनों के लिए जमीन माँगनी हो तो कुल पाँच करोड़ एकड़ जमीन माँगनी होगी। क्या इस तरह माँगने से इतनी जमीन मिल सकेगी? लेकिन अपनी इन शंकाओं को ताक पर रखकर और अहिंसा मार्ग में विश्वास रखकर विनोबा माँगते चले गए और लोग देते चले गए। संपूर्ण वातावरण में एक दिव्य भावना का संचार हो चुका था। फिर लगातार 2 दशकों तक आचार्यजी इस आंदोलन को बढ़ाते गए और जमीनों को दान में लेते रहे। कश्मीर से लेकर कन्याकुमारी तक, कच्छ से लेकर कामाख्या तक हजारों मील की उन्होंने पदयात्राएँ कीं। लगभग 42 लाख एकड़ जमीन उन्हें भूदान में मिली। इसमें से लगभग 15 लाख तो तत्काल ही भूमिहीन निर्धन लोगों में बाँट दी गई। जिस भूमि के लिए लोग आपस में शत्रु बन जाते हैं, वह जमीन लोगों ने विनोबा को प्रेम से दी। इनमें से ज्यादातर जमीनें हरिजनों और आदिवासियों के बीच ही बाँटी गईं। लोगों में इस आंदोलन का बहुत मखौल बनाया गया, ऐसे दान-धर्म से क्रांति होती है! वामपंथियों ने इसे सर्वहारा क्रांति को नुकसान पहुँचाने के प्रयास के रूप में भी देखा। लेकिन विनोबाजी चलते गए। विनोबाजी ने अपने लेख—'गांधीजी अपने साम्यवादी' में साम्यवाद शब्द व विचार को ही एक नया और मौलिक अर्थ प्रदान किया था।

प्रजा लोकतांत्रिक पार्टी के नेता जयप्रकाश नारायण ने सन् 1953 में आचार्यजी के साथ भूदान आंदोलन में अपनी सहभागिता दी। धीरे-धीरे यह आंदोलन संपूर्ण देश का हिस्सा बनता चला गया। बिहार और उत्तर प्रदेश में इसका गहरा प्रभाव देखने को मिला। 1955 में इस आंदोलन ने नया रूप धारण कर लिया। अब इसे ग्रामदान

के रूप में पहचाना जाने लगा। इसका अर्थ था—सारी भूमि गोपाल की। 1960 तक देश में 4500 से अधिक ग्रामदान आचार्य विनोबा को दान में मिल चुके थे। इसमें से कुल 1946 ओडिशा जैसे राज्य से थे। महाराष्ट्र से 603 ग्राम दान में मिले। अनुभवी लोगों का मानना है कि ग्रामदानों को वहीं सफलता मिली, जहाँ वर्गभेद और जातिभेद नहीं था। वे स्थान आदिवासियों के ही थे। वहीं इसी ग्रामदान के प्रति अपना जीवनदान देनेवाले जे.पी. के मन में एक और अनोखा विचार आया और वह था 'उद्योग-दान' का, पूँजीवादी श्रम शोषण का बहुत बड़ा समाधान इसमें छिपा था। गुजरात के प्रबोध चौकसी ने भी वर्षों तक इस उद्योग-दान के लिए अहिंसक संघर्ष किया। स्वयं विनोबा ने इसे ग्रामदान का ही एक हिस्सा बताते हुए राजगृह सम्मेलन में कहा था—"ग्रामदान आंदोलन का एक उद्देश्य यह भी है कि मिलों व कारखानों के मालिक और व्यापारी तथा उद्योगपति आदि लोग समाज की साझेदारी के विचार को कबूल करें। हम इसकी माँग उनके सामने रखें और अपनी ऐसी शक्ति खड़ी करें कि वे इनकार न कर सकें।"

इसी तरह 1957 में केरल यात्रा के दौरान विनोबा ने लोगों से कहा—"मुझे दान पत्र नहीं, प्राप्ति पत्र दीजिए। आप अपनी जो जमीन भूदान में देना चाहते हैं, उसे आप ही बाँट दीजिए और जिसे आप बाँटें, कागज पर उसके हस्ताक्षर और साक्षी के हस्ताक्षर प्राप्त कर लीजिए। यही प्राप्ति पत्र होगा, नहीं तो जमीन यों ही पड़ी रह जाएगी।"

आज भी देश के कई कोनों में हरे-भरे 'विनोबा ग्राम' मिल जाएँगे। भूदान में जमीन पाकर अपना जीवन सँवारनेवाले लाखों परिवार आज भी देश में मौजूद हैं। कमियों के बावजूद इतना तो था ही कि इस आंदोलन ने भूमिहीनता की समस्या और भूमि-सुधार की जरूरत को लेकर एक अनोखा नैतिक वातावरण पूरे देश में तैयार कर दिया था। जमीन का सवाल आज भी खासकर हरिजनों एवं आदिवासियों के सामने खड़ा है और हम हैं कि भूदान आंदोलन की खामियाँ गिनाकर विनोबा को असफल करार देने का आत्मघाती और कृतघ्नभावी लोभ छोड़ नहीं पा रहे हैं। एक ऐसे समय में जब विचारों की जमीन ही इतनी दलदली होती जा रही हो, जहाँ हृदय की जमीन बंजर और प्रतिक्रियावादी हिंसा की जमीन उर्वर होती जा रही हो, वहाँ दान, त्याग, सेवा और सद्भाव की ऐसी जमीनी कहानियाँ हमें अविश्वसनीय, काल्पनिक और असंभव इत्यादि लगें तो इसमें आश्चर्य क्या है!

□

12

राजा राममोहन राय

राजनीतिक हलचलों और आर्थिक अध:पतन के बावजूद भारत में अंग्रेजों के शासन की पहली सदी (सन 1757 से सन् 1858 ई. तक) कुछ रूपों में उसके इतिहास का एक स्मरणीय काल है। इस समय भारतवर्ष में अनेक बौद्धिक क्रियाशीलता का अपूर्व स्फुटन हुआ तथा उसके राजनीतिक, धार्मिक और सामाजिक विचारों में मौलिक परिवर्तन हुआ। श्रद्धा और विश्वास की जगह तर्कसंगत निर्णय ने ले ली, अंधविश्वास ने विज्ञान के आगे घुटने टेक दिए, निश्चलता का स्थान प्रगति ने लिया तथा बुराइयों के सुधारात्मक उत्साह ने युगों से आती हुई उदासीनता, तंद्रा और समाज में प्रचलित बातों के प्रति आत्म-तुष्ट, मौन सम्मति पर विजय प्राप्त की। अब शास्त्रों का पुराना अर्थ आलोचनात्मक परीक्षण के वशीभूत हुआ तथा नैतिकता और धर्म की नवीन धारणाओं ने कट्टर विश्वासों एवं अभ्यासों को नया रूप दिया।

राजा राममोहन राय को आधुनिक भारत और बंगाल के नवयुग का प्रणेता कहा जाता है। राजा राममोहन राय के द्वारा प्रतिपादित ब्रह्म समाज के प्रमुख सिद्धांत एकेश्वरवादी (एक ब्रह्मरूपी ईश्वर की उपासना), प्राणिमात्र के प्रति बंधुत्व की भावना तथा सभी धर्म-पंथों के धार्मिक ग्रंथों व साहित्य के प्रति श्रद्धा उत्पन्न करना था। राममोहन राय ने जाति-बंधनों का खंडन किया। ब्रह्म समाज को मानव हित के लिए 'मानव प्रमाण सिद्धांत' के रूप में स्वीकार किया है। उन्होंने मानव मस्तिष्क को रूढ़ियों व अंधविश्वासों से मुक्त करने का प्रयास किया। उन्होंने संकीर्ण राष्ट्रवाद का विरोध किया और समस्त मानवजाति के कल्याण पर जोर दिया। उनका विश्वास समतामूलक समाज में था। स्वतंत्रता, समानता व अधिकारों के समर्थक होने के नाते राममोहन राय मानवतावादी थे। वे विश्व नागरिकता के प्रतिपादक तथा भ्रातृत्व व स्वतंत्रता के समर्थक थे। डॉ. राधाकृष्णन कहते हैं कि

राजा राममोहन राय जाति-पाँति के विरुद्ध समानता, अंधविश्वास के विरुद्ध विज्ञान, तानाशाही के विरुद्ध लोकतंत्र के पक्षधर थे और अंधविश्वास के धर्म के बजाय उनका धर्म सत्य का धर्म था।

19वीं सदी का महत्त्वपूर्ण धार्मिक और सामाजिक आंदोलन था। राजा राममोहन राय ने भारतीय धर्म और समाज की बुराइयों को दूर करने का प्रयत्न किया। उस समय भारतीय समाज और धर्म पतनोन्मुख हो रहा था। समग्र समाज में अंधविश्वास व्याप्त हो गया था और धर्म का स्थान कर्मकांडों ने ले लिया था। समग्र समाज में अनेक बुराइयाँ पैदा हो गई थीं। इस परिस्थिति में ईसाई धर्म एवं पाश्चात्य संस्कृति ने भारतीय सनातन संस्कृति पर प्रहार किया, जिससे ऐसा प्रतीत होने लगा, मानो भारतीय सनातन विचार और सभ्यता नष्ट हो जाएगी। ऐसे समय में ब्रह्म समाज ने ही भारतीय विचार को उस समय के आधुनिक विचार को मिलाकर राष्ट्र जागरण के लिए कार्य प्रारंभ किया। राजा राममोहन राय ने अपने जीवन कार्य के उद्देश्य पूर्ण करने के लिए प्रमुख निम्नलिखित विचारों को अपनाया—

- आत्मा अजर-अमर है, आत्मा में उन्नति करने की असीम क्षमता है और वह अपने कार्यों के लिए ईश्वर के सामने उत्तरदायी है।
- समाज को अपनी आध्यात्मिक उन्नति के लिए प्रार्थना, ईश्वर का आश्रय और उसके अस्तित्व की अनुभूति होना आवश्यक है। किसी भी भौतिकवादी वस्तु को भगवान् समझकर नहीं पूजना चाहिए और न किसी पुस्तक या पुरुष को मोक्ष का एकमात्र साधन मानना चाहिए।
- संपूर्ण ब्रह्मांड का ईश्वर एक है, वह संसार का सृष्टा, पालक और रक्षक है। उसकी शक्ति, प्रेम, न्याय, पवित्रता अपरिमित है।

ब्रह्म समाज ने अपने सिद्धांतों में वेदों और उपनिषदों को आधार मानकर बताया कि ईश्वर एक है और वह सृष्टि का निर्माणकर्ता है, मानव को अहिंसा अपनानी चाहिए, सभी मानव समान हैं, सभी धर्मों और पंथों में सत्यता है, सामाजिक कुरीतियों का धर्म से कोई संबंध नहीं है। सर्वप्रथम ब्रह्म समाज ने ही तर्क के आधार पर धर्म की व्याख्या करने का विचार भारतीय समाज को प्रदान किया। हिंदू धर्म की कुरीतियों को दूर करके उसे बौद्धिक और तार्किक दर्शन दिया। धर्म की व्याख्या करते हुए उसके ईसाई धर्म के कर्मकांडों तथा ईसा मसीह के ईश्वरीय अवतार होने के दावे पर प्रबल आक्रमण किया तथा ईसाई धर्म-प्रचारकों से शास्त्रार्थ किया। मुसलिमों के द्वारा प्रतिपादित कुरान की हदीसों को

उन्होंने अमानवीय माना। धर्म परिवर्तन को रोका। ब्रह्म समाज मूल भारतीय दर्शन पर आधारित था और इसका आधार उपनिषदों का अद्वैतवाद था। समाज की बैठकों में वेद तथा उपनिषदों के मंत्रों का पाठ हुआ करता था। वे उपनिषद् और वेदों की महत्ता को समाज के सामने लाए।

राजा राममोहन राय भारतीय पुनर्जागरण काल के विचारक, उच्च कोटि के समाज सुधारक और आधुनिक भारत के जनक थे। भारतीय धार्मिक और सामाजिक क्षेत्र में उनका श्रेष्ठ स्थान है। उस समय समाज में अनेक बुराइयाँ आ गई थीं। उन्होंने समाज में व्याप्त बुराइयों को दूर करने का निश्चय किया। राममोहन राय ने महिलाओं की रक्षा के लिए बहुत मुहिम चलाईं, जिसमें सती प्रथा पर रोक, विधवा विवाह, बाल विवाह और बहुविवाह आदि उनके प्रमुख आंदोलन थे। अपनी पत्नी की बहन को सती होते देखकर उन्होंने इस बर्बर तथा अमानुषिक प्रथा के विरुद्ध जबरदस्त आंदोलन छेड़ दिया। इस आंदोलन के परिणामस्वरूप लॉर्ड विलियम बैंटिक ने सन् 1829 में कानून पारित कर सती प्रथा को गैरकानूनी घोषित कर दिया। कुछ कट्टरपंथी हिंदुओं ने इस कानून का विरोध करते हुए लंदन की प्रीवी कौंसिल में अपील की। मगर राममोहन राय तथा देवेंद्रनाथ टैगोर ने इस कानून का समर्थन करते हुए प्रीवी कौंसिल को अनेक पत्र लिखे, जिससे कट्टरपंथी हिंदुओं का मनोबल गिर गया और अंत में उनके ब्रह्म समाज को विजय मिली। इसी प्रकार ब्रह्म समाज ने जाति प्रथा, छुआछूत, नशा, बाल-विवाह, बहुविवाह आदि सभी कुरीतियों का डटकर विरोध किया तथा समाज सुधार के लिए स्त्री-शिक्षा, अंतर्जातीय विवाह, विधवा विवाह आदि का समर्थन किया। समाज में कन्या एवं वर विक्रय और कन्या वध जैसी कुरीतियाँ व्याप्त हो गई थीं। ब्रह्म समाज ने इन कुरीतियों के विरुद्ध प्रबल आंदोलन छेड़ दिया। समतामूलक समाज सिद्धांत को प्रतिपादित करते हुए उन्होंने लाखों हिंदुओं को ईसाई धर्म स्वीकार करने से रोका। सन् 1822 और 1830 ई. में 2 प्रकाशनों द्वारा राजा राममोहन राय ने स्त्रियों के सामाजिक, कानूनी और संपत्ति के अधिकारों पर प्रकाश डाला। राजा राममोहन राय की दृष्टि में स्त्री और पुरुष दोनों ही एक समान थे।

ब्रह्म समाज ने देश में साहित्यिक एवं शैक्षणिक क्षेत्र में भी उल्लेखनीय कार्य किया। राममोहन राय ने अपने विचारों को प्रचारित करने के लिए विभिन्न समाजों की स्थापना की। केशवचंद्र सेन की संगत सभा, देवेंद्रनाथ की तत्त्व बोधिनी सभा और भारतीय समाज सुधार जैसी संस्थाएँ ब्रह्म समाज के विचारों का प्रचार करने में

सहायक सिद्ध हुई। विचारों का प्रचार-प्रसार करने के लिए राजा राममोहन राय की अनेक पुस्तकों और अनेक धार्मिक ग्रंथों का विभिन्न भाषाओं में अनुवाद भारतीय साहित्यिक जगत् के लिए स्थायी योगदान है। उन्होंने संस्कृत, बांग्ला, उर्दू, फारसी, अरबी और अंग्रेजी भाषा में किताबों की रचना कर भारतीय साहित्य को समृद्ध किया। राजा राममोहन राय की अपील 'टू द क्रिश्चियन पब्लिक', 'दी डेस्टीनी ऑफ ह्यूमन लाइफ' जैसे लेखों ने भारतीय समाज में नवजागरण उत्पन्न किया। राममोहन राय ने 'संवाद कौमुदी' नामक सर्वप्रथम बांग्ला साहित्यिक पत्र को जन्म दिया। इसके अतिरिक्त उन्होंने 'मिरातउल' अखबार भी प्रकाशित किया। केशवचंद्र सेन ने भारतीय ब्रह्म समाज द्वारा 'तत्त्व कौमुदी', 'ब्रह्म पब्लिक ओपिनियन', 'संजीवनी' आदि पत्र प्रकाशित किए। इन पत्र-पत्रिकाओं ने साहित्य के विकास में भारी योगदान दिया।

राममोहन राय अंग्रेजी शिक्षा के प्रबल पक्षधर और अंग्रेजी भाषा और पाश्चात्य शिक्षा का समर्थन करनेवाले थे। उनकी मान्यता थी कि आधुनिक युग में प्रगति के लिए अंग्रेजी का ज्ञान होना आवश्यक है। अत: वे चाहते थे कि भारत में पाश्चात्य शिक्षा तथा ज्ञान की सभी शाखाओं की शिक्षण व्यवस्था हो। इसके लिए ब्रह्म समाज ने विभिन्न स्थानों पर स्कूल और कॉलेज खोले। स्वयं राजा राममोहन राय ने कलकत्ता में वेदांत कॉलेज, इंग्लिश स्कूल और हिंदू कॉलेज की स्थापना की। केशवचंद्र के भारतीय ब्रह्म समाज ने ब्रह्म बालिका स्कूल तथा सिटी कॉलेज की नींव डाली। भारत के आधुनिकीकरण और समाज सुधार में इन शिक्षण संस्थानों का महान् योगदान रहा। हिंदू कॉलेज ने तो भारतीय बौद्धिक जागरण में अग्रदूत का काम किया तथा युवा बंगाल आंदोलन को जन्म दिया।

ब्रह्म समाज ने राष्ट्रीयता की भावना के जागरण के लिए भी योगदान दिया। समाज ने पुरातन भारतीय गौरव, सभ्यता एवं संस्कृति का ज्ञान समाज को करवाया, समाज में राष्ट्रीयता की भावना उत्पन्न हुई। उन्होंने हिंदू कानून में सुधार करने के लिए आवाज बुलंद की। महिलाओं के सामाजिक कानून और संपत्ति के अधिकार पर उन्होंने बल दिया, भूमि-कर में कमी करने की माँग की और कड़े कृषि कानूनों के विरुद्ध एक प्रार्थना-पत्र इंग्लैंड भेजा। पत्रिकाओं और समाचार-पत्रों पर लगे प्रतिबंधों का विरोध किया और इसके लिए उन्होंने सुप्रीम कोर्ट तथा किंग-इन-कौंसिल को आवेदन-पत्र भी भेजा। उन्होंने पत्रकारिता के लिए विचार-स्वतंत्रता का नारा बुलंद किया। इंग्लैंड के हाउस ऑफ कॉमन्स की एक प्रवर समिति के समक्ष

उन्होंने भारतीय शासन में सुधार हेतु सुझाव दिए। राममोहन राय ने न्यायालय में जूरी प्रथा का समर्थन किया तथा न्यायपालिका को प्रशासन से अलग करने की माँग की और न्यायालयों में फारसी के स्थान पर अंग्रेजी भाषा को न्यायालयों की भाषा बनाने पर बल दिया। उन्होंने कृषकों से ली जानेवाली मालगुजारी निश्चित करने की माँग की। उनके आंदोलन के फलस्वरूप 1835 में समाचार-पत्रों पर लगे प्रतिबंधों को हटा लिया गया। राजा राममोहन राय ने अपने देशवासियों में राजनीतिक जाग्रति पैदा करने के प्रयास किए। यद्यपि उनके प्रयास अप्रत्यक्ष एवं सीमित थे, फिर भी उन्होंने भारत के राजनीतिक नवजागरण में महान् योगदान दिया।

राजा राममोहन राय अंतरराष्ट्रीयता के भी अनन्य पुजारी थे। उन्होंने अंतरराष्ट्रीय विवादों को शांतिपूर्ण ढंग से निपटाने हेतु एक सुझाव प्रस्तुत किया, जिसमें संबंधित देशों की संसदों से एक-एक सदस्य लेकर अंतरराष्ट्रीय कांग्रेस बनाने की योजना थी। इस प्रकार राजा राममोहन राय राष्ट्रीयता एवं अंतरराष्ट्रीयता दोनों के प्रबल समर्थक थे। एडम ने ठीक ही लिखा है कि "स्वतंत्रता की लगन राजा राममोहन राय की अंतररात्मा में सबसे जोरदार थी और यही प्रबल भावना उनके राजनीतिक, सामाजिक और धार्मिक आदि सभी कार्यों में फूट-फूटकर निकल पड़ती थी। इसी कारण उन्हें आधुनिक युग का अग्रदूत कहा गया है।"

□

13

लोकनायक जयप्रकाश नारायण

लोकनायक जयप्रकाश नारायण एक राजनीतिक दार्शनिक की अपेक्षा एक सामाजिक दार्शनिक अधिक थे। उन्होंने जीवनभर साधारण जनता के कल्याण के लिए संघर्ष किया। उन्होंने राजनीतिक भ्रष्टाचार को सभी सामाजिक समस्याओं की जड़ माना और समय-समय पर राजनीति में सुधारों के बारे में अपने मूल्यवान सुझाव दिए, ताकि राजनीति में नैतिक साधनों का उचित प्रयोग किया जा सके। उन्होंने व्यावहारिक समस्याओं के अनुरूप ही राजनीतिक विचारों का प्रतिपादन करके भारतीय राजनीतिक चिंतन के इतिहास में अपना अमूल्य योगदान दिया।

समाजवाद की अवधारणा

अपने अमेरिकी प्रवास के दौरान जयप्रकाश नारायण ने लेनिन तथा मार्क्स के साम्यवादी साहित्य का अध्ययन किया और भारत आने पर उनकी सोच मार्क्सवादी बन गई। उन्होंने 1936 में 'Why Sociaism' पुस्तक की रचना की। इस पुस्तक के माध्यम से उन्होंने समाजवाद की भारतीय संदर्भ में व्याख्या की तथा भारत में इसकी उपयोगिता पर बल दिया। उन्होंने समाजवाद को लोकप्रिय बनाने के लिए जीवनभर संघर्ष किया। उनका मानना था कि आर्थिक असमानता और उत्पादन के साधनों पर निजी स्वामित्व ही सब समस्याओं की जड़ है। यदि ये साधन प्रत्येक व्यक्ति को उपलब्ध करा दिए जाएँ तो वर्तमान आर्थिक विषमताएँ स्वत: ही समाप्त हो जाएँगी। उन्होंने समाजवादी समाज की स्थापना पर अपनी पुस्तक 'Why Socialism' में विस्तारपूर्वक वर्णन किया और उद्योग एवं कृषि के क्षेत्र में उन उपायों का सुझाव दिया, जिनसे उत्पादन के साधनों का पुन: वितरण कर आर्थिक समानता स्थापित की जा सके। उनका विचार था कि उद्योगों के राष्ट्रीयकरण मात्र से ही समाजवाद की स्थापना संभव नहीं है। इससे नौकरशाही के हाथ मजबूत होते हैं तथा केंद्रीयकरण की

प्रवृत्ति बढ़ती है। इसी तरह बड़े स्तर के उद्योग ही आर्थिक विषमता को बढ़ावा देते हैं, कम नहीं करते। इसलिए उन्होंने विकेंद्रीकरण का सुझाव दिया और छोटे-छोटे उद्योगों की आर्थिक विषमता दूर करने में सहायक बताया, उन्होंने कृषि के क्षेत्र में भी समाजवाद का अर्थ स्पष्ट करते हुए बताया कि भूमि का स्वामित्व जोतनेवालों के हाथ में हो, जमींदारी प्रथा को समाप्त किया जाए तथा सहकारी कृषि को बढ़ावा दिया जाए। इसके अतिरिक्त सहकारी ऋण तथा बाजार व्यवस्था आदि के माध्यम से किसानों को साहूकारों व व्यापारियों के शोषण से मुक्त किया जाए।

इस तरह उन्होंने कृषि तथा उद्योग दोनों में ही उत्पादन के साधनों के विकेंद्रीकरण पर जोर दिया। उन्होंने कृषि उद्योगों के समाजीकरण के लिए नैतिक व लोकतांत्रिक साधनों का सुझाव दिया। उनका मानना था कि समाजवाद जैसे उच्च आदर्श की स्थापना उचित साधनों के द्वारा ही होनी चाहिए। लेकिन सच्चे समाजवाद की स्थापना भारत में तब तक नहीं हो सकती, जब तक भारत विदेशी दासता का शिकार रहेगा। विदेशी दासता को समाप्त करने के लिए श्रमिकों, किसानों और गरीब मध्यम वर्गों में राजनीतिक चेतना का विकास किया जाए। उन्होंने अपनी पुस्तक 'Why Socialism' में लिखा है, "कोई भी दल समाजवाद की स्थापना तब तक नहीं कर सकता, जब तक वह राज्य की शक्ति अपने हाथ में न ले ले। चाहे वह उसे जनता के समर्थन से प्राप्त करे या सरकार गिराकर। यदि संभव हो तो इस ध्येय को जन-समर्थन द्वारा ही प्राप्त किया जाना चाहिए।" उन्होंने विश्वास व्यक्त किया कि जब किसान, दलित, गरीब सभी कमजोर वर्गों में वर्ग-चेतना का उदय होगा तो समाजवाद की स्थापना हो जाएगी। उन्होंने यह भी कहा कि वर्ग चेतना के साथ-साथ व्यक्ति को अपनी भौतिक आवश्यकताओं पर भी नियंत्रण करना होगा। इसके बिना समाजवादी समाज की स्थापना संभव नहीं है। उन्होंने कहा कि समाजवाद भारतीय संस्कृति का विरोधी नहीं है। यह उसके अनुरूप ही है। मार्क्स का समाजवाद भारतीय संस्कृति के ही मूल आदर्शों—सदा मिल-जुलकर बाँटना व उपभोग करना, निम्न कोटि की वासनाओं तथा परिग्रह की वृत्ति से मुक्ति के अनुरूप ही विकसित हुआ है। इसलिए समाजवाद को भारतीय संस्कृति का विरोधी कहना भ्रामक है।

सर्वोदय संबंधी विचार

जयप्रकाश नारायण भी महात्मा गांधी और विनोबा भावे की तरह सर्वोदय चरम लक्ष्य में विश्वास करते थे। सर्वोदय से उनका अभिप्राय सभी लोगों के जीवन

के सभी क्षेत्रों में कल्याण से था। 'सर्वोदय' शब्द जॉन रस्किन की पुस्तक 'Unto The Last' से महात्मा गांधी ने लिया। इस पुस्तक का सार है, "सबकी भलाई में ही अपनी भलाई है।" महात्मा गांधी और विनोबा भावे के सर्वोदय से संबंधित विचारों को स्वीकारते हुए जयप्रकाश नारायण ने भी सबके कल्याण पर बल दिया। वे समाज के हर वर्ग का जीवन स्तर अच्छा बनाना चाहते थे। वे भारतीय समाज में समग्र क्रांति लाना चाहते थे, ताकि भारतीय समाज का आर्थिक, सामाजिक व राजनीतिक विकास हो सके। जयप्रकाश नारायण ने कहा है, "सर्वोदय योजना कोई भावुकता प्रधान योजना न होकर सामाजिक क्रांति का एक सुझाव है। मूल रूप से सर्वोदय समाजवादी दल के 80 प्रतिशत कार्यक्रमों को लिये हुए है। साथ-साथ वर्ग-विहीन एवं जाति-विहीन समाजवाद का आदर्श भी सर्वोदय की धारणा में शामिल है।" जैसे-जैसे जयप्रकाश नारायण गांधीवाद की तरफ झुकते गए, वैसे-वैसे उनकी समाजवादी आस्थाएँ सर्वोदय समाज की ओर झुकती चली गईं। उन्होंने लिखा है, "यदि हमें हितों में विरोध प्रतीत होता है तो इसका कारण धारणाएँ और हमारा गलत आचरण है। यदि हम मानव-हितों की एकता में विश्वास पैदा करें तो हम सर्वोदय की वास्तविकता के अधिक निकट पहुँच सकेंगे। सर्वोदय में यह मान्यता निहित है कि मानव-आत्मा पवित्र है और स्वतंत्रता, न्याय तथा बंधुत्व के आदर्शों को हमें अधिक महत्त्व देना चाहिए। सर्वोदय एक जीवन-व्यापी क्रांति है। व्यक्तिगत एवं सामाजिक जीवन के सभी पहलुओं में आमूल क्रांति लाना सर्वोदय का अंतिम लक्ष्य है।"

लोकनायक जयप्रकाश नारायण का मानना था कि शांतिपूर्ण व नैतिक साधनों द्वारा देश में सामाजिक व आर्थिक क्रांति लाई जा सकती है। इसलिए उन्होंने लोगों को भू-दान, ग्राम दान और संपत्ति दान के लिए प्रेरित किया। उनका ध्येय सर्वोदय समाज की स्थापना करना था। उन्होंने सर्वोदय समाज में दलीय राजनीति को कोई महत्त्व नहीं दिया। सर्वोदय आंदोलन की सफलता के लिए उन्होंने नैतिक साधनों पर जोर दिया। उनका कहना था कि "सर्वोदयी समाज में न केवल न्याय व समता के अवसर प्राप्त होंगे, बल्कि एक ऐसी जनतंत्रीय व्यवस्था भी होगी, जो व्यक्ति की स्वतंत्रता पर आधारित होगी और व्यक्ति अपनी शासन व्यवस्था का स्वयं निर्माण करेगा। यह व्यवस्था विकेंद्रीकृत होगी, जिसमें ज्यादा सत्ता व संसाधन ग्राम सभा के पास होंगे।" जयप्रकाश नारायण का स्पष्ट संकेत पंचायती राज संस्थाओं की तरफ था। उन्होंने आगे कहा है कि यह एक ऐसी सामाजिक व्यवस्था होगी, जिसमें

सभी का कल्याण निहित होगा। इस प्रकार अपने अंतिम लक्ष्य के रूप में जयप्रकाश नारायण ने राजनीतिक व आर्थिक विकेंद्रीकरण द्वारा सर्वोदय आंदोलन को सफल बनाने का सुझाव दिया है। उनके सर्वोदय संबंधी विचार ग्रामीण उत्थान में महत्त्वपूर्ण भूमिका अदा कर सकते हैं।

राष्ट्रवादी संबंधी विचार

लोकनायक जयप्रकाश नारायण सच्चे देशभक्त थे। उन्हें भारत की पराधीनता को दूर करने की बहुत अधिक चिंता थी। उन्होंने अपनी रचनाओं में राष्ट्रवाद के महत्त्व को प्रतिपादित किया है। उन्होंने लिखा है कि रजनीतिक स्वतंत्रता के बिना सामाजिक व आर्थिक कल्याण की योजनाओं का कोई महत्त्व नहीं है। वे एक राष्ट्रवादी क्रांतिकारी थे और कई बार जेल भी गए। उन्होंने राष्ट्रवाद के महत्त्व के बारे में कहा है कि "जब तक प्रत्येक व्यक्ति के हृदय में राष्ट्रवाद की भावना का विकास नहीं होगा, तब तक देश का सर्वांगीण विकास नहीं हो सकता। भारत में सांस्कृतिक एकता होते हुए भी राजनीतिक एकता का अभाव है। भारत में ब्रिटिश शासन द्वारा संपूर्ण भारतीय प्रदेश पर अधिकार करने के बाद ही एक सरकार के अंतर्गत राष्ट्रीय एकता का उदय हुआ है।'' लेकिन यह राजनीतिक एकता ऊपर से थोपी हुई है। इसके द्वारा राष्ट्रवाद की स्थापना नहीं हो सकती। ब्रिटिश शासन के खिलाफ जब तक सारी जनता एकजुट नहीं होगी, तब तक राष्ट्रीयता का विकास नहीं हो सकता।

उन्होंने राष्ट्रीय एकता के लिए धर्म-निरपेक्ष दृष्टिकोण अपनाने का सुझाव दिया है। यह दृष्टिकोण राजनीतिक क्षेत्र के साथ-साथ सामाजिक क्षेत्र में भी लागू किया जाना चाहिए। उनका मानना था कि प्रत्येक व्यक्ति को एक-दूसरे की धार्मिक भावना का आदर करना चाहिए। धार्मिक अंधविश्वासों व कुरीतियों से दूर रहना चाहिए तथा धर्म के प्रति विवेकपूर्ण, मानवीय तथा वैज्ञानिक दृष्टिकोण अपनाना चाहिए। उन्होंने कहा है, "राष्ट्रीय एकता के लिए यह आवश्यक है कि व्यक्ति धार्मिक अंधविश्वासों से बाहर निकलकर अपने अंदर एक बौद्धिक व वैज्ञानिक दृष्टिकोण विकसित करे।" उनका मानना था कि भारतीय एकता की प्रक्रिया मूल रूप से बौद्धिक एवं आध्यात्मिक चेतना की प्रक्रिया है। इसलिए समस्त जनता को न्यायपूर्ण साधनों के साथ इसमें अपना योगदान देना चाहिए।

इस तरह जयप्रकाश नारायण की राष्ट्रवाद की अवधारणा संकीर्ण न होकर

एक व्यापक धारणा है। उनका राष्ट्रवाद समस्त मानवजाति के कल्याण के लिए है। उनका राष्ट्रवाद भारतीय सभ्यता व संस्कृति के सर्वथा अनुरूप ही है। उनका राष्ट्रवाद महात्मा गांधी व रवींद्रनाथ ठाकुर के मानवतावादी दृष्टिकोण पर आधारित है, जो समस्त मानवजाति को अपने में अंगीकार कर लेता है।

आधुनिक लोकतंत्र की अवधारणा

जयप्रकाश नारायण का मानना था कि आधुनिक युग संसदीय लोकतंत्र का युग है। इस लोकतंत्र में संविधान, दलों और चुनावों का बहुत महत्त्व है। लेकिन ये बातें तब तक अर्थहीन हैं, जब तक जनता में नैतिक मूल्यों और आध्यात्मिक गुणों का विकास न हो जाए। इसलिए उन्होंने लोकतंत्र को दलीय-विहीन लोकतंत्र बनाने पर जोर दिया, उन्होंने लोकतंत्र की चुनाव-प्रणाली को अस्वीकार किया है। उनका मानना है कि हर चुनाव क्षेत्र में उम्मीदवारों की संख्या अधिक होने पर मतों का बँटवारा हो जाता है। साधारण बहुमत वाला उम्मीदवार भी विजेता घोषित कर दिया जाता है। इसलिए अल्प मतों से विजयी उम्मीदवार बहुमत का प्रतिनिधि नहीं हो सकता। अल्पमत के आधार पर बनी सरकार कभी भी लोकतंत्रीय सरकार नहीं बन सकती। इस तरह संसदीय लोकतंत्र का आधार बड़ा ही संकुचित होता है। इसी तरह संसदीय लोकतंत्र में दलों की भूमिका भी नकारात्मक होती है। वे जनता से झूठे वादे करके वोट बटोरते हैं। बाद में राजनीतिक सत्ता पर काबिज होकर अपने संकीर्ण स्वार्थों को पूरा करते हैं। उन्हें सार्वजनिक हितों से कोई सरोकार नहीं होता। जयप्रकाश नारायण ने लिखा है, "राजनीतिक दलीय प्रणाली में जनता की स्थिति उन भेड़ों की तरह होती है, जो निश्चित अवधि के पश्चात् अपने लिए ग्वाला चुन लेती है। ऐसी लोकतंत्रीय शासन प्रणाली में मैं उस स्वतंत्रता के दर्शन कर नहीं पाता, जिसके लिए मैंने तथा जनता ने संघर्ष किया था।" आधुनिक राजनीतिक दल जो वास्तव में राजनीतिज्ञों का एक छोटा सा शक्तिशाली समूह है, जो जनता के नाम पर शासन करता है और लोकतंत्र एवं स्वशासन का भ्रम फैलाकर स्वार्थपूर्ण कार्यों को पूरा करता है। इसके कारण व्यक्ति की स्वतंत्रता का ह्रास होता है। इसलिए आधुनिक लोकतंत्र में राजनीतिक दलों की भूमिका एक अभिशाप है। ये दल समाज के नैतिक पतन का मुख्य कारण हैं। ये लोगों को राजनीतिक शिक्षा देने की बजाय अनैतिक साधनों का प्रसार करते हैं और जनता को पथभ्रष्ट करते हैं। आधुनिक लोकतंत्र में व्याप्त भ्रष्टाचार के लिए राजनीतिक दल ही उत्तरदायी हैं।

ये राष्ट्रीय हितों का बलिदान करने से भी नहीं चूकते। ये धन, संगठन और भ्रामक प्रचार के माध्यम से वोट बटोरते हैं और सार्वजनिक कार्यों की आड़ में अपनी स्वार्थ सिद्धि करते हैं। इस तरह जयप्रकाश नारायण ने राजनीतिक दलों की प्रजातंत्र में नकारात्मक भूमिका पर व्यापक प्रकाश डाला है। उन्होंने संसदीय लोकतंत्र की चुनाव-पद्धति की भी आलोचना की है। उन्होंने इस पद्धति को खर्चीली पद्धति मानकर लोकतंत्र को दलविहीन बनाने पर जोर दिया है।

लोकनायक का कृषि से संबंधित विचार

भारत में जे.पी. के समाजवाद का असली विचार उनके कृषि सुधारों के लिए किए गए कार्यों से जाना जाता है। हमारे देश में भूमि अधिकार प्रणाली एक बहुत ही जटिल प्रणाली है, जो जमींदारों द्वारा नियंत्रित की जाती रही है, वर्तमान परिप्रेक्ष्य में इस व्यवस्था में काफी हद तक सुधार किया जा रहा है। नए भारत के निर्माण के लिए उन्होंने भूमि और कृषि व्यवस्था में कुल सुधार की आवश्यकता की जरूरत को हमेशा महसूस किया और किसानों के जीवन को बेहतर बनाने के लिए अनेक सामाजिक व आर्थिक प्रयोगों का सहारा लिया। समाजवादी विचारधारा के माध्यम से कृषि में सहकारी और सामूहिक कदमों की स्थापना होगी, ऐसा विश्वास जयप्रकाश नारायण का था। उनका मत था कि भारत की अर्थव्यवस्था का मूल आधार ही ग्रामीण अर्थव्यवस्था है और ग्रामीणों की अर्थव्यवस्था उनकी भूमि है।

- गाँव स्तर पर एक कृषि आर्थिक इकाई होनी चाहिए, जहाँ हर ग्रामीण को अपना लाभ मिल सके।
- राज्य को भूमि के कानूनी स्वामित्व को लागू करना चाहिए और पंचायत के पास प्रत्येक किसानों के साथ भूमि का निपटान करने की शक्ति होनी चाहिए।
- किसानों चाहिए एक मालिकाना अधिकार से अधिक भूमि को लाने के एक ताजा पुनर्वितरण की भूमि।

किसान या भूमि के मालिक केवल अपनी जमीन ग्राम पंचायत को बेच देते हैं। प्रत्येक गाँव में एक सहकारी इकाई होनी चाहिए, जो खाद्यान्न खरीदने, बेचने और उधार लेने में मदद करेगी। "सभी श्रमिक, जो खेतों में मजदूरी करते हैं, उन्हें राज्य के मजदूरी कानून के अनुसार पैसे मिलेंगे, और उपज को धारण करने के आकार के अनुसार लागत में कटौती के बाद वितरित किया जाएगा" (नारायण, पी.

44)। सामूहिक अवस्था में सभी भूमि ग्रामीणों की होती है। सहकारी खेती में एक 'जबरदस्ती का उपाय' है, जिसे सहकारी अर्थव्यवस्था में बदलने की आवश्यकता है। बड़े पैमाने पर उद्योगों को संघीय और प्रांतीय सरकार द्वारा बनाए रखा जाना है। ट्रेड यूनियनों में उच्च से निचले स्तर तक नेतृत्व होना चाहिए।

पंचायती राज संबंधी विचार

जयप्रकाश नारायण की विकेंद्रीकरण की अवधारणा का सीधा लक्ष्य पंचायती राज की स्थापना करना था। उन्होंने राजनीतिक विकेंद्रीकरण को व्यावहारिक रूप देने के लिए स्थानीय संस्थाओं को अधिक शक्तियाँ प्रदान करने पर बल दिया। उनका मानना था कि भारत की आर्थिक व राजनीतिक समस्याओं का हल केवल पंचायती राज में ही संभव है। उन्होंने कहा है कि ग्राम पंचायत में सभी वयस्क नर-नारी मिलकर अपनी कार्यपालिका का निर्माण करेंगे और ग्राम सभा के ऊपर एक ब्लॉक समिति होगी, जो कई गाँवों को मिलाकर बनाई जाएगी। सबसे ऊपर जिला परिषद् होगी। लेकिन इस प्रक्रिया में कुछ बाधाएँ भी आएँगी। उन्हें शिक्षा के माध्यम से दूर करने के प्रयास किए जाएँगे। ग्राम पंचायतों की नौकरशाही पर नियंत्रण रखने का अधिकार होगा। आर्थिक क्षेत्र में भी पंचायतें स्वावलंबी होंगी। इस तरह पंचायती राज संस्थाएँ देश के आर्थिक व सामाजिक विकास में अपना बहुमूल्य योगदान देंगी।

राजनीतिक विचार

जयप्रकाश नारायण ने कुछ अन्य राजनीतिक विचारों का भी प्रतिपादन किया है। उन्होंने राजनीति को नैतिकता के सथ जोड़कर उसका आध्यात्मीकरण करने पर बल दिया है। उनका मानना है कि नैतिकता-विहीन राजनीति जनकल्याण का साधन कभी नहीं बन सकती। इसी तरह उन्होंने साध्य व साधन की पवित्रता पर भी बल दिया है। उन्होंने संपूर्ण क्रांति का नारा देते हुए कहा था कि भारतीय समाज का नैतिक पतन इसलिए हुआ है कि भारतीय राजनीति नैतिकता पर आधारित नहीं है, जैसे-जैसे राजनीति नैतिकता से दूर होती जाती है, वैसे-वैसे समाज में भी भ्रष्टाचार जैसी बुराइयाँ बढ़ती जाती हैं और समाज का बहुमुखी पतन होना शुरू हो जाता है। इसलिए उन्होंने राजनीति के आध्यात्मीकरण पर बल दिया और अच्छे साधनों को अपनाने का सुझाव दिया।

उपर्युक्त राजनीतिक विचारों का अध्ययन करने के बाद कहा जा सकता है कि जयप्रकाश नारायण एक राजनीतिक दार्शनिक होने के साथ-साथ एक सामाजिक दार्शनिक भी थे। उनका आदर्श भारतीय समाज का पुनर्निर्माण करना था। उन्होंने जीवनभर समाज के प्रत्येक क्षेत्र में परिवर्तन लाने का प्रयास किया। उन्होंने संपूर्ण क्रांति का नारा देकर समाज के सर्वांगीण विकास का रास्ता तैयार किया। लेकिन फिर भी अनेक विद्वानों ने उनके राजनीतिक विचारों को आदर्शवाद की संज्ञा देकर पल्ला झाड़ लिया है। यदि निष्पक्ष तौर पर उनके विचारों का मूल्यांकन किया जाए तो यह बात सत्य है कि उनके विचार एक सच्चे देशभक्त व राष्ट्रवादी विचारक के विचार हैं। यदि महात्मा गांधी का राजनीतिक चिंतन में कोई महत्त्व है, तो उनका महत्त्व भी स्वीकार करना पड़ेगा। उनकी संपूर्ण क्रांति (Total Revolution) की अवधारणा राजनीतिक चिंतन के क्षेत्र में उनका अमूल्य योगदान है। प्रो. विमल प्रसाद ने उन्हें भारतीय राजनीतिक चिंतकों में सबसे महान् माना है। इसी से उनके राजनीतिक विचारों का महत्त्व प्रतिपादित हो जाता है।

□

14

महर्षि अरविंद घोष

श्री अरविंद घोष भारतीय पुनर्जागरण और भारतीय राष्ट्रवाद के महान् क्रांतिकारी विभूति थे। रोम्याँ रोलाँ ने श्री अरविंद को 'भारतीय दार्शनिकों का सम्राट्' एवं एशिया तथा 'यूरोप की प्रतिभा का समन्वय' कहकर बुलाया है। उनकी नैतिक, बौद्धिक तथा आध्यात्मिक उपलब्धियों ने भारत के शिक्षित समाज पर गहरा प्रभाव डाला है। उनके दार्शनिक विचारों में हमें भारत की नवीन तथा उदयीमान आत्मा का घनीभूत सार देखने को मिलता है। श्री घोष के अनुसार वर्तमान मानसिकता युक्त व्यक्ति, विकास का अंतिम लक्ष्य नहीं है। उन्नति का लक्ष्य मानसिकता का अतिक्रमण करके मानव को वहाँ ले जाना है, जो संस्कृति, जन्म-मृत्यु और समय से परे हो। विपुल मानसिक ज्ञान की प्राप्ति के लिए आंतरिक तीव्र अभीप्सा, दैहिक, प्राणिक और मानसिक अंगों का दिव्य के प्रति पूर्ण समर्पण और दिव्य द्वारा उनका रूपांतरण नितांत आवश्यक है। इसी समय श्री अरविंद के दर्शन सर्वांगयोग की पूर्व भूमिका है। मानसिक से विपुल मानसिक ज्ञान पर एकदम नहीं पहुँचा जा सकता। मनुष्य की आध्यात्मिक उन्नति क्रमिक अभिव्यक्ति के तर्क पर आधारित है। अत: आत्मरूपांतरण के चरणों को पार करके ही अतिमानस ज्ञान अथवा दिव्यविज्ञान तक पहुँचा जा सकता है। ये चरण या श्रेणियाँ इस प्रकार से हैं—साधारण मानसिकता, प्रवर मानस, प्रदीप्त मानस, संबोधि, अधिमानस, अतिमानस आदि।

श्री घोष आध्यात्मिक अनुभूतियों के स्रोत के रूप में वेद और वेदांत की अलग-अलग शाखाओं को मानते हैं। श्री अरविंद ईश्वर के परमार्थ तत्त्व को आध्यात्मिक मानते हैं। उनका मनाना था कि जड़ तत्त्व एक-दूसरे का निषेध नहीं करते, बल्कि वह एक-दूसरे को ग्रहण करते हैं। सृष्टि का ज्ञान प्राप्त करने पर ही विवेक एक और अनेक को सम्यक् परिप्रेक्ष्य में देख पाता है। इस श्रेष्ठ ज्ञान की उपलब्धि होने पर दोनों, जड़ और चेतन परस्पर विरोधी नहीं, बल्कि एक-दूसरे के

अभिन्न पहलू के रूप में प्रकट होते हैं। इसी प्रकार शांत, निश्चल ब्रह्म के धनात्मक और ऋणात्मक पहलू हैं। ऐसी स्थिति में शांत, निश्चल और आत्मस्थित आनंदमय ब्रह्म जगत् की सत्ता का निराकरण न करके वह नाद या शब्द उत्पन्न करता है, जो कि निरंतर लोगों का सृजन करता है। अरविंद के सामाजिक और राजनीतिक विचारों का मूल आधार उनकी आध्यात्मिक आस्था है। राजनीतिक और सामाजिक जीवन में आध्यात्मीकरण का उनका प्रयास उनके अंत:करण की प्रेरणा से उत्पन्न हुआ है।

दार्शनिक स्तर पर अरविंद ने भारत के संन्यासवादी, अद्वैतवादी, अनुभवातीत, प्रत्यावाद और पश्चिम के लौकिकवादी, भौतिकवादी की परस्पर-विरोधी प्रवृत्तियों का समन्वय किया है। उन्होंने भगवान् शंकर की भाँति यह स्वीकार किया है कि ब्रह्म परम सत्ता है। यह सभी वस्तुओं, गतियों और सत्ताओं का सत्य है। यद्यपि वह सभी में अभिव्यक्त और समान रूप से विद्यमान रहता है, तथापि मनुष्य अपनी सीमित और सापेक्ष बुद्धि के कारण इसके स्वरूप को पूर्णत: ग्रहण नहीं कर पाता। हम अपने बौद्धिक प्रत्ययों का अतिक्रमण करने के बाद ही यह समझ प्राप्त कर सकते हैं कि ब्रह्म के लिए अवयवी और अवयव के संप्रत्ययों का उपयोग नहीं किया जा सकता। प्रत्येक वस्तु वह अवयव और वह निरवयव या अखंड ब्रह्म में अनुप्राणित है। ईश्वर विशुद्ध सत्य और निरपेक्ष है। ज्ञान दर्शन के बौद्धिक रूपों का अतिक्रमण कर सक्षम परम तादात्म्य के द्वारा ही उसकी प्रज्ञा की प्राप्ति हो सकती है। ब्रह्मा अपरिभाष्य, अनंत, अरूप और परिमाण रहित होता हुआ भी विचारगम्य और जगत् प्रपंच का अधिष्ठान है। ईश्वर की इस सत्ता को मानने का अभिप्राय यह नहीं कि गति शक्ति और संभूति असत्य है। उन्होंने इस द्विविध सत्य को स्वीकार किया कि स्थाणु रूप शिव और गतिशील काली दोनों ही सत्य हैं, दोनों एक हैं। ब्रह्म शिव और शक्ति काली अभिन्न हैं। सृष्टिरूपी सत्ता में शक्ति निरंतर विद्यमान रहती है। गति का प्रवाह और विश्राम शक्ति का स्वभाव है। अत: महत्त्वपूर्ण प्रश्न यह नहीं है कि गति का प्रारंभ कैसे हुआ ? अपितु यह है कि शक्ति अपने को विभिन्न रूपों में अभिव्यक्त क्यों करती है ? श्री अरविंद के अनुसार निश्चल और निस्पंद ब्रह्म अपने आत्मानंद को अनंत गति और वैचित्र्य को उन्मुक्त करता है। उसकी शक्ति की सृजनात्मक क्रिया का यही ध्येय है। सच्चिदानंद ब्रह्म ने अपने आप को रूप के अंतर्गत प्रक्षिप्त किया है।

राजनीतिक और सामाजिक दर्शन के रूप में अरविंद ने इतिहास में आध्यात्मिक नियतिवाद के सिद्धांत को स्वीकृत किया है। उनका मानना था कि इतिहास की ऊपर

से निष्प्रयोजन और प्राय: परस्पर विरोधी प्रतीत होनेवाली घटनाओं के मूल में ईश्वर की शक्तियाँ ही काम कर रही हैं। इतिहास ब्रह्म की क्रमिक पुनराभिव्यक्ति है। अरविंद काली को परमात्मा की नियामक शक्ति का प्रतीक मानते थे। उनके अनुसार काली का गतिशील क्रियाकलाप ही इतिहास है। अपने इस तर्क की पुष्टि में उन्होंने दो ऐतिहासिक उदाहरण पेश किए—बंगाल का राष्ट्रवाद और फ्रांस की क्रांति। बिपिनचंद्र पाल की भाँति उन्हें भी भारत के पुनरुत्थान के मूल में ईश्वर की इच्छा दिखाई दी है। एक रहस्यवादी की भाँति उन्होंने घोषणा की है कि भारतीय राष्ट्रवाद के मूल में ईश्वर है और वही आंदोलनों का वास्तविक नेता है। उन्होंने बताया कि ब्रिटिश अधिकारी भारतीय जनता का जो दमन, अपमान, उत्पीड़न कर रहे हैं, वह भी ईश्वरीय योजना का ही अंग है। ईश्वर भारतीय समाज को आत्मनिग्रह की शिक्षा देने के लिए स्वयं इन तरीकों का प्रयोग करता है। फ्रांस की क्रांति भी ईश्वर की इच्छा का ही परिणाम थी। जब तक क्रांति के नेताओं—मिराबो, दांते, रोबिसपियेर, नेपोलियन आदि ने अपने कार्यकलाप में भास्वरा, विश्वरूपी सरस्वती, लक्ष्मी, काली की इच्छा (युग की आत्मा) को व्यक्त किया है तब तक उसने उन्हें कार्य करने दिया। किंतु जैसे ही वे अहंकार से प्रेरित होकर अपनी महत्त्वाकांक्षाओं की पूर्ति में लग गए, वैसे ही उसने उन्हें इतिहास के मंच से उतारकर फेंक दिया। इस प्रकार का दैवी न्यायवाद (देवी के न्याय का सिद्धांत) भगवद्गीता के विचारों तथा जर्मन प्रत्ययवाद के समन्वय का प्रतीक है। इसी को हेंगेल ने इतिहास का औचित्य कहा है, इसी रूप में वह उसे बुद्धिगम्य और तर्कसंगत मानता है। हेंगेल ने कहा था कि विश्व इतिहास में सिकंदर, सीजन, नेपोलियन आदि महापुरुषों ने अचेतन रूप से दैवी योजना का साक्षात्कार किया और अपने कार्यकलाप के द्वारा पार्थिव इतिहास में विश्वात्मा की क्रमिक अभिव्यक्ति में योग दिया।

श्री अरविंद का विश्वास था कि मानव संस्कृतियों और सभ्यताओं का विकास चक्रक्रम से होता है। उनके इस दर्शन पर कार्ल लैम्प्रेच ने वर्तमान को स्नायविक तनाव का युग कहा है। अरविंद का कहना था कि आत्मनिष्ठावादी युग के स्थान पर आध्यात्मिक युग आना चाहिए, उस युग में मानव आत्मा (जो ईश्वर का ही शाश्वत अंश है) की संपूर्ण शक्तियाँ मानव विकास का पथ प्रदर्शन करेंगी। इस प्रकार हम देखते हैं कि लैम्प्रेच का संस्कृति दर्शन प्रधानत: मनोवैज्ञानिक था, इसके विपरीत अरविंद का दर्शन मनोवैज्ञानिक तथा आध्यात्मिक है। अरविंद की इन मान्यताओं के फलस्वरूप जगत् माया नहीं है। वे शंकर के मायावाद को अस्वीकार करते हैं और

मानते हैं कि जगत् सर्वांगसत् है। जो जड़ है, वह अचेतन नहीं, किंतु पूर्वचेतन है। वह चैतन्य की पूर्वावस्था है। विकास की प्रक्रिया में चैतन्य में परिणत होना उसके लिए स्वाभाविक है। इस प्रकार श्री अरविंद ने केवल मायावाद का ही नहीं, अपितु जड़ व चेतन के द्वैतवाद और शुद्ध जड़वाद को भी अस्वीकार किया तथा सिद्ध करने का प्रयास किया कि जगत् स्वभावत: आध्यात्मिक है। ब्रह्म, जिसका स्वरूप सत्, चित् और आनंद है, सर्वत्र विद्यमान है। श्री अरविंद जगत् तथा जीव दोनों को ही सत् मानते हैं। ये दोनों दो प्रमुख प्रकट तत्त्व हैं, जिनमें अज्ञेय अभिव्यक्त होता है और जिनके द्वारा उसका ज्ञान प्राप्त होता है। यह माया या मिथ्या नहीं है। श्री अरविंद के अनुसार व्यक्ति का जीवन निरर्थक नहीं है। जगत् में मनुष्य की भूमिका यह है कि वह जगत् में रहता हुआ चैतन्य के विकास का अवसर प्राप्त करता है। मनुष्य पशु प्रवृत्ति और पशु क्रियाओं से जीवन आरंभ करके अपने ध्येय, दिव्य जीवन और दिव्य अस्तित्व को प्राप्त करता है।

श्री अरविंद का भारतीय राष्ट्र के निर्माताओं में उच्च स्थान है। वे लोकमान्य तिलक के राजनीतिक सहयोगी थे। उनके सबसे महत्त्वपूर्ण ग्रंथ 'द लाइफ डीवाइन', 'एशेज ऑन द गीता', 'सावित्री' आदि हैं। वे महान् योगी, ऋषि तथा मानवजाति से प्रेम करनेवाले थे। उन्होंने ही 1907-1909 में भारत के लिए पूर्ण स्वराज का आदर्श प्रस्तुत किया था। उस युग में पूर्ण स्वराज का समर्थन करना साहसपूर्ण और विलक्षण दूरदर्शिता का काम था। उनका विश्वास था कि भारत का पुनरुद्धार अनिवार्य है। उन्होंने मानव एकता का भी उपदेश दिया और सिखाया कि यदि मानव स्वभाव का आध्यात्मिक पुनर्निर्माण न किया गया तो हमारी सभ्यता का विनाश अवश्यंभावी है।

मध्यमवर्गीय राष्ट्रवाद की यांत्रिक आर्थिक धारणा के साथ उन्होंने वैसी ही श्रद्धा और भक्ति की भावना का संयोग कर दिया, जैसी कि पवित्र वस्तु के लिए हुआ करती है। वे भारतीय राष्ट्र को परमेश्वर की अभिव्यक्ति मानते थे और पश्चिम की श्रेष्ठता को स्वीकार करने के लिए तैयार नहीं थे। अरविंद का तत्त्वशास्त्र, उनका इतिहास तथा संस्कृति दर्शन, उनकी राष्ट्रवाद, स्वतंत्रता तथा आध्यात्मिकृत समष्टिवाद की धारणाएँ पूर्व तथा पश्चिम के विचारों का समन्वय है। उन्होंने बार-बार आत्मा की शक्तियों का उल्लेख किया और बतलाया कि उन्हीं के द्वारा सामाजिक, राजनीतिक अथवा तात्त्विक स्तर पर स्थायी समन्वय किया जा सकता है।

आत्मा की शक्तियों में विश्वास रखनेवालों के लिए अरविंद के राजनीतिक और

सामाजिक दर्शन में गंभीर संदेश निहित हैं और आध्यात्मिक राजनीति या राजनीति का आध्यात्मीकरण अरविंद की भारतीय चिंतन की अनुपम देन है। प्रारूपिक समाज की महत्त्वपूर्ण विशेषता यह है कि इसने उन उदात्त सामाजिक आदर्शों को जन्म दिया है, जो निरंतर ही मनुष्य को प्रभावित और अनुप्राणित करते रहते हैं। प्रारूपिक स्थिति के पश्चात् समाज की रूढ़िपरक स्थिति आती है। इसमें विचार और आदर्शों का स्थान बाह्य रूप यथा वेशभूषा, रहन-सहन आदि ग्रहण कर लेते हैं। परंतु रूढ़ि और सत्य का भेद असह्य हो जाने पर मनुष्य की बुद्धि मुखर हो जाती है। ऐसी स्थिति में वह रूढ़ियों, प्रतीकों और प्रारूपों का विरोध करती है। फलतः मनुष्य अपने खोए हुए नैतिक बोध और भावात्मक इच्छा को पुनः खोजने का प्रयास करता है। यह समाज की व्यष्टिपरक स्थिति है। यह विद्रोह, उन्नति, स्वतंत्रता और विश्लेषणात्मक बुद्धि तथा भौतिक विज्ञानों के विकास का युग है। आत्म-विकास, अस्तित्व के नियम और शक्ति को जानकर उन्हें कार्यरूप में परिणत करना ही वस्तुतः व्यक्ति के जीवन का प्रमुख ध्येय है। परंतु पाश्चात्य मानवता के ऐतिहासिक युग में आत्मा को उसके उचित अर्थ में नहीं ग्रहण किया गया। इसका परिणाम यह हुआ कि जीवन तमाम पूर्वग्रहों से ग्रस्त होकर युद्ध से आक्रांत हो उठा। अतः हमारे लिए यह नितांत वांछनीय है कि हम वास्तविक आत्मविषमतावाद को झूठे आत्मनिष्ठावाद से अलग करें और पहचानें। सच्चा आत्मनिष्ठावाद मनुष्य की पृथक् सत्ता का अनुमोदन करने के साथ-साथ दूसरे व्यक्तियों की पृथक् सत्ता और स्वतंत्रता का अनुमोदन करता है। समाज जब अतिमानसिक ज्योति से प्रकाशित होगा तभी मानवता उस दिव्यत्व को प्राप्त करेगी, जो उसकी अमर धरोहर है। इसी प्राप्ति के लिए हमें योग को अपनाना होगा। योग आत्मा की खोज का सचेतन माध्यम है।

□

15

डॉ. सर्वपल्ली राधाकृष्णन

डॉक्टर सर्वपल्ली राधाकृष्णन स्वतंत्रता के पश्चात् द्वितीय राष्ट्रपति रहे। भारतीय संस्कृति के संवाहक, राष्ट्रभक्त, एक महान् शिक्षाशास्त्री, महान् दार्शनिक, महान् वक्ता होने के साथ ही हिंदू धर्म के वैज्ञानिक विचारक भी थे। उन्होंने अपने कुल जीवन के 40 वर्ष एक शिक्षक के रूप में बिताए। वे एक आदर्श शिक्षक थे। स्वतंत्रता के पश्चात् जब हम क्रमवार कई विचारक मनीषियों का चिंतन करते हैं तो डॉक्टर सर्वपल्ली राधाकृष्णन के भारत के शैक्षिक और दार्शनिक क्षेत्र में किए गए योगदान को जरूर ही आत्मसात् किया जाता है।

डॉ. राधाकृष्णन ने अपनी पुस्तक 'East & Westin Religion' की प्रस्तावना में कहा है कि भारत नए विचार को जन्म देगा, मगर पुरातन विचारों का परित्याग नहीं करेगा। वह मानव कल्याण के लिए नवसृजन करेगा। इस मानव कल्याण दर्शन का संबंध विभिन्न धर्मों के आदर्श की बद्धहस्त में एक संगठित विश्वव्यापी मानवचेतना से जोड़ते हैं और उनके अनुसार धर्म मनुष्य के भौतिक व एकात्म कल्याण की भी उतनी ही परवाह करता है, जितनी कि व्यक्तिगत व आध्यात्मिक की।

डॉ. सर्वपल्ली राधाकृष्णन आदिगुरु शंकराचार्य के वेदांत दर्शन से प्रभावित होने पर भी उसके घोर समर्थक नहीं थे। वे उसमें वैज्ञानिक मान्यता भी देखते थे। उनका पक्ष था कि उन्होंने इसे वैज्ञानिक मानस के लिए सहज और ग्राही बनाने का प्रयास किया है। वे विश्व प्रक्रिया को उन्नतिशील मानते थे। डॉ. साहब के अनुसार, हम जीवन-दर्शन की उत्पत्ति और अंत नहीं जानते, केवल उसका मध्यकाल ही जानते हैं, जो कि निरंतर परिवर्तनशील है।

महाशक्तिशाली ईश्वर के साथ संपर्क साधना करने की असीम में विद्यमान भावना को सर्वपल्ली राधाकृष्णन अविद्या और अज्ञान से उत्पन्न नहीं मानते हैं।

हकीकत में ऐसी भावना असीम की सत्यता और परिपूर्णता को आलोकित व द्योतित करती है। उन्नति और परिवर्तन भी अविद्याजन्य अभाव मात्र न होकर सत्य है। सृष्टि असीम सत की अनंत संभावनाओं की क्रमिक अभिव्यक्ति है, परम ब्रह्म का सिर्फ विवर्तमात्र नहीं है। जगत् परम सत्य पर आधारित होने के कारण सत है। ईश्वर और आत्मा को सत मानना सारे जगत् की सत्यता की प्रकारांतर से स्वीकृति है, क्योंकि विश्व सत पर आश्रित है। पवित्र आत्मा ही जगत् विज्ञाता है। यही उपनिषद् उक्ति जगत् की विविधता या प्रपंच को भ्रम नहीं बताती। ईश्वर के बनाए हुए जगत् को मिथ्या कहना, ईश्वर से उसे भिन्न या पृथक् रखकर ही अर्थपूर्ण हो सकता है। विश्व की तात्त्विक संरचना का ज्ञान और विज्ञान उसकी सत्यता का निवारण नहीं करता, बल्कि उसे एक उच्च आदर्श प्रदान करता है। ईश्वर ज्ञान या आत्म साक्षात्कार के पश्चात् विश्व का निराकरण नहीं हो जाता है, बल्कि उसके सहत्व का अंतर हो जाता है। ब्रह्मा जगत् और आत्मा में तात्त्विक अंतर नहीं है। वे वस्तुत: एक ही चैतन्य के विविध-विविध रूप हैं। असीम और परम चेतना की अनंत संभावनाओं में से एक संभावना की अभिव्यक्ति वर्तमान सृष्टि है। विविधता सत है, परंतु वह अपनी सत्यता अपने गृह क्षेत्र में विद्यमान सत्ता ब्रह्म या आत्मा से प्राप्त करती है। डॉ. साहब के अनुसार परम ब्रह्म सत् और ईश्वर दोनों है। जब हम उसे सृष्टि से अलग और पृथक् रूप में देखते हैं, तब वह परम सत्य है और जब हम उसे सृष्टि से संबंध जोड़कर देखते हैं, तब वह परम ब्रह्म है।

सर्वपल्ली राधाकृष्णन के अनुसार, ब्रह्म एवं आत्मा दोनों उपाधिग्रस्त हैं। दोनों ही सापेक्ष एवं सीमित होते हैं। इस परिस्थिति में यदि ईश्वर ब्रह्म है और जीव तथा ब्रह्म में सात्विक दृष्टि से अभेद है तो ईश्वर और जीव में उसके अनुसार भेद उतना ज्यादा नहीं रह जाता है। परंतु जिस स्थान पर ईश्वर सर्वज्ञ, सर्वशक्तिमान और सर्वत्र विद्यमान है, वहाँ जीव प्रत्यय, नितांत लघु एवं दुर्बल है। ईश्वर अविद्या मुक्त है। उसकी सीमाएँ उसके ज्ञान को सीमित एवं परिच्छिन्न नहीं करती हैं। ईश्वर की सीमा शुद्ध तत्त्व से निर्मित होने के कारण अविद्या को उत्पन्न नहीं करती, बल्कि सृष्टि की रचना में उसकी सहायता करती है, परंतु यह जीव के लिए अविद्या को उत्पन्न करके उसे भ्रमित करती है। चूँकि सृष्टि रचना में ईश्वर की कोई व्यक्तिगत इच्छा निहित नहीं रहती, इसलिए वह अकर्ता है। परंतु जीव कर्ता है। ईश्वर पूज्य है एवं कर्मानुसार जीवों को पुरस्कृत करता है। जीव पूजक है और दिव्य से अपनी उत्पत्ति के बारे में अनभिज्ञ रहता है। धर्ममीमांसीय दर्शन की दृष्टि से ब्रह्मा और जीव

परस्पर साध्य एवं साधक के रूप में संबंधित हैं, परंतु तत्त्वमीमांसीय दर्शन दृष्टि से यही जीवन ईश्वर से उसी प्रकार संबंध रखता है, जिस प्रकार चिंगारी आग से। डॉ. राधाकृष्णन आत्मा को मुक्तावस्था में भी ईश्वर में लीन नहीं मानते हैं। कथानुसार उसका अपना पृथक् अस्तित्व रहता है, मुक्त होने पर उसे ब्रह्म का सायुज्य ही प्राप्त होता है, तादात्म्य नहीं।

परा विद्या और अपरा विद्या में कोई विशेष विरोध नहीं है। अपरा विद्या की चरम परिणति ही परा विद्या है। अपरा विद्या सृष्टि या जगत् को सत्य अवश्य मानती है, परंतु सृष्टि या जगत् के स्वरूप से स्पष्ट है कि ब्रह्म ही परम या अंतिम सत्य है। मोक्ष की प्राप्ति द्वारा जगत् की सत्ता का निराकरण या विसर्जन न होकर उसके प्रति तथाकथित मिथ्या दर्शन का ही निराकरण होता है। उनके अनुसार, शंकर मत को माननेवाले ने शंकर के दर्शन को मिथ्यात्व का समर्थक मानकर निष्क्रियता और पलायनवादिता को जन्म दिया, जिससे भारतीय समाज की उन्नति अवरुद्ध हो गई थी।

डॉ. राधाकृष्णनजी धर्म की संक्रमण स्थिति से चिंतित तो थे, परंतु इसके प्रति आशाभाव से पूर्ण भी थे। नवीन समाज में हमें एक सार्वदेशिक धर्म की आवश्यकता है। इससे हमारा तात्पर्य एक ही है, साँचे में ढले धर्म का नहीं, बल्कि जागरूकता एवं प्रेम के, प्रज्ञा एवं करुणा के, सत्य एवं स्नेह के धर्म से है।

सर्वपल्ली डॉ. राधाकृष्णन ने दर्शन में कुछ पाश्चात्य और पूर्वी प्रत्ययवादी, अध्यात्मवादी मतों के तुलनात्मक अध्ययन के आधार पर समसामयिक दर्शन की नव विधा को उत्पन्न करने का प्रयत्न किया है। इसमें उन्हें अभी कहाँ तक सफलता मिली है, इस विषय में अभी मतभेद हो सकता है। उनके पास अपने अध्यात्मवाद को सिद्ध करने के लिए कोई अपना स्पष्ट निजी साक्ष्य भी नहीं है। वे केवल अध्यात्ममूलक प्रत्ययवाद की ऐतिहासिक परंपरा का साक्ष्य देते हैं। डॉ. राधाकृष्णन मानते हैं कि मानव-प्राणी सर्वत्र समान हैं और एक ही महानतम मूल्य को स्वीकार करते हैं। किंतु इस परंपरा के अतिरिक्त अन्य दृष्टिकोणों से भी भारतीय एवं पाश्चात्य दर्शनों के बीच समन्वय स्थापित किया जा सकता है।

'Spirit' शब्द का प्रयोग अंग्रेजी में आज प्राय: अप्रचलित हो चला है, परंतु राधाकृष्णन के तुलनात्मक धर्म एवं दर्शन में यही शब्द महत्त्व का है। उन्होंने टैगोर के 'Religion of Man' से अपनी धार्मिक यात्रा की शुरुआत की और वे 'Religion of Spirit' तक पहुँचे। उनके अनुसार, विश्व के संतों की अनुभूतियों में

सामंजस्य स्थापित किया जा सकता है। उदाहरण के लिए, भारतवर्ष में आध्यात्मिक दर्शन, संत मत और बौद्धिक दर्शन एक-दूसरे से अविभाज्य हैं। मगर पाश्चात्य दर्शन में ऐसा नहीं है। वहाँ की संत परंपरा दर्शन की मुख्यधारा से बहुत हटकर रही है। डॉ. साहब ने संत मत की धारा और दार्शनिक धारा को एकमेव करने का प्रयत्न किया है। पाश्चात्य दर्शन को यही उनकी सबसे बड़ी प्रमुख भेंट है।

'Spirit' या अध्यात्म पर जोर देने का अभिप्राय कदापि यह नहीं है कि हम शांत होकर एकांत में केवल ब्रह्म को प्राप्त करने का प्रयत्न करें। इसका अर्थ यह है कि हम विश्व में शोषण, गरीबी, दासता एवं अज्ञान के निराकरण के लिए भी संघर्ष करें। 'Spirit' या आत्मा की शक्ति का प्रयोग राधाकृष्णन के अनुसार सामाजिक स्वतंत्रता, समता, सामाजिक एकता, शोषण-मुक्ति, युद्ध-मुक्ति आदि के लिए होना चाहिए। इन्हीं बातों को लेकर वे जगत् में उभरते हुए प्रकृतिवाद एवं भौतिकवाद का विरोध करते हैं। 'Spirit' का अर्थ राधाकृष्णनजी के दर्शन में मात्र जीव, पुरुष या आत्मा नहीं, बल्कि संपूर्ण सृष्टि है, जिसको वेदांत में ब्रह्म कहा गया है और पश्चिमी दर्शन में Absolut। इसी चैतन्य का आत्म-साक्षात्कार मनुष्य का सर्वोच्च लक्ष्य है।

भारतीय दर्शन में धार्मिक अनुभूति के अंतर्गत ही डॉ. राधाकृष्णन ने परम सत्ता एवं ईश्वर की समस्या का समाधान प्रस्तुत करने का प्रयत्न किया है। सत्य पर आधारित सत धर्म, उनके अनुसार न तो किसी विशिष्ट दृष्टिकोण का द्योतक है, न ही वह रूढ़ि और अंधविश्वासपरक आस्था का समानार्थी है। डॉ. साहब ने सनातन धर्म में अंतर्निहित आध्यात्मिक सत को स्वीकार किया है। उन्होंने ऋषि-मुनियों के साक्षात् अनुभव को आप्त प्रमाण माना है, मगर साथ ही यह भी स्वीकृत किया है कि तत्त्व-बोध तथा भ्रांतियों के निवारण के लिए इस अनुभव के सूक्ष्म परीक्षण और तार्किक विश्लेषण की जरूरत है। राधाकृष्णन सत्य को आत्मानुभव का विषय मानते हैं। यही सत्यानुभूति अथवा आत्मानुभव धार्मिक अनुभूति है और केवल यह जिज्ञासा एवं साधना द्वारा ही संभव है। भारत के दर्शन में यह धार्मिक अनुभूति स्वत: ही सिद्ध तथा स्वत: प्रमाणित है, परंतु बुद्धि निरपेक्ष या तर्क निरपेक्ष नहीं, बल्कि बुद्धि और तर्क से उच्च है। भारतीय दर्शन में ज्ञानात्मक अनुभव के तीन साधन हैं—तर्क अनुभव, बुद्धि या प्रज्ञा (प्रातिभा ज्ञान) और इंद्रियानुभव।

इंद्रियानुभव का विषय ज्ञान का क्षेत्र है। इस क्षेत्र को ही हम बाह्य जगत् की संज्ञा देते हैं। इंद्रियों के द्वारा प्राप्त ज्ञान विज्ञान का आधार है। बौद्धिक ज्ञान विश्लेषण एवं संश्लेषण से प्राप्त किया जाता है। विश्लेषणात्मक होने के कारण

बुद्धि जीवन को उसकी समग्रता में ग्रहण नहीं करती है। वह वस्तुओं को पृथक् और खंडित करके ही उनका विश्लेषण और अध्ययन करती है। ईश्वर की परम सत्ता बुद्धि और विवेक की पहुँच के परे है। ऐसा इसलिए कि बुद्धि विषय और विषयी के भेद को मानकर चलती है, जबकि ईश्वर की परम सत्ता भेदरहित है। परम सत्ता का ज्ञान न तो इंद्रियों से और न ही बुद्धि से संभव है। परम सत्ता का ज्ञान तो प्रज्ञा द्वारा अपरोक्षानुभव में होता है। बुद्धिजन्य ज्ञान अपरोक्षानुभव तक पहुँचने का एक अनिवार्य सोपान है। अपरोक्षानुभव वह अनुभूति है, जिसमें परम सत्ता या ज्ञान के विषय के साथ ज्ञाता का अभेद हो जाता है। परम सत्ता या ब्रह्म को जानने का आशय है, ब्रह्म हो जानना (ब्रह्मविद् ब्रह्मेव भवति), यही प्रातिभ ज्ञान, वास्तविक स्वतंत्रता या मुक्ति है। परम सत्ता अपना कारण प्रमाण और अपनी व्याख्या स्वयं है। राधाकृष्णन के अनुसार अपरोक्षानुभूति या प्रातिभ ज्ञान ही धार्मिक बोध है, जिसमें तार्किक ज्ञान एवं कलात्मक बोध का समन्वय हो जाता है।

□

16

नेताजी सुभाष चंद्र बोस

19वीं सदी के उत्तरार्ध में भारतवर्ष में राष्ट्रवाद का तीव्र गति से विकास हुआ तथा एक संगठित और सुव्यवस्थित राष्ट्रीय जन आंदोलन का प्रारंभ हुआ। इस राष्ट्रवाद के विकास में अंग्रेजी शासन व्यवस्था की प्रजातीय विभेद की नीतियों एवं शोषणपरक, सामाजिक एवं आर्थिक व्यवस्था का असंतोष, ब्रिटिशों द्वारा किया गया। भारत का शासनिक, प्रशासनिक और आर्थिक एकीकरण, पश्चिमी चिंतन, अंग्रेजी शिक्षा एवं धार्मिक और सुधार आंदोलनों से उत्पन्न चेतना आदि ने महत्त्वपूर्ण योगदान दिया।

भारतीय जन आंदोलन की राष्ट्रवादी चेतना के विकास के परिणामस्वरूप भारतीयों के मनोबल में वृद्धि हुई और भारतीय जनमानस में एक तर्कवादी आलोचनात्मक दृष्टिकोण का विकास हुआ, जिसके साथ उन्होंने तत्कालीन शासन व उसकी संचालन व क्रियान्वयन नीतियों का स्वमूल्यांकन शुरू कर दिया एवं ब्रिटिश शासन के शोषणपरक स्वरूप की अनुभूति कर असंतोष से भर गए तथा वर्षों से आच्छादित निष्क्रियता से बाहर निकलकर आए। फलस्वरूप वे ब्रिटिश शासन व्यवस्था के विरुद्ध संगठित हुए, जिसके कारण भारत में कई राजनीतिक दलों, जैसे—लैंडहोल्डर्स सोसाइटी, मद्रास महाजन सभा और सबसे महत्त्वपूर्ण भारतीय राष्ट्रीय कांग्रेस आदि की उत्पत्ति हुई। राष्ट्रीय कांग्रेस पार्टी के नेतृत्व में चले राष्ट्रीय जन आंदोलन ने भारत की जनता को संगठित किया और उन्हें औपनिवेशिक शासन के दुष्प्रभावों से अवगत कराया। नेताजी ने भी राष्ट्रीय कांग्रेस से जुड़कर राष्ट्रीय जन आंदोलन में महत्त्वपूर्ण भागीदारी निभाई। महात्मा गांधीजी के आदेश पर नेताजी ने दासबाबूजी के साथ मिलकर बंगाल में असहयोग आंदोलन में बड़ी भूमिका निभाई।

पंडित जवाहरलाल नेहरू और नेताजी सुभाष चंद्र बोस ने साथ मिलकर राष्ट्रीय कांग्रेस को समाजवाद के विचार की दिशा प्रदान की और उसे सर्वहारा वर्ग

के प्रति और अधिक प्रतिबद्ध बनाने का भरपूर प्रयत्न किया। नेताजी ने नेहरूजी को रिपोर्ट के निर्माण में योगदान दिया, 1938 में हरिपुरा अधिवेशन में अधिवेशन की अध्यक्षता की, जो कांग्रेस का 51वाँ राष्ट्रीय अधिवेशन दिवस था तथा अपने अध्यक्षीय कार्यकाल में राष्ट्रीय योजना समिति की स्थापना की। 1939 में कांग्रेस से अलग होकर उन्होंने फॉरवर्ड ब्लॉक स्वतंत्र दल की स्थापना की।

भारतीय स्वतंत्रता की मुक्ति सेना के नेतृत्वकर्ता नेताजी सुभाष चंद्र बोस ही थे। नेताजी सुभाषचंद्र बोस ने 21 अक्तूबर, 1943 के ऐतिहासिक दिन 'आर्जी हुकूमते आजाद हिंद' (स्वाधीन भारत की अंतरिम सरकार) की नींव रखी। नेताजी स्वयं इस सरकार के राष्ट्रीय अध्यक्ष, प्रधानमंत्री और प्रधान युद्ध सेनापति बने। नेताजी द्वारा स्थापित इस सरकार को विश्व के 9 राष्ट्रों ने स्वीकार्य किया। वे भारत की आजादी हर कीमत पर चाहते थे, इसीलिए द्वितीय विश्वयुद्ध की परिस्थितियों से लाभ उठाकर भारत को स्वतंत्र कराने की इच्छा के साथ वे भारत से बाहर गए तथा ब्रिटिश विरोधी शक्तियों से भारत की स्वतंत्रता हेतु मदद माँगी, जिसके फलस्वरूप सुभाष चंद्र बोस ने पहले एक सशक्त सशस्त्र भारतीय राष्ट्रीय सेना (आई.एन.ए.) आजाद हिंद फौज को खड़ा किया। आजाद हिंद फौज के सर्वोच्च सेनापति के रूप में सुभाष चंद्र बोस ने ब्रिटिश विरोधी शक्तियों के साथ मिलकर भारत को ब्रिटिश शासन से मुक्त कराने के लिए एक सशस्त्र क्रांतिकारी आंदोलन का शंखनाद कर दिया। ऐसा ही नेताजी सुभाष चंद्र बोस के एक ऐतिहासिक भाषण के शब्दों 'तुम मुझे खून दो, मैं तुम्हें आजादी दूँगा' ने आजाद हिंद फौज के जवानों के अंदर जोश भरने का अभूतपूर्व काम किया। यद्यपि वे अपने इस प्रयास में सफल न हो सके, परंतु उनके कार्यों ने देश की जनता को उद्वेलित किया, जिसे आजाद हिंद फौज पर मुकदमे के दौरान महसूस किया गया। नेताजी के इस सशस्त्र आंदोलन ने जनता में राष्ट्रवाद की भावना के प्रचार और प्रसार में अद्‍भुत कारनामा कर दिया था। आजादी के दीवाने युवक-युवतियाँ इस आंदोलन का हिस्सा बनने के लिए स्वयं तैयार होने लगे। राष्ट्र सदैव नेताजी के इन प्रयत्नों के प्रति आभारी रहेगा।

नेताजी सुभाष चंद्र बोस ने राष्ट्र के चिंतन में नागरिकों के लिए कुछ कर्तव्य निर्धारित किए, जिनका पालन वे स्वयं के जीवन में भी करते थे। वे कहते थे—

1. यह हमारा कर्तव्य है कि हम अपनी स्वतंत्रता का मोल अपने खून से चुकाएँ। हमें अपने बलिदान और परिश्रम से जो आजादी मिलेगी, हमारे अंदर उसकी रक्षा करने की ताकत होनी चाहिए।

2. इससे कोई फर्क नहीं पड़ता कि हममें से कौन भारत को स्वतंत्र देखने के लिए जीवित रहेंगे। यह पर्याप्त है कि भारत स्वतंत्र होगा और हम उसे मुक्त कराने के लिए अपना सर्वस्व देंगे।
3. हमें अपनी राष्ट्रीय रक्षा ऐसी अटल नींव पर करनी चाहिए जो हमारे इतिहास में फिर कभी न हो, जहाँ हम अपनी स्वतंत्रता खो दें।
4. पुरुष धन और सामग्री स्वयं जीत या स्वतंत्रता नहीं ला सकते। हमारे पास मकसद-शक्ति होनी चाहिए, जो हमें बहादुर कामों और वीरतापूर्ण कारनामों के लिए प्रेरित करेगी।
5. एक सच्चे सैनिक को सैन्य और उत्साही प्रशिक्षण दोनों की आवश्यकता होती है।
6. राष्ट्रवाद मानवजाति के उच्चतम आदर्शों, सत्यम् (सत्य), शिवम् (ईश्वर), सुंदरम् (सुंदर) से प्रेरित है।
7. याद रखें कि घोर अपराध अन्याय और गलत के साथ समझौता करना है। शाश्वत नियम याद रखें। यदि आप प्राप्त करना चाहते हैं तो आपको अवश्य देना चाहिए।
8. एक व्यक्ति एक विचार के लिए मर सकता है, लेकिन वह विचार उसकी मृत्यु के बाद, एक हजार जन्मों में अवतार लेगा।

नेताजी सार्वकालिक क्रांतिकारी और राजनीतिक नेता थे। भारत को नेताजी जैसे व्यक्तित्व की जरूरत कल भी थी, आज भी है और कल भी रहेगी। वे ऐसे राष्ट्रभक्त वीर सैनिक थे, इतिहास जिनकी गाथा सदैव गाता रहेगा। नेताजी के विचार, कर्म और आदर्श अपनाकर देश वह सबकुछ प्राप्त कर सकता है, जिसका वह सदैव हकदार है। नेताजी स्वाधीनता आंदोलन के अमर सेनानी, भारत माता के सच्चे सपूत थे। वे स्वतंत्रता संग्राम के उन वीर योद्धाओं में से एक थे, जिनका नाम और जीवन आज भी करोड़ों देशवासियों को मातृभमि के लिए समर्पित होकर कार्य करने की प्रेरणा देता है और हमेशा देता रहेगा। उनमें नेतृत्व के चमत्कारिक गुण थे, जिनके बल पर उन्होंने आजाद हिंद फौज की कमान सँभालकर अंग्रेजों को भारत से निकाल बाहर करने के लिए एक मजबूत सशस्त्र प्रतिरोध खड़ा करने में सफलता हासिल की थी। सुभाष चंद्र बोस के जीवन मूल्यों से यह भी सीखने को मिलता है कि हम राष्ट्र-सेवा से ही जन्मदायिनी भूमि का ऋण उतार सकते हैं। उन्होंने अपने परिवार के बारे में न सोचकर पूरे राष्ट्र के बारे में चिंतन किया। नेताजी के जीवन के

कई और पहलू हमें एक नई ऊर्जा प्रदान करते हैं। वे एक सफल संगठनकर्ता थे। उनकी वाक्-शैली में जादू था और उन्होंने देश से बाहर रहकर 'स्वतंत्रता आंदोलन' चलाया। नेताजी मतभेद होने के बावजूद भी अपने साथियों का मान-सम्मान रखते थे। उनकी व्यापक सोच आज की राजनीति के लिए भी शोचनीय विषय है।

□

17

पंडित जवाहरलाल नेहरू

20वीं सदी के आधुनिक भारत के राजनीतिक इतिहास में पंडित जवाहरलाल नेहरू का नाम विशेष उल्लेखनीय है। उन्हें आधुनिक भारत का जनवादी, मानवीय और राजनीतिक दृष्टा कहा जा सकता है। उनके कार्य और व्यक्तित्व के आधार पर स्वतंत्र भारत के विकास में उनकी भूमिका का कोई भी मूल्यांकन उतना ही जटिल और कुछ हद तक विवादास्पद होना अवश्यंभावी है। नेहरूजी का राजनीतिक सफर 1920 के बाद शुरू होता है, जब वे यूरोप और विश्व यात्रा पर निकलते हैं। पंडित नेहरू रूस के समाजवाद से अधिक प्रभावित होते हैं। वे साम्राज्यवाद के विरोधी, राष्ट्रवादी तथा समाजवाद के समर्थक बन जाते हैं। स्वयं को समाजवादी कहते हैं और आजीवन समाजवादी अवधारणा पर चलते हैं। यही कारण है कि भारत के संविधान में समाजवाद को इतना महत्त्व दिया गया है। किंतु वे क्रांतिकारी पद्धति से सहमत नहीं थे। वे वर्ग संघर्ष में भी विश्वास नहीं करते थे। पंडित जवाहरलाल के राजनीतिक तथा सामाजिक कार्यकाल में लोकतांत्रिक परंपराओं को मजबूती प्रदान करना, देश और संविधान के धर्मनिरपेक्ष चरित्र को स्थायी भाव प्रदान करना एवं विकास की योजनाओं द्वारा राष्ट्र की अर्थव्यवस्था को ठीक करना उनके मुख्य उद्देश्य रहे। पंडित नेहरूजी का मानववाद वैज्ञानिक दृष्टिकोण पर आधारित है, इसीलिए इसे वैज्ञानिक मानवतावाद कहना उचित होगा। वैज्ञानिक मानवतावाद वह दृष्टिकोण है, जिसके अनुसार जड़ पदार्थ के विकास के फलस्वरूप मानव का विकास हुआ है। मनुष्य की प्रगति का आधार उसकी शक्ति और बुद्धि है, कोई पारलौकिक शक्ति नहीं। मनुष्य सर्जनात्मक समर्थक एवं प्रगतिशील जीव है।

पंडित नेहरू महात्मा गांधीजी के विचारों के अनुयायी थे। वे प्रेम, शांति और अहिंसा के समर्थक थे। परंतु वैचारिक दृष्टिकोण से पंडित नेहरू, महात्मा गांधीजी

से पूर्ण साम्यता नहीं रखते थे, फिर भी वे शांति और अहिंसा को सर्वश्रेष्ठ नीति मानते थे। उन्होंने एशिया, अफ्रीका एवं अमरीका महाद्वीपों में सभी उदारवादी आंदोलनों को अपना नैतिक समर्थन दिया। वे शांति में दृढ़ विश्वास रखते थे और अंतरराष्ट्रीय संगठन (UNO) के समर्थक थे। जवाहरलाल नेहरू ने जोसिप ब्रोज टिटो और जमाल अब्देल नासेर के साथ मिलकर एशिया और अफ्रीका में उपनिवेशवाद के खात्मे के लिए एक गुट निरपेक्ष आंदोलन की रचना की। अंतरराष्ट्रीय मुद्दों जैसे स्वेज नहर विवाद का निपटारा करने, कोरियाई युद्ध का अंत करने और कांगो समझौते को मूर्तरूप देने जैसे अन्य अंतरराष्ट्रीय विवादों के समाधान में मध्यस्थ की भूमिका में रहे। लाओस, ऑस्ट्रिया और पश्चिम बर्लिन जैसी कई अन्य विस्फोटक समस्याओं के निवारण में परदे के पीछे रहकर भी उनका महत्त्वपूर्ण सहयोग रहा। पंडित नेहरू आधुनिक वैज्ञानिक दृष्टिकोण के प्रबल समर्थक थे और भारत की प्रगति के लिए विज्ञान और प्रौद्योगिकी का उपयोग करना चाहते थे।

पंडितजी ने यूरोप महाद्वीप के अनेक राष्ट्रों की यात्राएँ कीं और वहाँ की संस्कृति का गंभीरता से गहन स्तर पर अध्ययन किया। पश्चिम के उदारवाद की अवधारणा ने उन्हें सर्वाधिक प्रभावित किया। विचारों की स्वतंत्रता, धार्मिक और सामाजिक स्वतंत्रता, व्यक्ति की स्वतंत्रता, प्रेस की स्वतंत्रता, स्वतंत्र निर्वाचन और संसदीय सरकार की अवधारणा नेहरूजी ने उदारवाद से ही प्राप्त की।

नेहरूजी ने एक ऐसे लोकतंत्र की परिकल्पना की थी जिसमें प्रत्येक व्यक्ति को क्षमता के अनुसार समान अवसर मिले। लेकिन उनकी लोकतंत्र की अवधारणा पाश्चात्य लोकतंत्र की अवधारणा से बिल्कुल अलग थी। लोकतंत्र पंडित जवाहर लाल नेहरू का जीवन दर्शन और सिद्धांत है। पंडित नेहरू देश में सामाजिक, राजनीतिक एवं आर्थिक समरसता पर समान बल देते हैं। जबकि पूँजीवादी विचार धनी और निर्धनों के बीच मतभेद पर केंद्रित है। इसलिए नेहरू ने समाज के समतावादी ढाँचे पर बल दिया। अंततः नेहरू ने लोकतंत्र को आत्मानुशासन के रूप में देखा। वे इसे सामाजिक, नैतिक मूल्यों और नैतिक मापदंडों की पद्धति के रूप में देखते हैं। नेहरूजी बताते हैं कि जितना अधिक आत्मानुशासन (Self-Discipline) होगा, उतना ही लोकतंत्र (Democracy) का विकास होगा। वर्तमान भारत के जनसेवक प्रधानमंत्री नरेंद्र मोदी भी आत्मानुशासन के सिद्धांत पर कार्य कर रहे हैं।

नेहरूजी कार्ल मार्क्स और लेनिन के विचारों से बहुत प्रभावित थे। लेकिन वे पूँजीवाद पर आधारित समाज में विश्वास नहीं करते थे। पूँजीवादी समाज में समानता

को सुनिश्चित नहीं किया जा सकता। इसी कारण नेहरूजी ने भारत में समाज के समतावादी ढाँचे का समर्थन किया। नेहरूजी सदैव अपने भाषणों में समाजवाद के स्थान पर समतावादी ढाँचा वाक्यांश का प्रयोग इसलिए भी करते हैं, क्योंकि वे हिंसात्मक तरीके से किए गए परिवर्तनों के पुरजोर विरोधी थे, साथ ही वे मनुष्यों की स्वतंत्रता को हर परिस्थिति में बनाए रखने के समर्थक थे।

नेहरू की समाजवादी अवधारणा को 'लोकतांत्रिक समाजवाद' के नाम से जाना जाता है। वास्तव में समता की स्थापना के लिए नेहरू क्रांति के नहीं बल्कि विकास के पक्षधर थे और आजादी के पश्चात् उन्होंने ऐसा ही किया। उनके कार्यकाल में देश में अनेक जन कल्याणकारी योजनाएँ चलाई गईं, साथ ही सामुदायिक विकास कार्यक्रम भी चलाए गए। दुनिया में पहली बार परिवार नियोजन संबंधी कार्यक्रम भारत में ही चलाए गए।

पंडित जवाहरलाल नेहरू पर यह दोषारोपण किया जाता है कि वे नगरीयकरण और औद्योगीकरण के पक्षधर थे, जो कि पूँजीवाद के लक्षण हैं। नेहरूजी ने भारतीय अर्थव्यवस्था की नींव गाँव की अनदेखी की। यह सच है कि नेहरूजी भारत के आधुनिकीकरण में विश्वास रखते थे, किंतु भारत की सांस्कृतिक परंपराओं और दार्शनिक मूल्यों में उनकी दृढ़ आस्था दिखती थी। उन्होंने 3 प्रकार से ग्रामीण विकास पर जोर दिया—

1. सामुदायिक विकास कार्यक्रम
2. सहकारी समितियाँ
3. शक्तिशाली ग्राम पंचायतें

भारत की अर्थव्यवस्था को सुचारु ढंग से चलाने के लिए उन्होंने पंचवर्षीय योजनाएँ चलाईं और कृषि उत्पादन तथा उद्योग के विकास पर जोर दिया ताकि भारत की आर्थिक और सामाजिक उन्नति हो सके। इन सब कार्यों को मूर्त रूप देने के लिए उन्होंने योजना आयोग (अब नीति आयोग) और राष्ट्रीय विकास परिषद् का गठन किया। कृषि के लिए भाखड़ा नांगल और हीराकुंड सिंचाई परियोजनाएँ चलाईं। लौह-अयस्क उद्योग के लिए भिलाई और दुर्गापुर जैसे इस्पात संयंत्र स्थापित किए। भारत में औद्योगिक शिक्षा के लिए 5, आई.आई.टी. खोले गए।

नेहरू अपने विचार में वैज्ञानिक दृष्टिकोण रखते हैं। उनका मानना था कि मनुष्यों और राष्ट्र के विकास के लिए विज्ञान और प्रौद्योगिकी महत्त्वपूर्ण आवश्यकता है। उन्होंने देश के लोगों से वैज्ञानिक दृष्टिकोण विकसित करने को कहा। संविधान

में भी वैज्ञानिक दृष्टिकोण को शामिल किया गया। भारत में विज्ञान और प्रद्योगिकी का सूत्रपात नेहरूजी ने ही किया।

भारत जैसे धार्मिक देश में धर्मनिरपेक्षता की अवधारणा को लागू करने का श्रेय नेहरूजी को ही जाता है। भारत को एक धर्मनिरपेक्ष देश बनाना उनकी मौलिक सोच थी। नेहरू ने धर्मनिरपेक्षता के चार पक्षों पर बल दिया—

1. धर्म निरपेक्षता का अर्थ है—सभी धर्मों को समान परिस्थिति प्रदान करना। नेहरूजी कहते थे कि 'हम एक स्वतंत्र धर्म निरपेक्ष राज्य की स्थापना कर रहे हैं, जहाँ प्रत्येक मनुष्य को पूर्ण आजादी व समान महत्त्व होगा और राज्य के प्रत्येक मनुष्य को समान स्वतंत्रता के साथ समान अवसर भी मिल सकेंगे।'
2. नेहरू की धर्मनिरपेक्षता धार्मिक मामलों में राज्य से तटस्थ रहने की माँग करती है। नेहरूजी लिखते हैं कि 'मुझे विश्वास है कि भावी सरकारें धर्मनिरपेक्ष होंगी।'
3. नेहरू धर्मनिरपेक्षता को विभिन्न समुदायों के मानसिक दृष्टिकोण के रूप में भी देखते थे। इसका परिणाम सद्भाव और सामंजस्य के रूप में निकलता है। नेहरू मानते थे कि सभी समुदायों को मिल-जुलकर रहना चाहिए और किसी को भी कोई ऐसा कार्य नहीं करना चाहिए जो भारत की एकता और अखंडता के विरुद्ध हो।
4. नेहरू समान नागरिक संहिता (uniform civil code) का निर्माण चाहते थे अर्थात् सभी धर्मों के माननेवालों के लिए एक कानून हो। वे मानते थे कि अलग-अलग समुदायों के लिए अलग-अलग कानून धर्मनिरपेक्ष समाज की अवधारणा के विरुद्ध है। समान नागरिक संहिता का अर्थ एक धर्मनिरपेक्ष कानून होता है, जो सभी धर्मों पर लागू होता है। भारत के संविधान के भाग-4, अनुच्छेद 44 में इसका वर्णन किया गया है, किंतु विरोध के चलते इसे आजतक लागू नहीं किया जा सका है।

पंडित जवाहरलाल नेहरू राष्ट्रवादी विचारक तो थे, मगर उन्होंने राष्ट्रवाद का कोई सिद्धांत प्रतिपादित नहीं किया। वे राष्ट्रवाद के सकारात्मक और नकारात्मक दोनों प्रकार के पक्षों की बात करते हैं। उनका मत था कि भूतकाल में राष्ट्रवाद ने लोगों को मजबूत और एकजुट होने में मदद की, किंतु वर्तमान में राष्ट्रवाद ने लोगों

में घृणा व्याप्त कर दी है। अब राष्ट्रवाद का एक अलग अर्थ निकाला जा रहा है। नेहरू की राष्ट्रवाद की अवधारणा अंतरराष्ट्रीयवाद के घेरे में थी। नेहरूजी अपने देश की संवृद्धि और विकास के लिए अन्य देशों को नीचा दिखाने में विश्वास नहीं करते थे। आज के समय में अनेक देश दूसरों को नीचा दिखाने में लगे हुए हैं। पंडित नेहरू राष्ट्रों के मध्य शांतिपूर्ण, सह-अस्तित्व और पारस्परिक सहयोग पर विश्वास करते थे। इसलिए ही उन्होंने गुटनिरपेक्षता एवं पंचशील सिद्धांत की अवधारणा प्रस्तुत की। राष्ट्रीय आंदोलन के दौरान भी उन्होंने भारत के संघर्ष को विश्वपरक के रूप में देखा। उनका मानना था कि भारत का स्वतंत्रता संग्राम अन्य देशों के मुक्ति संग्राम पर भी प्रभाव डालेगा। इंडोनेशिया के मुक्ति संग्राम में भारत द्वारा दिया गया समर्थन इसका ज्वलंत उदाहरण है। नेहरू मानते थे कि हिंसा, घृणा, शांति और विकास में अवरोधक हैं, इसलिए उन्होंने पंचशील सिद्धांत प्रतिपादित किया। उनका यह सिद्धांत ऐतिहासिक बौद्ध अभिलेखों से लिया गया है—

पंचशील सिद्धांत—

1. एक-दूसरे की अखंडता और संप्रभुता का सम्मान
2. परस्पर अनाक्रमण
3. एक-दूसरे के आंतरिक मामलों में हस्तक्षेप नहीं करना
4. समान और परस्पर लाभकारी संबंध
5. शांतिपूर्ण सह-अस्तित्व।

□

18

श्री नारायण गुरु स्वामी

नारायण गुरु भारत के महान् संत एवं समाज-सुधारक थे। केरल के जाति-ग्रस्त समाज में उन्हें बहुत अन्याय का सामना करना पड़ा। उन्होंने केरल में समाज सुधार आंदोलन का नेतृत्व किया, जातिवाद को खारिज कर दिया और आध्यात्मिक स्वतंत्रता और सामाजिक समानता के नए मूल्यों को बढ़ावा दिया। नारायण गुरु ने मंदिरों और शैक्षणिक संस्थानों की स्थापना के माध्यम से अपने स्वयं के प्रयासों से दलितों के आध्यात्मिक और सामाजिक उत्थान की आवश्यकता पर जोर दिया।

श्री गुरु ने अल्पायु में सन् 1913 में अद्वैत दर्शन के प्रचार-प्रसार के लिए एक अद्वैत आश्रम की स्थापना की। यहाँ एक संस्कृत विद्यालय स्थापित किया गया। सन् 1920 में त्रिशूर में उनके द्वारा स्थापित कारामुक्कू मंदिर में किसी देवता की प्रतिमा नहीं बल्कि एक दीपक स्थापित किया गया था, जिसका संदेश था—चहुँओर प्रकाश-ही-प्रकाश हो। सन् 1922 में मुरुक्कुमपुझा में बनाए गए मंदिर में देव प्रतिमा की जगह 'सत्य, धर्म, प्रेम, दया' लिखवाया गया था। सन् 1924 में उनके द्वारा स्थापित अंतिम मंदिर कलवनकोड मंदिर में उन्होंने गर्भगृह में एक दर्पण लगवाया। सामाजिक प्रगति के लिए श्री नारायण गुरु ने तीन उपाय सुझाए थे—'संगठन, शिक्षा और औद्योगिक विकास'। आज केरल में दिख रहा सामाजिक-आर्थिक-शैक्षणिक विकास का श्रेय श्री नारायण गुरु और उनके द्वारा स्थापित श्री नारायण धर्म परिपालन योगम् संस्था को जाता है।

श्री नारायण गुरु स्वामी
(20 अगस्त, 1856—20 सितंबर, 1928) पर विशेष

'यह है एक आदर्श निवास,
रहते हैं जहाँ मनुष्य बंधुवत्,
मुक्त हो धार्मिक द्वेषभाव और
जातिगत संकीर्णताओं से'

—श्री नारायण गुरु

आज से करीब सौ वर्ष से अधिक पहले श्री नारायण गुरु स्वामी ने धर्म और जाति की संकीर्णता से मुक्त एक आदर्श निवास की चाहत प्रकट की थी और वे उसके लिए आजीवन कार्य भी करते रहे। भले ही उनके आदर्श समाज की कसौटी पर आज का केरल पूरी तरह खरा न उतरता हो, लेकिन वह काफी हद तक उनके आदर्श के करीब है।

यह सर्वविदित है कि जब किसी देश या प्रदेश के समाज में एक गहरी उथल-पुथल मचती है और वह अपने मध्यकालीन जड़ विचारों से मुक्त होता है तथा आधुनिक बौद्धिक, तार्किक एवं विवेकसंगत विचारों को अपनाता है, तभी वह एक आधुनिक देश या प्रदेश बनता है। किसी देश-प्रदेश के आधुनिक उन्नत एवं समृद्ध देश-प्रदेश में तब्दील होने के लिए वहाँ के लोगों के मन-मस्तिष्क में बुनियादी बदलाव और उनके सोचने-देखने के तरीके का मानवीय एवं वैज्ञानिक होना जरूरी होता है। यानी उनकी विश्व-दृष्टि बदलनी चाहिए। इसके साथ ही वहाँ के सामाजिक-आर्थिक संबंधों में परिवर्तन आना चाहिए, जिसके अनुसार ही अकसर वहाँ की राजनीति अपना आकार ग्रहण करती है। यह सबकुछ मिलकर एक ऐसे नागरिक समाज का निर्माण करते हैं, जिसे आधुनिक समाज कहा जा सकता है। भारत एक ऐसा ही देश है, इस संबंध में सारे उपलब्ध तथ्य इसके साक्षी हैं।

इस तथ्य से कोई इनकार नहीं कर सकता है कि आज भारत का काफी हद तक आधुनिकीकरण हुआ है और यहाँ एक आधुनिक नागरिक समाज का निर्माण हुआ है। वहीं यह भी सच है कि वर्ण-जाति व्यवस्था एवं पितृसत्ता के बहुत सारे अवशेष आज भी भारत में अपनी उपस्थिति बनाए हुए हैं। इसके बावजूद भारत आज सबसे आधुनिकीकृत देश बन रहा है और शीर्ष आधुनिक देशों से बहुत सारे मामलों में बराबरी करता है।

जाति और वर्णमुक्त व्यवस्था को भारत में कम करने का का श्रेय बहुत महान् विभूतियों को जाता है, जिन्होंने समाज को एक नई दिशा दिखाई, ऐसे व्यक्तियों में पहला नाम श्री नाराणय गुरु स्वामी का है। वे इजावा समुदाय से थे, उनके व्यक्तित्व और आधुनिक भारत के निर्माण में उनकी भूमिका को जी. अलोसिएस (2005:16) इन शब्दों में रेखांकित करते हैं, "भारत में वंचित समाज के उत्थान के सबसे निर्णायक ऐतिहासिक काल में एक सक्रिय सामाजिक-राजनीतिक और धार्मिक सुधारक के रूप में उन्होंने करीब चार दशकों तक अपनी भूमिका निभाई। राष्ट्रवादी इतिहासकारों द्वारा उन्हें एक जाति विशेष के क्षेत्रीय नेता के रूप में प्रस्तुत किया गया तो दूसरी ओर 'निम्न जातीय' लेखकों द्वारा उन्हें एक इजावा धार्मिक सुधारक के रूप में प्रस्तुत किया गया। दोनों धारणाएँ गंभीर रूप से त्रुटिपूर्ण हैं। पहली और सबसे प्रमुख बात यह है कि वे आधुनिक केरल और विकसित होते वंचित समाज के पहले वास्तुकार थे। वे बहुमुखी प्रतिभा के धनी थे। एक उन्नत बुद्धिजीवी और योग्य संगठनकर्ता थे। एक सुगठित समाज के रूप में केरल की सचेतन दावेदारी और उसके निर्माण में नारायण गुरु की अथक गतिविधियों और बहुत सारी संस्थाओं के निर्माण ने अहम भूमिका निभाई। इसने केरल के बहुस्तरीय विकास एवं राजनीतीकरण की जमीन तैयार की।"

इस पूरी स्थिति को बदलने और मानवीय समता, न्याय एवं बंधुता आधारित समाज बनाने के लिए श्री नाराणय गुरु स्वामी ने खुद को समर्पित कर दिया। इसके लिए उन्होंने ईश्वर एवं धर्म का भी सहारा लिया। श्री नारायण गुरु ने 'ओरु जाति, ओरु मदम्, ओरु दैवम् मनुष्यन्' का नारा दिया, जिसका अर्थ है, 'एक जाति, एक धर्म और एक ईश्वर मनुष्य।' यह नारा ईश्वर और धर्म को सबका मानने का सफल नारा बना। इस नारे ने संपूर्ण समाज को एक सूत्र में जोड़ने की जमीन तैयार की। इसे स्वामीजी ने सर्वप्रथम 1914 में अपनी रचना 'जातिनिर्णयम्' में शामिल किया और बाद में 1920 में गुरु ने इसे अपने जन्मदिन के संदेश के रूप में घोषित किया। यहाँ जाति शब्द का अलग अर्थ है। यहाँ इसका मतलब हिंदू धर्म की जाति व्यवस्था नहीं, बल्कि संसार के सारे मनुष्यों को बिना किसी भेदभाव के एक प्रजाति के रूप में देखने की बात है। इस नारे का दूसरा हिस्सा भी है, जो कुरीतियों पर आधारित वर्ण-जाति व्यवस्था की बुनियाद को ही चुनौती देता है। 'ओरु योनि, ओरु आकारम् ओरु भेदावुम् इल्ला इतिल्', यानी सारे इनसान योनि (कोख) से पैदा होते हैं, मनुष्य के आकार भी एक समान हैं, इसमें कोई भी भेद नहीं है। तो फिर जाति के आधार पर भेद क्यों?

श्री नारायण गुरु स्वामी के बचपन का नाम 'नाणु' था। उनके पिता मदन अशान उनके पहले शिक्षक थे। उनके पिता मलयालम और तमिल के साथ पालि भाषा के अच्छे ज्ञाता थे। ये तीनों भाषाएँ नाणु को विरासत में मिली थीं। बाद में श्रीनारायण गुरु ने संस्कृत एवं अंग्रेजी में भी महारत हासिल की। बचपन से नाणु के भीतर प्रखर जिज्ञासा भाव और गहरी संवेदनशीलता थी। प्रकृति के विविध रूप उन्हें अपनी ओर खींचते थे। जीवन के करीब 35 वर्ष उन्होंने प्रकृति के सान्निध्य में घने जंगलों, नदियों और समुद्र के किनारे विचरण करते हुए बिताए। उन्होंने बुद्ध की तरह ज्ञान की साधना भी की। धर्म का आध्यात्मिक तत्त्व उनमें गहरे पैठा हुआ था। वे किसी भी ऐसे धर्म और ईश्वर को स्वीकार करने को तैयार नहीं थे, जो मानव के बीच भेद करता हो और उनमें बंधुता का भाव न भरता हो। मंदिर उनके लिए प्रेम, बंधुता, करुणा और सामाजिक भाईचारा विकसित करने के केंद्र थे। वे अकसर कहा करते थे कि भगवान् और इनसान दोनों उनके गुरु हैं। वे विभिन्न धर्मों की वैश्विक एकता में विश्वास करते थे। वे पूरी मानवजाति को एक मानते थे। उन्होंने 1921 में विश्व भाईचारा सम्मेलन आयोजित किया। इसके लिए उन्होंने जो संदेश लिखा, उसका निहितार्थ यह था कि मनुष्यों में संप्रदाय, पहनावा, भाषा आदि के अंतर के बाद भी वे सब एक ही सृष्टि के हैं। सबका सबके साथ खान-पान और वैवाहिक संबंध होना चाहिए। उनका कहना था कि मनुष्य की एक जाति है, और वह है—मानव जाति।

श्री नारायण गुरु स्वामी ने मानवजाति को मानवता के सूत्र में बाँधने के लिए जीवन भर प्रयास किया। वे भले ही पूरी मानवजाति को बंधुता के सूत्र में न बाँध पाए हों, लेकिन वे आधुनिक समाज के पहले व्यक्तित्व हैं, जिन्होंने बंधुता आधारित आधुनिक मानव समाज की नींव डाली, जिसे बहुत सारे अन्य व्यक्तित्वों, संगठनों एवं सामाजिक आंदोलनों ने आगे बढ़ाया।

महापुरुष कथन

गुरुदेव रवींद्रनाथ टैगोर ने लिखा है, "मैंने विश्व के विभिन्न स्थानों की यात्रा की है। इन यात्राओं के दौरान मुझे अनेक संतों और विद्वानों के दर्शन करने का अवसर मिला है। लेकिन मैं यह स्पष्ट रूप से स्वीकार करता हूँ कि मुझे अभी तक कोई भी ऐसा व्यक्ति नहीं मिला, जो केरल के स्वामी श्री नारायण गुरु से आध्यात्मिक रूप से अधिक महान् हो अथवा आध्यात्मिक उपलब्धियों में उनके

समकक्ष भी हो।" गुरुदेव टैगोर और स्वामी श्री नारायण गुरु की भेंट 1922 में हुई थी।

रोम्याँ रोलाँ जब भारत आए तो वे भी नारायण गुरु से प्रभावित हुए बिना नहीं रह सके। रोम्याँ रोलाँ ने लिखा है, "श्री नारायण गुरु के उपदेश आचार्य शंकर के दर्शन से प्रभावित थे। यह कहा जा सकता है कि वे कर्मशील, धार्मिक तथा बौद्धिक ज्ञानी थे। उन्हें 'स्व' का ज्ञान था। उन्हें सामाजिक आवश्यकता की जानकारी और लोगों की नब्ज की पहचान थी। उन्होंने दक्षिण भारत के दबे हुए लोगों को उठाने में महान् योगदान दिया।"

गांधीजी ने उन्हें सदैव श्रद्धेय श्री नारायण गुरु के नाम से ही जाना और अपने हरिजनोद्धार की गतिविधि से उनके दृष्टिकोण को स्वीकार किया है। मूलूर पद्मनाभ पणिक्कर इनको बचपन से ही जानते थे। वे कहते थे कि उन्हें बचपन से ही दूसरों की सहायता करना अच्छा लगता था।

जीवन-दर्शन

श्री नारायण गुरु का जीवन-दर्शन मुख्यत: तीन भागों में देखा जा सकता है—

1. एक ऐसा भक्त, जो संसार के दैनिक झगड़ों से दूर, शांतिप्रद स्थानों पर, जंगलों में, पर्वतों की कंदराओं में, सुनसान, धीमी बहती नदी के तट पर अथवा इसी प्रकार के निर्जन स्थानों पर सत्य को ढूँढ़ता रहता है।
2. जब मनुष्य एक तपस्वी हो जाता है, एक वास्तविक योगी बन जाता है। 'कर्मण्येवाधिकारस्ते मा फलेषुकदाचन' जब वह गीता के इस सूत्र को अपना धर्म मान लेता है।
3. जब वह वास्तविक रूप से कर्म में विश्वास रखते हुए संसार के मोह-माया से हटकर एक ज्ञानी बन जाता है। लेकिन उसे समाज की आवश्यकता अथवा समाज की गतिविधि का भी ज्ञान रहता है। यह एक धर्म प्राण बौद्धिक का रूप है।

श्री नारायण गुरु की रचनाओं में मनुष्य के इन तीनों रूपों की झलक है। उनके काव्य में भक्ति भाव की प्रधानता है ही, साथ में मनुष्य की आंतरिक हृदय की दिव्य ज्योति की भी सुगंध है। 'अनुभूमि दशकम', 'अद्वैत दीपिका' तथा 'स्वानुभूति गीति' में इसी दिव्य ज्योति का आभास मिलता है। 'कुंडलिनी पट्टू' नाम की काव्य रचना में पातंजलि ऋषि के योग साधना के छह सोपानों की

चर्चा की गई है। उनकी अन्य रचनाएँ हैं—दर्शन माला, आत्मोपदेश शतकम, दैव दशकम आदि। श्री नारायण गुरु आचार्य शंकर के अद्वैतवाद में विश्वास रखते थे, लेकिन एक अंतर के साथ। आचार्य शंकर ने अद्वैत दर्शन को विश्व में भारत के एक विशेष आध्यात्मिक योगदान के रूप में प्रस्तुत किया। इस प्रकार उन्होंने देश में अपने मतावलंबियों का एक बौद्धिक वर्ग बना दिया। श्री नारायण गुरु ने इस परंपरा को आगे बढ़ाया, लेकिन इसे मूलतः दीन, हीन, संत्रस्त तथा पीड़ित जनसाधारण के हित को ध्यान में रखकर।

□

19

महात्मा ज्योतिराव गोविंदराव फुले

सामाजिक समरसता के अग्रदूत, दूरदर्शी, सामाजिक चिंतक, शैक्षणिक क्रांति के प्रणेता, समरसता के योगी एवं क्रांतिकारी समाज सुधारक महात्मा ज्योतिबा फुले का जन्म 11 अप्रैल, 1827 को महाराष्ट्र के सतारा में एक सब्जी व्यापारी के परिवार में हुआ था। 12 साल की उम्र में महात्मा फुले का विवाह सावित्रीबाई फुले से हुआ। उनके जीवन में एक बड़ा परिवर्तन तब आया, जब उनके एक ब्राह्मण मित्र द्वारा उनका अपमान किया गया। तब ज्योतिबा फुले को समाज में व्याप्त जाति विभाजन और भेदभाव के बारे में पता चला।

उसके बाद महात्मा फुले ने समाज में व्याप्त सामाजिक बुराइयों को महसूस किया और इन सबके विरुद्ध लड़ने की ठानी। पश्चिम के सामाजिक चिंतक और लेखक थॉमस पैने के द्वारा लिखी गई किताब 'पुरुषों के अधिकार' ने महात्मा फुले को सामाजिक बुराइयाँ, जैसे जातिवाद, अस्पृश्यता, महिलाओं की दयनीय दशा, किसानों की बुरी हालत आदि के खिलाफ आंदोलन करने के लिए प्रेरित किया।

19वीं शताब्दी के महान् सामाजिक चिंतकों में महात्मा ज्योतिबा फुले का महत्त्वपूर्ण स्थान है। वे आध्यात्मिक और राष्ट्रीय चिंतन के धर्म की बात करते थे। उनका मत था कि समाज में धर्म पर अत्यधिक निर्भरता के कारण कोई भी सामाजिक सुधार तब तक संभव नहीं है, जब तक धर्म में व्यावहारिक और व्यापक सुधार न हो तथा धार्मिक चिंतन उन्नत तथा बौद्धिकता पर केंद्रित न हो। इसी वजह से उन्होंने एकात्म ईश्वर, एकात्म धर्म, एकात्म सत्य, पुण्य-पाप, स्वर्ग-नरक आदि सभी पर अपने चिंतन का प्रकटीकरण किया तथा उसमें व्याप्त अंधविश्वास, असमानता और कट्टरता आदि के गुण व दोष का निरूपण किया।

महात्मा फुले धर्म पर अपनी व्याख्या करते हुए कहते हैं कि भारत के प्राचीन धर्म में कभी जाति व्यवस्था नहीं थी, कर्म आधारित व्यवस्था का प्रचलन था। जैसे

वे मनुष्य के शरीर का उदाहरण देकर समझाने का प्रयास करते हैं कि मस्तिष्क ब्राह्मण, भुजाएँ क्षत्रिय, उदर वैश्य और पैर शुद्र हैं, सभी एक-दूसरे से जुड़े हुए हैं। जैसे ही आप एक अंग को विभाजित करेंगे तो शरीर अपंग हो जाएगा। वैसे ही ये सभी समाज के अंग हैं, अगर इनमें विभाजन हुआ तो समाज का प्रारूप ही बिखर जाएगा। वे कहते हैं ज्ञान देने या ग्रहण करनेवाला कोई भी व्यक्ति ब्राह्मण हो सकता था, अपितु उसका जन्म किसी भी परिवार में क्यों न हुआ हो। उदाहरण जैसे महर्षि वाल्मीकि और ऋषि वेद व्यास। समाज के रक्षण का कार्य जो भी व्यक्ति करेगा, वह क्षत्रिय होगा। जो व्यापार करेगा, वह वैश्य और जो समाज की सेवा में कार्य करेगा, वह शुद्र। यही उनकी समाज रचना की कल्पना थी। उन्होंने यह भी कहा कि जाति प्रथा धर्म नहीं है, बल्कि यह समाज में एक-दूसरे को नीचा मानने की प्रवृत्ति है। वे व्यावसायिक या सेवाओं के कार्य के आधार पर वर्ण व्यवस्था को धर्म मानने की भी कटु आलोचना करते थे। महात्मा फुलेजी समाज की इस व्यवस्था पर प्रश्नचिह्न खड़ा करते हैं। वे कहते हैं कि व्यक्ति द्वारा जीविकोपार्जन के लिए किया गया कोई भी कार्य उसका एक पेशा है, व्यवसाय है, न कि धर्म। उन्होंने समाज के समक्ष एक सवाल किया कि मजदूरी के लिए हम सभी के कपड़े धोकर यदि धोबी अपना जीवन निर्वाह करता है, तो हम सब भी तो घरों में अपने कपड़े धोते हैं या नहीं? इसी प्रकार से मजदूरी लेकर दूसरों के कपड़े धोना, यह एक तरह से उसका रोजगार हो गया। उसके इस जीविकोपार्जन के कारण क्या यह उसकी नीच जाति मानी जाएगी? धनगरों द्वारा भेड़ें पालकर उनको चराना—यह उसका धर्म नहीं है; बल्कि यह उसका धंधा है। कृषि का कार्य करना किसान का कर्म है, उसकी जाति नहीं; बाग का काम करना माली का धर्म नहीं है; बल्कि यह उसका पेशा है। अपनी सेवा की मजदूरी लेकर समाज की सेवा करना नौकर का धर्म नहीं है; बल्कि यह उसका पेशा है। महात्मा फुलेजी कहते हैं, जब हम सभी का निर्माता एक है और हमारी भारतीय संस्कृति एकात्म समाज रचना का चिंतन करती है, ईश्वर ने भी सभी के लिए अपनी बनाईं हुई वस्तु पर समान अधिकार दिए हैं, तो फिर समाज में विघटन कैसे हो सकता है। हमारा धर्म अनेकता में एकता का धर्म है।

महात्मा फुले अपने चिंतन में कहते हैं कि किसी भी व्यक्ति को सामाजिक समरसता, राजनीतिक भागीदारी, धार्मिक, आर्थिक स्वतंत्रता तथा शिक्षा प्राप्ति के अधिकार से वंचित रखना और उनका शारीरिक एवं मानसिक रूप से जाति के आधार पर शोषण करना, शोषण को धर्म मानना क्रूरता तथा निर्दयता का परिचायक

है। उनके विचार में धर्म आत्मशुद्धि है, सदाचार है, जिसके द्वारा मनुष्य शारीरिक, मानसिक, बौद्धिक विकास को पाने की कोशिश करता है। वे कहते हैं कि धर्म मानव मात्र की सेवा है। भारतीय संस्कृति में धर्म स्वतंत्रता, समानता तथा बंधुता की भावना है। विमलकीर्ति के अनुसार महात्मा फुले की दृष्टि में धर्म वह है, जो समाज के हित में, समाज के कल्याण के लिए हो। जिस धर्म में समाज के सभी वर्गों का कल्याण निहित नहीं है, वह धर्म नहीं है। धर्म सत्य और समानता पर टिका हुआ है।

महात्मा फुले ने समाज में किसी भी प्रकार के जाति और वर्ण भेद को पूर्णत: असत्य, दुर्भाग्यपूर्ण और मानवता के विरुद्ध कहा है। उन्होंने कहा कि हमारे सृष्टि निर्माता ने हम सभी मानवों को समान बनाया है और प्रकृति के उपयोग के समान अधिकार दिए हैं। इसलिए उनमें किसी प्रकार का जाति भेद नहीं है, वे सभी एकात्मवादी हैं। उन्होंने कहा है—

मातंग आर्यों में जाँचते ही खून एक, एक ही आत्मा जान। दोनों में।
दोनों समान सब खाते-पीते, इच्छा भी भोगते। एक समान।
मातंग आर्य दोनों शोभा मानव की। दोनों का आचरण एक जैसा।
पूछता हूँ सब हुए कैसे नीच। आर्य क्यों ऊँच।

महात्मा फुले ने कर्ममूलक एवं गुणमूलक जातीय मान्यता का भी खंडन किया है। उनके अनुसार कर्मों या गुणों के आधार पर मनुष्यों की जातियाँ निर्धारित नहीं की जा सकती हैं। उनके विचार में किसी वांशिक समूह को मूलत: ही ऊँच या नीच निर्धारित करके वर्चस्व स्थापित करने का अधिकार सूचित करनेवाला या वांशिक भिन्नता के आधार पर मूल्य निर्धारित करनेवाला कोई भी सिद्धांत वैज्ञानिक दृष्टि से आधारहीन है और वह मानवता, सदाचार और नैतिक तत्त्वों से विसंगत है।

महात्मा फुले के वैचारिक दर्शन में सभी व्यक्ति, चाहे वह स्त्री हो या पुरुष जन्म से समान है, इसलिए समाज द्वारा किसी भी प्रकार का भेदभाव या अमानवीय व्यवहार मानवता एवं नैतिकता के विरुद्ध है और वह ईश्वर के साथ अपराध है।

महात्मा फुले का मत था कि समाज के समग्र विकास के लिए यह जरूरी है कि समाज का संगठन ऐसा हो कि उसके सभी सदस्यगणों को आजादी और समानता के अधिकार बिना किसी भेदभाव के मिल जाएँ। उनके मध्य मित्रता और प्रेम सदा व्याप्त रहे। वे हमेशा कहते थे कि विश्व एक परिवार है। संस्कृतियाँ और परंपराएँ अलग-अलग हो सकती हैं। समाज व्यवस्था की रचना अलग-अलग

हो सकती है। लेकिन हम सभी मानवजाति के समूह का मूल चिंतन एकात्म है। सबका ईश्वर एक है। वह जाति-पाँति नहीं मानता है। मनुष्य का मनुष्यता ही सर्वश्रेष्ठ धर्म है।

महात्मा फुले की भारतीय समाज को सबसे महत्त्वपूर्ण देन महिला साक्षरता थी और उनकी पहली अनुयायी स्वयं उनकी धर्मपत्नी सावित्रीबाई फुले थी, जो सदैव महात्माजी के सपनों को उड़ान देती थीं। उनके हर अभियान में उनका साथ देती थीं।

अपनी कल्पनाओं और आकांक्षाओं का एक न्यायसंगत और एकात्म समाज बनाने के लिए सन् 1848 में महात्मा फुले ने बालिकाओं के लिए एक विद्यालय स्थापित किया; यह भारत का प्रथम बालिकाओं के लिए विद्यालय था। सावित्रीबाई फुले वहाँ अध्यापन का कार्य करती थीं। परंतु बालिकाओं को शिक्षित करने की कोशिश में उस समय एक बड़ी अशोभनीय घटना घटित हुई, जिस कारण महात्मा फुले और सावित्रीबाई फुले को अपना घर छोड़ने के लिए मजबूर होना पड़ा। हालाँकि इस तरह के दबाव और धमकियों के बावजूद भी उन्होंने कभी भी अपने लक्ष्य को नहीं छोड़ा और समाज में व्याप्त बुराइयों और कुरीतियों के विरुद्ध संघर्ष करते रहे और इसके खिलाफ लोगों में चेतना का जागरण दोनों लोग मिलकर करते रहे।

समाज में सामाजिक समरसता स्थापित करने के लिए सन् 1851 में महात्मा फुले ने वृहद् और बेहतर विद्यालय शुरू किया, जो बहुत प्रसिद्ध हुआ। वहाँ धर्म, जाति तथा पंथ के आधार पर कोई भेदभाव नहीं था और उसके दरवाजे हर वर्ग के लिए खुले हुए थे।

महात्मा ज्योतिबा फुले समाज में होनेवाले बाल विवाह के विरुद्ध थे और विधवा विवाह का समर्थन करते थे। वे ऐसी महिलाओं से बहुत सहानुभूति रखते थे, जो शोषण का शिकार हुई हों या किसी कारणवश परेशान हों, इसलिए उन्होंने ऐसी महिलाओं के लिए अपने घर के दरवाजे खुले रखे थे, जहाँ उनकी देखभाल हो सके।

महात्मा फुले समाज के शोषित वर्ग के उद्धार के लिए हमेशा सक्रिय भूमिका में लगे रहे। विशेष तौर पर अस्पृश्यों के लिए; बल्कि वे शायद ऐसे पहले व्यक्तित्व थे, जिन्होंने अस्पृश्यों को 'दलित' नाम से संबोधित किया, जो कि टूटा हुआ है, परेशान और शोषित है तथा बाहर उन्हें तथाकथित वर्ण व्यवस्था को आधार मानकर समाज से अछूत मानकर देखा जाता था।

दलित जाति और अस्पृश्यों के सामाजिक और आर्थिक उत्थान के लिए 24 सितंबर, 1873 को महात्मा फुले ने सत्यशोधक समाज (सच्चे अन्वेषक समाज) की स्थापना की; इस संस्था का मूल उद्देश्य यह था कि किसी के साथ भी जाति, धर्म, आर्थिक और लिंग के आधार पर भेदभाव न हो तथा एक समान समाज का निर्माण हो, जहाँ सब मनुष्य के रूप में साथ रहें। सत्यशोधक समाज धार्मिक रूढ़ियों और अंधविश्वास के खिलाफ भी था। इसलिए ज्योतिबा फुले ने अपना पूरा जीवन समाज के कमजोर और पिछड़ों के लिए दे दिया; अपने विचार और कार्यों की वजह से वो अपने समय से बहुत आगे थे। महात्मा फुले सिर्फ दलित चिंतक नहीं थे, वे सर्व समाज के हितचिंतक थे। वे समाज के सभी पिछड़े हुए लोगों को समाज की मुख्यधारा से जोड़ना चाहते थे। उनका और उनकी पत्नी का जीवन समाज को समर्पित था।

□

20

बाबा आमटे

आधुनिक भारत में बाबा आमटे बेहद प्रतिष्ठित समाज सुधारकों में से एक थे; इनके पिता देवीलाल सिंह और माता लक्ष्मीबाई आमटे थी। इनका जन्म 26 दिसंबर, 1914 को महाराष्ट्र के वर्धा जिले में हुआ था।

इनके पिता ब्रिटिश सरकार में उच्च पद पर तैनात थे, इस वजह से वो एक धनी परिवार से थे और अपने जीवन को बहुत ही सुगमता के साथ जीते थे। लेकिन बाबा आमटे बेहद उदारवादी स्वभाव के थे और सभी धर्म और जाति के लोगों के साथ व्यवहार रखना पसंद करते थे।

बाबा आमटे ने कानून की पढ़ाई की और उनका वर्धा में बहुत अच्छा जीवन था। वे ब्रिटिश शासन के खिलाफ कई आंदोलनों का हिस्सा बने, जिसका नेतृत्व महात्मा गांधीजी कर रहे थे। बाबा आमटे गांधीजी से बेहद प्रभावित थे और अपने जीवन में उनके सिद्धांतों और जीवन जीने के तरीकों का अनुसरण करते थे। मगर बाबा आमटे का स्वभाव क्रांतिकारी भी था। वे क्रांतिकारी राजगुरु के सहयोगी भी रहे। 1942 में वे अंग्रेजों के खिलाफ हुए भारत छोड़ो आंदोलन में जेल गए। स्वतंत्रता सेनानी और राजनेताओं के मुकदमे लड़ने के लिए उन्होंने राष्ट्रवादी वकीलों का संगठन गठित किया। इन प्रयासों के कारण ब्रिटिश सरकार ने उन्हें गिरफ्तार कर लिया, परंतु बरोरा जेल में कीड़ों से भरे कुष्ठ रोगी को देखकर उनके जीवन की दिशा ही बदल गई। उन्होंने अपने व्यावहारिक जीवन का परित्याग कर सपत्नी कुष्ठ रोगियों और दलितों की सेवा में समर्पित कर दिया।

उन्होंने समाज में कुष्ठ रोगों से ग्रसित लोगों की सेवा और उनके पुनर्वास व सशक्तीकरण के रूप में महत्त्वपूर्ण योगदान देने की सामाजिक पहल की शुरुआत कर दी। कुष्ठ रोग एक ऐसी बीमारी होती है, जिसमें समाज कुष्ठ रोग से ग्रसित रोगी से दूर हो जाता है, बाबा आमटे ने प्रभावी तरीके से इसके प्रति समाज में जागरूकता

फैलाई कि यह संक्रामक लाइलाज नहीं है और अपनी बात को सिद्ध करने के लिए कुष्ठ रोगी के विषाणु को अपने शरीर में प्रविष्ट कराया और कुष्ठरोधी औषधियों का परीक्षण अपने शरीर पर कराया। उन्होंने स्वयं भी कुष्ठ रोग के इलाज का प्रशिक्षण प्राप्त किया।

उन्होंने कुष्ठ रोग से पीड़ित मानवों की सेवा और सहायता का पुण्य कार्य स्वयं अपने हाथों में ले लिया। वे मानव की सेवा को ही ईश्वर की सेवा मानकर करने लगे। कुष्ठ रोग से पीड़ित लोगों के लिए बाबा आमटे ने सबसे पहले ग्यारह साप्ताहिक औषधि केंद्रों को संचालित किया, फिर 'आनंदवन' नामक कुष्ठ रोगियों के लिए सामाजिक संस्था की स्थापना की। 1951 में 'आनंदवन' की रजिस्ट्री हुई। तत्कालीन सरकारों ने भी बाबा आमटे के इस समाज-सेवा के मॉडल को अपनाया और उन्हें इस कार्य के विस्तार के लिए भूमि भी आवंटित की। बाबा आमटे के प्रयास से कई कुष्ठ रोगियों के लिए अस्पताल बने, विश्वविद्यालय भी स्थापित किया, अनाथालय खोला, नेत्रहीनों के लिए विद्यालय बनाया और तकनीकी शिक्षा की भी व्यवस्था की। 'आनंदवन' आश्रम अब पूरी तरह आत्मनिर्भर है और लगभग पाँच हजार व्यक्ति उससे आजीविका चला रहे हैं।

बाबा आमटे ने राष्ट्र और समाज को एक करने के लिए 1985 में कश्मीर से कन्याकुमारी तक और 1988 में असम से गुजरात तक दो बार भारत जोड़ो आंदोलन चलाया। प्रकृति से लगाव होने के कारण बाबा आमटे ने समाज में जंगल, पारिस्थितिक संतुलन तथा वन्य जीव संरक्षण के प्रति जागरूकता पैदा की। उन्होंने नदियों के संरक्षण के लिए नर्मदा बचाओ आंदोलन का भी नेतृत्व किया और सरदार सरोवर बाँध की वजह से विस्थापितों के अधिकारों के लिए लड़े। इसके फलस्वरूप हजारों आदिवासियों के विस्थापन का विरोध करने के लिए 1989 में बाबा आमटे ने बाँध बनने से डूब जानेवाले क्षेत्र में निजी बल (आंतरिक बल) नामक एक छोटा आश्रम बनाया।

बाबा आमटे ने अपना संपूर्ण जीवन भारत और समाज कल्याण में लगा दिया। 9 फरवरी, 2008 को महाराष्ट्र के आनंदवन में इनका निधन हो गया।

□

21

श्री नानाजी देशमुख

वर्तमान समय में राजनीतिक साख का संकट है। राजनीति मूल्यविहीन होती जा रही है। राजनीति लोगों के लिए एक लाभदायक उद्योग बनता जा रहा है। ग्रामीण क्षेत्रों से पलायन बढ़ता जा रहा है। गाँव रोजगार और युवाश्रम की अनुपलब्धता के संकट से जूझ रहे हैं। कहीं बाढ़, कहीं सूखे की स्थिति दिखती है। शहरों पर अनावश्यक बोझ बढ़ता जा रहा है। न्यायालयों में मुकदमों की बाढ़-सी आ गई है। ऐसे में आज नानाजी के विचार प्रासंगिक हैं।

'मैं अपनों के लिए हूँ, अपने लिए नहीं' इस ध्येय वाक्य पर चलते हुए एक संतरूपी समाजसेवी ने भारत के कई उन गाँव की तसवीर बदल दी, जहाँ नानाजी न पहुँचते तो आज भी वे गाँव विकास से कोसों दूर होते। त्याग, तपस्या, परिश्रम, करुणा और भेदभाव से रहित दबे-पिछड़े मनुष्यों के विकास को प्रतिबद्ध इस महान् व्यक्तित्व की दूरदृष्टि सोच ने समाज के अंतिम व्यक्ति के विकास को नए आयाम प्रदान किए। ऐसे सामाजिक संत का नाम था नानाजी देशमुख। ग्राम्य विकास के पुरजोर समर्थक थे नानाजी। वे कहते थे कि भारत की आत्मा गाँवों में बसती है। इसलिए उन्होंने अपना कर्मक्षेत्र बनाया चित्रकूट को। वहाँ ग्राम्य विकास के नए-नए प्रयोग नानाजी द्वारा किए गए। उन्होंने भारत में ग्राम विकास की संपूर्ण संकल्पना को सिद्ध किया। उन्होंने ग्रामोदय के लिए जन की भागीदारी से जन अभियान छेड़ा।

'वनवासी राम' को अपना आदर्श माननेवाले नानाजी देशमुख ने इसके लिए कई प्रकल्प स्थापित किए। गांधीजी की तरह उनकी मान्यता थी कि भारत के विकास का रास्ता गाँवों से होकर जाता है। ग्राम्य विकास से राष्ट्र विकास की अवधारणा के शिल्पकार युगदृष्टा नानाजी देशमुख ने कहा था, "हम अपने लिए नहीं, अपनों के लिए हैं।" यहाँ अपने से तात्पर्य है, जो समाज में पीड़ित एवं उपेक्षित हैं, जिन्हें आज समाज के विकास की भागीदारी में अपना योगदान देना है। इसीलिए नानाजी ने

ग्रामोदय से राष्ट्रोदय के अभिनव अनुप्रयोग के लिए सन् 1996 में शिक्षित, स्नातक युवा युगलों से 5 साल का समय दान देने का आह्वान किया तो इस आह्वान पर दूर-दराज के प्रदेशों से प्रतिवर्ष ऐसे दंपती चित्रकूट पहुँचने लगे। चयनित हुए दंपतियों को 2 सप्ताह या 20 दिन का प्रशिक्षण दिया जाता था। नानाजी उन्हें प्रेरणा देने के लिए कहते थे—"महाराजा जनक की पुत्री सीता उस समय की परिस्थितियों में इस क्षेत्र में 11 वर्ष तक रह सकती हैं, तो आज इतने प्रकार के साधनों और संसाधनों के सहारे तुम 5 वर्ष क्यों नहीं रह सकतीं?" इन शब्दों को सुनकर नवदांपत्य में बँधी युवतियों में सेवा भाव और गहरा हो जाता था, तो उनके कदम अपने शहर एवं घर की तरफ नहीं, माँ सीता की तरह अपने पति राम के साथ जंगलों-पहाड़ों के बीच बसे ग्रामों की ओर बढ़ते चले जाते थे। स्वाभिमानी और स्वावलंबी आधुनिक भारत के निर्माण के लिए नानाजी देशमुख ने जीवनपर्यंत अहर्निश प्रयास किया। भारत में ग्राम विकास की अभिनव परिकल्पना प्रस्तुत कर आदर्श ग्राम खड़े किए। चित्रकूट समेत देश के अनेक जिलों में चल रहीं समग्र ग्राम्य विकास योजनाएँ आज उनकी राष्ट्र साधना के जीवंत साक्ष्य हैं। वे किसी बात को केवल कहते ही नहीं थे, वरन् उसे कार्यरूप में परिवर्तित भी करके रहते थे। आधुनिक युग के इस महान् ऋषि दधीचि का पूरा जीवन ही एक प्रेरक गाथा है। राष्ट्रऋषि नानाजी उन चुनिंदा विभूतियों में थे, जिन्होंने अपना संपूर्ण जीवन राष्ट्र की सेवा में समर्पित करने के लिए राष्ट्रीय स्वयंसेवक संघ को दे दिया।

राष्ट्रऋषि नानाजी देशमुख का मुख्य योगदान भारत की राजनीति में नहीं, ग्रामोदय में रहा। उनके द्वारा स्थापित चित्रकूट जिले का विश्वविद्यालय ग्रामीण विकास का मॉडल है। दीनदयाल उपाध्याय और नानाजी का अटूट संबंध था, जब 11 फरवरी, 1968 को दीनदयालजी के निधन के बाद नानाजी ने दीनदयाल स्मारक समिति का पंजीयन कराकर सामाजिक कार्य के लिए एक नए अध्याय की शुरुआत की। 20 अगस्त, 1972 से विधिवत् 'एकात्म मानव दर्शन' के विचार सिद्धांत को व्यावहारिक धरातल पर उतारने हेतु 'दीनदयाल शोध संस्थान' कार्यालय, नई दिल्ली में नानाजी के सान्निध्य में कार्य करने लगा। 1991 में भगवानंदजी महाराज के निवेदन पर नानाजी चित्रकूट धाम आए। चित्रकूट में करीब 500 गाँवों में नैतिक मूल्यों के साथ व्यापक सामाजिक-आर्थिक विकास के लिए नानाजी ने वहीं अपना धाम बना लिया। चित्रकूट विकास परियोजना संस्थागत विकास और ग्रामीण विकास के एक मॉडल के रूप में अनूठा प्रयास है। इस प्रकल्प में ऐसे विकास

पर जोर दिया गया है, जो भारत के लिए सबसे उपयुक्त है। वह जनता की शक्ति पर आश्रित है। उन्होंने सिखाया कि शोषितों और उपेक्षितों के साथ एकरूप होकर ही प्रशासन और राजकाज का गुर सीखा जा सकता है। यह भी कि युवा पीढ़ी में समाज निर्माण की चेतना जगाना अनिवार्य है। चित्रकूट परियोजना आत्मनिर्भरता की मिसाल है। दरअसल चित्रकूट परियोजना चित्रकूट के आसपास के पाँच गाँवों के समूह बनाकर सौ गाँव समूहों को विकसित करने के लिए तैयार की गई। इसके तहत गाँव के हर व्यक्ति, परिवार और समाज के जीवन के हर पहलू पर गौर किया जाता है। इस मुहिम की कुंजी है समाज शिल्पी दंपती। ये दंपती गाँव के ही होते हैं और पाँच गाँवों के समूह में प्रेरणा देने की जिम्मेदारी निभाते हैं। सबसे पहले इनकी आय वृद्धि पर विचार किया जाता है। इसके लिए जरूरत के मुताबिक जल संचयन और मृदा प्रबंधन की तकनीक अपनाई जाती है। साथ-साथ उद्यम कौशल और स्व-सहायता समूह के जरिए आय बढ़ाने के उपाय अलग होते हैं और ये सभी उपक्रम जुड़े होते हैं।

(1) कोई बेगार न रहे
(2) कोई गरीब न रहे
(3) कोई बीमार न रहे
(4) कोई अशिक्षित न रहे
(5) हरा-भरा और विवादमुक्त गाँव हो।

नानाजी देशमुख एक प्रयोगवादी व्यक्तित्व थे। उनके द्वारा किए गए प्रयोगवादी रचनात्मक कार्यों का ही एक उदाहरण मात्र है सरस्वती शिशु मंदिर। आज संस्कारयुक्त शिक्षा के उद्देश्य से सन् 1950 में उनके मार्गदर्शन में आरंभ किए गए सरस्वती शिशु मंदिरों की श्रृंखला दिखाई देती है। सरस्वती शिशु मंदिर आज भारत की सबसे बड़ी स्कूलों की श्रृंखला बन चुकी है। नानाजी संस्कार भारती के संस्थापक सदस्यों में से एक थे। जब संघ ने 'राष्ट्रधर्म' पत्रिका का प्रकाशन करने का निर्णय लिया तो पंडित दीनदयाल को मार्गदर्शक, अटल बिहारी वाजपेयी को संपादक व नानाजी को प्रबंध निदेशक का दायित्व सौंपा गया। नानाजी ने अपनी कार्य कुशलता का परिचय देते हुए 'राष्ट्रधर्म' के साथ-साथ 'पाञ्चजन्य' व 'दैनिक स्वदेश' का प्रकाशन प्रारंभ कर समाज में अपनी एक अलग पहचान बनाई, जब संघ के द्वितीय सर संघचालक श्रीगुरुजी ने सन् 1951 में उन्हें पंडित दीनदयाल के साथ भारतीय जनसंघ का कार्य करने को कहा। उनका राजनीति में मंत्र था—राजनीति में 'संघर्ष नहीं समन्वय', 'सत्ता नहीं, अंतिम व्यक्ति की सेवा'

आदि वाक्यों को नानाजी ने स्थापित करने की कोशिश की। वे भारतीय जनसंघ में पंडित दीनदयाल उपाध्याय के समकक्ष थे और दोनों में अतीव घनिष्ठता थी। नानाजी देशमुख का मत था, जब कोई नेता 60 वर्ष का हो जाए तो उसे राजनीति से संन्यास लेकर समाज का काम करना चाहिए। जब नानाजी लोकसभा में संसद् सदस्य थे तो जनता पार्टी की सरकार में प्रधानमंत्री मोरारजी देसाई के मंत्रिमंडल में कोई बड़ा मंत्रालय उनको मिल सकता था और चर्चा थी कि वे गृहमंत्री बनेंगे। अपने प्रण के अनुसार जैसे ही वे 60 साल के हुए, राजनीति राजनीति से संन्यास ले लिया और चित्रकूट में एकात्म मानववाद की कल्पना लेकर ग्रामीण विकास के काम में लग गए और जीवनपर्यंत लगे रहे।

समाज के विभिन्न क्षेत्रों में नानाजी के सामाजिक कार्यों को सराहा गया। उन्हें कई सम्मानों से विभूषित किया गया जैसे—भारत रत्न, पद्म विभूषण, महात्मा गांधी सम्मान, एकात्मता पुरस्कार, श्रेष्ठ नागरिक सम्मान, वरिष्ठ नागरिक सम्मान, मानस हंस, जीवन गौरव, संत ज्ञानेश्वर पुरस्कार आदि। शिक्षा के क्षेत्र में किए गए उनके योगदान के कारण उन्हें चित्रकूट, मेरठ, झाँसी, पुणे एवं अजमेर विश्वविद्यालय द्वारा डी. लिट् की मानद उपाधि प्रदान की गई। राष्ट्रऋषि नानाजी को महामहिम राष्ट्रपति द्वारा 1999 में राज्यसभा के सदस्य के रूप में मनोनीत किया गया। इस कर्मयोगी का जीवन असंख्य लोगों के लिए प्रेरणा का केंद्र बिंदु है। हम सबको 'सर्व भूत हिते रता:' का पाठ पढ़ाते हुए 27 फरवरी, 2010 को उन्होंने इस लोक से विदा ली। अपने जीवन में ही उन्होंने तय कर दिया था कि उनकी मृत्यु के पश्चात् उनके शरीर को जलाया नहीं जाएगा, बल्कि शोध के लिए अखिल भारतीय आयुर्विज्ञान संस्थान, दिल्ली को सौंप दिया जाएगा। जीवन के हर क्षेत्र में उन्होंने अद्भुत आदर्श स्थापित किया। इस मृत्युलोक रूपी संसार से विदा लेने के उपरांत अपने शरीर का अंग-अंग राष्ट्र को दान कर दिया। इस प्रकार जीवन भर तो उन्होंने समाज सेवा की ही, जीवन त्यागने के बाद भी वे समाज-सेवा में ही लीन हो गए। नानाजी का जीवन असंख्य लोगों के लिए प्रेरणा स्रोत है। यदि उनके विचारों को आगे बढ़ाया जाए और उनके द्वारा दिए गए प्रकल्पों पर ईमानदारी से कार्य किया जाए तो देश और समाज की अनेक समस्याओं का समाधान किया जा सकेगा।

भारत की सरकार ने उन्हें 2019 में 'भारत रत्न' प्रदान किया। वे सच्चे अर्थों में भारत रत्न ही थे।

□

22

आचार्य नरेंद्र देव

हमारे देश का सौभाग्य है कि उसका प्रत्येक नागरिक स्वतंत्र है और भारत स्वयं अपने भाग्य का विधाता है। यह स्वतंत्रता हमें ऐसे ही प्राप्त नहीं हुई है। इस पवित्र कार्य के लिए देश की अनेक विभूतियों को दीर्घकाल तक स्वतंत्रता की अलख जगाकर अपने प्राणों की आहुति देनी पड़ी। प्रथम स्वाधीनता संग्राम की क्रांति सन् 1857 से लेकर 15 अगस्त, 1947 को स्वराज्य की उपलब्धि तक का भारत इतिहास त्याग और बलिदान का रहा है। राष्ट्र जीवन में नवीन प्राणों का संचार करने के लिए क्रांतिवीरों ने अपने प्राणों का उत्सर्ग किया। भारत के इन महापुरुषों ने राष्ट्र की आत्मा को चैतन्यता से भर दिया और ऐसी जनशक्ति का उदय किया कि राष्ट्र के करोड़ों नर-नारियों ने अपने प्राणों की बाजी लगाकर विदेशी सत्ताओं को भारतीय भूमि से समूल उखाड़ फेंका। इनमें से ही एक महान् विभूति थे आचार्य नरेंद्र देव। जिन्होंने अपने असीम राष्ट्र प्रेम से देश व समाज की आराध्य सेवा की। आचार्य नरेंद्र देव मनीषी, लोकतंत्रात्मक-समाजवाद के प्रवर्तक, विचारक, लेखक, चिंतक, शिक्षाशास्त्री व पत्रकार थे, जिनके चिंतन, मनन और आचरण-व्यवहार में समाज व देश के प्रति स्पष्ट कर्तव्यबोध और प्रतिबद्धता झलकती थी। राजनीतिक चेतना और विद्वत्ता का उनमें अद्‍भुत सामंजस्य था।

आचार्यजी संस्कृति के संरक्षण, समाज कल्याण और नैतिक जीवन की उन्नति के लिए अन्याय का विरोध करना आवश्यक समझते थे। आचार्यजी का मत था कि इस शोषणविहीन समाज में मानवीय एकात्मता के आधार पर मनुष्य का नैतिक और सामाजिक विकास हो सकता है, लेकिन स्वार्थ प्रेरणा पर आश्रित वर्ग, समाज में सामाजिक भावनाओं का विकास बहुत कुछ स्तर तक अवरुद्ध करता है। इस अन्यायपूर्ण सामाजिक व्यवस्था में अन्याय का निरंतर विरोध नैतिक जीवन मूल्यों और मानव कल्याण के लिए अतिआवश्यक है। उनके विचार में वही नैतिक

है, जो अन्यायपूर्ण विचार के साथ समझौता करने को कभी तैयार न हो और स्वयं हमेशा अन्याय करने से बचता रहे तथा दूसरे के द्वारा किए गए अन्याय को सहन करने को तैयार न हो। उन्हें इस बात का संतोष था कि वे जीवन भर अन्याय का विरोध करते रहे। उन्हें विदेशियों के द्वारा किया जा रहा अन्याय खटकता था, परंतु स्वजनों द्वारा आर्थिक और सामाजिक अन्याय किए जाने की खिलाफत वे लगातार करते थे। आचार्य नरेंद्र देव हमेशा समाज के राजनीतिक, सामाजिक और आर्थिक स्वराज्य के लिए भी प्रयत्नशील रहे। देश को राजनीतिक आजादी मिल जाने के बाद देश में जनतांत्रिक समाजवादी समाज निर्मित करने का प्रयास आचार्यजी लगातार करते रहे। एक आदर्श और शुद्ध विचारधारा के लिए लड़ना, सिर्फ लड़ना नहीं, उस विचारधारा को अपने ज्ञान और सोच से सींचना और फिर उसे लेकर सक्रिय राजनीति में जाना और आजमाना, यह था आचार्य नरेंद्र देवजी का व्यक्तित्व और कृतित्व। आज भारत के कितने वर्तमान नेताओं में नजर आती है, ऐसा करने की काबिलीयत और साहस? आचार्य नरेंद्र देव जितने उच्च कोटि के नेता, सामाजिक कार्यकर्ता, संगठनकर्ता और श्रेष्ठ विचारक थे, आम आदमी के लिए उतने ही सहज व सरल थे। व्यक्तित्व की ऐसी विविधता, इतनी गहराई और बड़प्पन विरले ही कहीं देखने को मिलता है। नरेंद्र देवजी राष्ट्रभक्त के अलावा उच्च कोटि के निष्ठावान शिक्षक के साथ-साथ समाज की अंतिम पंक्ति के अंतिम व्यक्ति की आवाज भी थे। लोग उन्हें समाजवाद का मसीहा कहते हैं।

भगवान् बुद्ध, स्वामी दयानंद, स्वामी विवेकानंद, स्वामी रामतीर्थ, मदनमोहन मालवीय, तिलक, गांधी, नेहरू जैसे महापुरुषों का व्यक्तित्व और कृतित्व का प्रभाव नरेंद्र देवजी के जीवन पर पड़ा। लेकिन समाज विज्ञान, इतिहास, दर्शन, राजनीतिशास्त्र, संस्कृति, भाषा आदि के संदर्भ में उनकी अपनी ही विशिष्ट और अकल्पनीय सोच थी। आचार्य ने प्रचलित किसी भी वाद का अंधानुकरण नहीं किया, बल्कि एक समन्वयात्मक दृष्टिकोण अपनाते हुए भारतीय दर्शन के अनुकूल सामयिक समस्याओं के समाधान के लिए एक नया आयाम खोजने की कोशिश की। सामाजिक-राजनीतिक चिंतन, चिंतन के गांभीर्य, अध्ययन की व्यापकता तथा सांस्कृतिक जागरूकता ने उनके व्यक्तित्व को गौरवपूर्ण सम्मान दिया। आचार्यजी की बौद्धिक प्रखरता और पांडित्य से प्रभावित उनके एक करीबी साथी श्री प्रकाश ने उन्हें 'आचार्य' कहना प्रारंभ कर दिया। धीरे-धीरे इसी विशेषण के साथ उनका नाम प्रसिद्ध हुआ।

आचार्य नरेंद्र देवजी सर्वहारा समाज के आर्थिक व सामाजिक जीवन में

व्यापक परिवर्तन के भी पक्षधर थे। उन्होंने अपने संघर्ष की ऊर्जा को समतामूलक, जरूरतमंद समाज के निर्माण, राष्ट्रीय एकता, अखंडता और समानता की दिशा में प्रवाहित किया। आचार्य का ध्येय निश्चित था कि जब तक राष्ट्र का असहाय वर्ग विशेषकर कृषक व मजदूर आर्थिक रूप से सबल नहीं होगा, तब तक राष्ट्र का उत्थान असंभव है। राष्ट्रीय संघर्ष का काल नरेंद्र देव के राजनीतिक और सांस्कृतिक नेतृत्व का महत्त्वपूर्ण प्रदेय रहा। राजनीतिक–सामाजिक विचारक और चिंतक की भूमिका में उन्होंने राजनीतिक क्रियाकलापों में ही महत्त्वपूर्ण भूमिका नहीं निभाई, बल्कि विभिन्न राजनीतिक आंदोलनों में भी सक्रिय रूप से भागीदारी की। वे महात्मा गांधीजी और नेहरूजी के साथ नजरबंद भी रहे। जे.पी., डॉ. राममनोहर लोहिया आदि साथियों के साथ उन्होंने 'कांग्रेस सोशलिस्ट पार्टी' की स्थापना भी की थी। राष्ट्र के स्वतंत्र होने पर उन्होंने राजसत्ता से मुक्त रहकर निस्स्वार्थ भाव से देश की सेवा की। 22 नवंबर, 1936 को बरेली के प्रादेशिक राजनीतिक सम्मेलन में उन्होंने अपने अध्यक्षीय भाषण में कहा भी कि "देश के अन्नदाता किसानों और श्रमिकों का एक अलग संगठन बनाने की आवश्यकता है।" आचार्य ने 4 अप्रैल, 1939 को बिहार के गया में अखिल भारतीय किसान सभा के राष्ट्रीय अधिवेशन में भी किसानों की समस्याओं को प्रमुखता से उठाया और कहा कि किसानों की वर्ग चेतना पूरी तरह आजाद नहीं है और अब उन्हें एकत्र कर उनकी माँगों के समर्थन के लिए ब्रिटिश सरकार पर दबाव बनाना चाहिए और साम्राज्यवाद के विरोध में दोनों को एक साथ खड़े होकर किसान क्रांति को परिपक्व करने की आवश्यकता है, ताकि किसान भूमि का स्वामी बन जाए। राज्य और किसानों के बीच मध्यवर्ती शोषकों के शोषण का अंत हो जाए। लगान और कर्जे के बोझ से भारत के किसानों को छुटकारा मिले तथा श्रम का पूरा लाभ उन्हें प्राप्त हो सके। आचार्य ने 13 जून, 1935 को भी गुजरात प्रदेश कांग्रेस सोशलिस्ट पार्टी के अधिवेशन में श्रमिकों और किसानों को एकत्र करने पर बल दिया। नरेंद्र देव मजदूरों की तरह कृषकों को भी वर्ग संघर्ष और परिवर्तन का उपकरण मानते थे। उत्तर प्रदेश कांग्रेस कमेटी ने सन् 1930 में किसानों की दुर्दशा एवं उनके शोषण का अध्ययन करने के लिए एक कमेटी का गठन किया तो डॉ. संपूर्णानंद और आचार्य नरेंद्र देव को उस कमेटी का सदस्य बनाया गया। नरेंद्र देव ने अपनी महत्त्वपूर्ण भूमिका का निर्वहन करते हुए जमींदारी उन्मूलन के लिए किसानों में जोश उत्पन्न किया और समाजवादी समाज की स्थापना के लिए संघर्ष का उद्घोष किया। समाजवाद के संदर्भ में आचार्य के विचार बड़े स्पष्ट थे। वे समाजवाद को राजनीतिक से ज्यादा सांस्कृतिक

आंदोलन मानते थे। उनका कहना था कि बिना राजनीतिक संस्कृति के राजनीतिक कार्यकर्ताओं में न अनुशासन आ सकता है, न वे सिद्धांतनिष्ठ बन सकते हैं और न ही उनकी दृष्टि में व्यापकता आ सकती है। डॉ. लोहिया की प्रेरणा से सोशलिस्ट पार्टी व किसान पंचायत का संयुक्त अधिवेशन 25 नवंबर, 1949 को लखनऊ में हुआ, जिसमें 50 हजार किसानों ने भाग लिया। आचार्य नरेंद्र देव ने आजाद भारत की पहली सरकार पर खुलकर किसानों की उपेक्षा और अन्याय करने का आरोप लगाते हुए जमींदारी खत्म करने, ग्रामीण उद्योग को बढ़ावा, सरकारी खेती भूमि, सेना का गठन, जमीन का बँटवारा करने, कृषि उत्पादों तथा कपड़ा और सीमेंट की कीमतों में संतुलन, खेतिहर मजदूरों के कर्जे माफ करने तथा जमीनों से बेदखली रोकने का माँग-पत्र सरकार के समक्ष रखा। देश के समाजवादी आंदोलन में आचार्य नरेंद्र देव का वही स्थान है, जो परिवार में पिता का या शरीर में आत्मा का होता है। आचार्य नरेंद्र देव मार्क्स समाजवादी थे, किंतु वे समाजवाद की प्रासंगिकता को राष्ट्रीय परिस्थितियों और आकांक्षाओं के संदर्भ में देखते थे।

नरेंद्र देव की समाजवादी परिभाषाएँ मानववादी आधारों पर उत्पन्न हुईं। उन्होंने साम्यवादियों की तरह इसके अंतर्गत केवल भूख का प्रश्न नहीं उठाया। उन्होंने कहा, "समाजवाद का सवाल केवल रोटी का सवाल नहीं है, समाजवाद मानव स्वतंत्रता की कुंजी है। एक स्वतंत्र-सुखी समाज में संपूर्ण मनुष्यत्व की सृष्टि तभी हो सकती है, जब साधन भी सुंदर हों।" उन्होंने लोकतांत्रिक समाजवाद की बात करते हुए समाजवाद को राष्ट्रीयता और किसान आंदोलनों से जोड़ा। अपने आदर्शों और सिद्धांतों में जनहित एवं व्यावहारिक उपादेयता को भी केंद्र में रखा।

आचार्य नरेंद्र देव को समाजवाद का पितामह कहा जाता है। लोकनायक जयप्रकाश नारायण ने नरेंद्र देव को अजातशत्रु कहा। उन्होंने कहा था कि आचार्यजी और गांधीजी के अतिरिक्त उन्हें अब तक कोई ऐसा व्यक्ति नहीं मिला, जो आदमियत, व्यक्तित्व, इनसानियत, बौद्धिक शक्ति, ज्ञान, वाक्पटुता, भाषण शक्ति, इतिहास और दर्शन की समझ आचार्य नरेंद्र देव जैसी रखता हो। आचार्य नरेंद्र देवजी समाजवादी समाज के साथ-साथ समाजवादी सभ्यता का निर्माण करना चाहते थे। उनका स्पष्ट मत था कि समाजवादी समाज को बनाने के लिए सामाजिक, आर्थिक, राजनीतिक और सांस्कृतिक परिवर्तन के साथ-साथ जनता के मानस को बदलने की, जाग्रत् करने की, स्वयं अपनी समस्याओं को सुलझाने योग्य बनाने तथा समाजवादी नैतिक मूल्यों के समुचित प्रशिक्षण की नितांत आवश्यकता है।

□

23

डॉ. राममनोहर लोहिया

राष्ट्रहित के लिए अपना संपूर्ण जीवन आहूत करनेवाले युगदृष्टा डॉ. राममनोहर लोहिया समाजवाद की परिभाषा दो शब्दों में बताते हैं कि समाजवाद–समता और संपन्नता है। इन दो शब्दों में समाजवाद विचार का पूरा अर्थ समाहित है। समता और संपन्नता एक–दूसरे के अंग हैं।

डॉ. लोहिया ने समता को समाज में स्थापित करने के लिए ग्यारह सूत्रीय कार्यक्रम बताए। वे सूत्र निम्नलिखित हैं—

1. समाज के हर वर्ग की प्राथमिक शिक्षा समान स्तर और ठीक ढंग की हो तथा विद्यालय खर्च और अध्यापकों की तनख्वाह एक जैसी हो। प्राथमिक शिक्षा के सभी विशेष विद्यालय बंद किए जाएँ। प्राथमिक विद्यालयों को सुविधा और नई तकनीकी से उच्च स्तर का बनाया जाए। उनका कहना था कि भारत का भविष्य यहीं से निकलता है।
2. किसान की जो जोतें लाभकारी नहीं हैं, सरकार को उन पर मालगुजारी खत्म कर देनी चाहिए। संभव है कि इन सबका नतीजा हो संपूर्ण भूमि का अथवा लगान का खात्मा और खेतिहर आयकर आरंभ किया जाए।
3. 5 वर्षीय या 7 वर्षीय ऐसी योजनाएँ तैयार की जाएँ, जिसमें हर खेत को सिंचाई के लिए पानी मिले, चाहे वह पानी मुफ्त अथवा किसी सस्ती दर पर या कम कर्ज पर, जिससे हर किसान अपने खेत के लिए सिंचाई का पानी ले सके।
4. एक ही फसल के अनाज के दाम का उतार–चढ़ाव 20 प्रतिशत के अंदर हो और जरूरी इस्तेमाल की उद्योगी चीजों की बिक्री के दाम लागत खर्च के डेढ़ गुना से ज्यादा न हों।

5. समाज के शोषित और पिछड़े समूहों, आदिवासी, हरिजन औरतें, समाज की पिछड़ी जातियों को 60 प्रतिशत का विशेष अवसर मिले।
6. समाज में जाति व्यवस्था का अंत हो। समाज में आपस में रोटी-बेटी के संबंध से इस जाति व्यवस्था को समाप्त किया जा सकता है।
7. वे समाज में संपत्तियों के समान बँटवारे के पक्षधर थे। वे कहते थे कि दो मकानों से ज्यादा मकानी मिल्कियत का राष्ट्रीयकरण, जमीन का असरदार बँटवारा और उसके दामों पर नियंत्रण हो।
8. डॉ. लोहिया ने भारत में आधिकारिक भाषा के अंग्रेजी से ज्यादा हिंदी को प्राथमिकता देने पर जोर दिया। अंग्रेजी भाषा का माध्यम सार्वजनिक जीवन के हर अंग से हटे। वे इसके पक्षधर थे, क्योंकि उनका मानना था कि अंग्रेजी शिक्षित और अशिक्षित लोगों के बीच दूरियाँ पैदा कर देती है। देश में हिंदी के उपयोग से एकता की भावना और आधुनिक राष्ट्र के निर्माण में बल मिलेगा। देश की कार्य और संपर्क की भाषा हिंदी होनी चाहिए।
9. डॉ. लोहिया कहते हैं कि अगले 20 वर्षों के लिए सभी रेलगाड़ियों में यात्रियों के लिए एक ही श्रेणी हो।
10. अगले 20 वर्षों के लिए मोटर कारखानों की कुल क्षमता बस, मशीन, हल और टैक्सी बनाने के लिए इस्तेमाल हो। कोई निजी इस्तेमाल की गाड़ी न बने।
11. डॉ. लोहिया ने विश्व नागरिक और विश्व सरकार का स्वप्न देखा। उन्होंने कहा कि धर्म दीर्घकालीन राजनीति है और राजनीति अल्पकालीन धर्म, धर्म श्रेयस की उपलब्धि का प्रयत्न करता है और राजनीति बुराई से लड़ती है।

डॉ. लोहिया के कथानुसार राजनीति और धर्म को परस्पर पूरक बना देने के साथ-साथ धर्म को रूढ़ियों और अंधविश्वास से मुक्त करने की प्रेरणा देता है और राजनीति को अधिकार, मद और स्वार्थपरता से दूर रहने की दृष्टि देता है। भारतीय संस्कृति के घोतक नदियाँ, तीर्थ, संस्कृति, हिमालय, भारतीयों की एकात्मता, भारत का इतिहास, वशिष्ठ, वाल्मीकि, रामायण आदि पर लिखे गए लेख उनकी मौलिक रचनाएँ हैं।

डॉ. लोहिया ने बार-बार कहा—हमें द्वेषमूलक, मत्सर प्रेरित व स्पर्धात्मक

क्रांति नहीं चाहिए, बल्कि क्रोधमुक्त, करुणा प्रेरित, प्रतीकात्मक क्रांति की जरूरत है। उन्होंने राम, कृष्ण और शिव को प्रतीक के तौर पर चुना। द्रौपदी के व्यक्तित्व को रेखांकित किया। आचार्य धर्माधिकारी ने कहा कि लोहिया की गणना प्रतिभा व मौलिकता को लेकर मानवेंद्रनाथ राय, विनोबा भावे और जयप्रकाश नारायण की पंक्ति में की जा सकती है।

भारत के प्रसिद्ध साहित्यकार लक्ष्मीकांत वर्माजी लिखते हैं कि लोहिया के आर्थिक चिंतन के तीन अहम पहलू हैं—पहला मार्क्सवाद का, जिसे वह अर्धसत्य वाला चिंतक मानते हैं, दूसरा गांधीवाद का, जिसे वे पूर्ण मानवीय चिंतक मानते हैं, तीसरा समाजवाद का जिसे वे देश के संबंध में महात्मा गांधी और उनके विचारों से जोड़कर स्थापित करना चाहते हैं। गांधीजी के जीवन, दर्शन और उनकी आर्थिक नीति को भारतीय संदर्भ में महत्त्वपूर्ण मानते हैं। किंतु उसमें वे व्यावहारिक मानवीय संदर्भ को व्यापक यथार्थ से जोड़ते हैं। समाजवाद को वे केवल मार्क्स की परिभाषाओं में नहीं बाँधते।

डॉ. लोहिया समाजवाद को प्रत्येक राष्ट्र के इतिहास, भूगोल में समाज की अनिवार्यताओं के साथ जोड़कर प्रासंगिक बनाते हैं। सैद्धांतिक और शास्त्रीय स्तर पर डॉ. लोहिया जिस अर्थव्यवस्था की बात करते हैं, उसके आधारभूत तत्त्व हैं—राष्ट्रीयकरण, विकेंद्रीकरण, जाति तथा वर्ग उन्मूलन, भूमि वितरण, अन्न सेना का गठन, भू-सेना का निर्माण, खर्च पर सीमा, आय नीति और मूल्य नीति आदि। उनके संपूर्ण चिंतन का मूल, व्यक्ति-गाँव कैसे प्रतिभासंपन्न और अर्थसंपन्न बनें, इसी पर आधारित है।

डॉ. लोहिया के उद्देश्य हमेशा संदिग्ध नहीं रहे। उनकी कोशिशों के पीछे अकसर शायद स्थायित्व और शक्ति की इच्छा थी, लेकिन उनके कामों के नतीजे हमेशा बहुत बुरे हुए। मैं भारतीय इतिहास का एक भी ऐसा काल नहीं जानता, जिसमें कट्टरपंथी हिंदू धर्म भारत में एकता या खुशहाली ला सका हो। जब भी भारत में एकता या खुशहाली आई, तो हमेशा वर्ण, स्त्री, संपत्ति, सहिष्णुता आदि के संबंध में हिंदू धर्म में उदारवादियों का प्रभाव अधिक था। हिंदू धर्म में कट्टरपंथी जोश बढ़ने पर हमेशा देश सामाजिक और राजनीतिक दृष्टियों से टूटा है और भारतीय राष्ट्र में, राज्य और समुदाय के रूप में बिखराव आया है।

मैं नहीं कह सकता कि ऐसे सभी काल, जिनमें देश टूटकर छोटे-छोटे राज्यों में बँट गया, कट्टरपंथी प्रभुता के काल थे, लेकिन इसमें कोई शक नहीं कि देश में एकता तभी आई, जब हिंदू दिमाग पर उदार विचारों का प्रभाव था।

जब तक हिंदुओं के दिमाग में वर्णभेद बिल्कुल ही खत्म नहीं होते या स्त्री को बिल्कुल पुरुष के बराबर ही नहीं माना जाता, या संपत्ति और व्यवस्था के संबंध को तोड़ा नहीं जाता, तब तक कट्टरता भारतीय इतिहास में अपना विनाशकारी काम करती रहेगी। अन्य धर्मों की तरह हिंदू धर्म सिद्धांतों और बँधे हुए नियमों का धर्म नहीं है, बल्कि सामाजिक संगठन का एक ढंग है और यही कारण है कि उदारता और कट्टरता का युद्ध कभी समाप्ति तक नहीं लड़ा गया और ब्राह्मण-बनिया मिल कर सदियों से देश पर अच्छा या बुरा शासन करते आए हैं, जिसमें कभी उदारवादी ऊपर रहते हैं, कभी कट्टरपंथी।

□

24

श्री दत्तोपंत ठेंगड़ी

राष्ट्रऋषि, नव सामाजिक संगठनों के सृजनकर्ता और मजदूरों को राष्ट्रनिर्माण में प्रेरित करनेवाले दत्तोपंत ठेंगड़ीजी हमारी भारतीय परंपरा के उच्च मनीषी थे। सामाजिक कार्यकर्ता होने के नाते अपने नैतिक गुणों जैसे मन, कर्म और वचन से समाज को दिशा देना और अपने सात्विक और कर्मशील व्यवहार से राष्ट्र का उत्थान करना उनका अंतिम लक्ष्य था। दत्तोपंतजी स्वयं में एक संगठन थे, जो समाज के हर वर्ग को साथ लेकर राष्ट्र-निर्माण करना चाहते थे, वे समाज के हर वर्ग का समाजोत्थान में योगदान माँगते थे, फिर चाहे वह देश के विकास का मजबूत स्तंभ मजदूर हो, देश का अन्नदाता किसान हो या देश के भावी भविष्य छात्र। उन्होंने खुद को नर-सेवा, सामाजिक-सेवा और राष्ट्र की सेवा के लिए समर्पित कर दिया था। दत्तोपंतजी जो कहते थे, वही करते थे। वे अपने इरादों के मजबूत पक्षधर थे। उनके अंतर हृदय में भारत के लिए अनन्य श्रद्धा थी, उनके विचार सदैव भारत के संपूर्ण विकास के लिए सदैव जनजीवन में प्रवाहित होते रहते थे, वो बहुत उच्च कोटि के मानव शिल्पी थे। उन्होंने राष्ट्र की सेवा के लिए अनेकानेक देशभक्त संगठनों की रचना की। इतने महान् व्यक्तित्व ने अपने जीवन को सदैव साधारण जीवन और उच्च कोटि के विचारों के साथ निर्वहन किया।

दत्तोपंत ठेंगड़ी का मन हमेशा समाज के अंतिम पंक्ति में खड़े व्यक्तियों के लिए करुणा से भरा रहता था। विशेषकर देश के किसान और मजदूरों के लिए उनके हृदय में बहुत वेदना थी, वे इनके आर्थिक और सामाजिक अधिकारों और विकास के लिए सदैव संघर्ष करते रहे। उन्होंने अपने जीवन का एक ही आधार बनाया था कि किस प्रकार से इन वर्गों को इनकी मेहनत का उचित फल मिलता रहे। वे इस बात की विशेष चिंता करते थे कि कहीं मालिकों द्वारा उत्पीड़न किए जाने से मजदूरों के हृदय में नकारात्मक विचार न पैदा हो जाएँ। ठेंगड़ीजी सदैव

अपने अधिकारों की माँग की पूर्ति के लिए सकारात्मक तरीके से संघर्ष करने की प्रेरणा आंदोलनकारियों को देते थे, उन्होंने राष्ट्रहित में कभी भी इन आंदोलनों को आड़े नहीं आने दिया। मजदूरों को संगठित करने के साथ-साथ उनमें राष्ट्रवाद की भावना तथा उनकी कार्यक्षमता का उपयोग राष्ट्र के पुनर्निर्माण में करने की प्रेरणा का जागरण वे हमेशा करते थे। वे इस विचार के मूल पक्षधर थे। वह एक ऐसा समय था, जब संपूर्ण एशिया महाद्वीप में मजदूरों और सर्वहारा समाज के हक की लड़ाई के नाम पर अनेक राजनीति से प्रेरित संगठनों की स्थापना हो रही थी। हमारा देश भी इस आंदोलन में अग्रणी भूमिका निभा रहा था। मगर फिर भी हमारे देश में मजदूरों का जो आर्थिक और शारीरिक शोषण हो रहा था तथा इस वर्ग को आंदोलन के नाम पर देश की मुख्यधारा से एक योजना के तहत पृथक् किया जा रहा था, वह भारत के लिए चिंता का विषय था। इस गंभीर विषय का चिंतन करते हुए दत्तोपंत ठेंगड़ी ने भारतीय मजदूर वर्गों का संगठन करने और उन सभी को राष्ट्र की मुख्यधारा से जोड़ने का संकल्प किया तथा एक गैर-राजनीतिक, राष्ट्रहित के लिए कार्य करनेवाले मजदूरों का दल 'भारतीय मजदूर संघ' खड़ा किया।

ठेंगड़ीजी का हृदय बाल्यकाल से ही जरूरतमंद और निर्धन लोगों के लिए व्यथित रहता था। वे हर समय निर्धन और असहाय लोगों की सहायता को तत्पर रहते थे। उनका हृदय मानवीय संवेदनाओं की अतल गहराइयोंवाला था। 15 वर्ष की आयु में वे अपने जन्मस्थान आर्वी, वर्धा नगरपालिका हाईस्कूल के अध्यक्ष पद पर निर्वाचित हुए और इसके तुरंत बाद उन्होंने गरीब छात्रों के लिए एक योजना बनाकर छात्रवृत्ति की व्यवस्था कर दी। यह सेवाव्रत कभी थमा नहीं, यह सदैव चरैवेति-चरैवेति की भावना के साथ बढ़ता गया। दत्तोपंतजी हर दिन सेवा और समर्पण की नवीन क्रियात्मक बातों का प्रतिपादन करते थे। वे भारतीय राष्ट्रीय कांग्रेस द्वारा बनाई गई वानर सेना के नगर अध्यक्ष भी रहे। जहाँ वे प्रतिदिन अंग्रेजी हुकूमत से लोहा लेते रहे तथा राष्ट्रवाद और भारतीय संस्कृति के संरक्षण कार्य में लगे रहे।

उनके जीवन और उनके संघर्षों का अवलोकन करें तो कई महत्त्वपूर्ण बातें उभरकर सामने आती हैं। ठेंगड़ीजी संघरूपी ब्रह्मांड की परिक्रमा भगवान् सूर्य की तरह करते थे। उनका स्नेह और संरक्षण संघ के लगभग सारे आनुषंगिक संगठनों को मिला। हजारों स्वयंसेवकों को उनका आशीर्वाद तथा उचित मार्गदर्शन मिला। वे अत्यंत मृदुभाषी, मितव्ययी और इन सबसे बढ़कर मानवीय संवेदनाओं की प्रतिमूर्ति थे। उनका हृदय वात्सल्य की अतल गहराइयोंवाला था। उनकी प्रासंगिकता हर युग में बनी रहेगी।

कभी हुआ करता था कि मजदूर संगठन की बात घोर पूँजीपति विरोध से ही प्रारंभ हुआ करती थी। रोजगार देनेवाले व रोजगार प्राप्त करनेवाले में सौहार्द, समन्वय व संतोष की न तो कामना की जाए और न ही आशा की जाए, यही कार्ल मार्क्स के मजदूरों को दिए गए संदेश का अर्थ था। कम्युनिस्टों के नारे थे—'चाहे जो मजबूरी हो, माँग हमारी पूरी हो; दुनिया के मजदूरो एक हो; कमानेवाला खाएगा।' यहीं से पश्चिमी दृष्टि के मजदूर संगठनों व भारतीय दृष्टि के मजदूर संगठनों में विभेद की पंक्ति प्रारंभ होती है। स्वामी, मजदूर व राष्ट्र तीनों दृष्टि की कृतित्व शैली यदि किसी मजदूर नेता में दिखी तो वे दत्तोपंत ठेंगड़ीजी थे। ठेंगड़ीजी के आंदोलन ने नारा दिया—'देश के हित में करेंगे काम, काम के लेंगे पूरे दाम। मजदूरो, दुनिया को एक करो; कमानेवाला खिलाएगा।' 2002 में राजग शासन द्वारा दिए जा रहे 'पद्मभूषण' अलंकरण को उन्होंने यह कहकर ठुकरा दिया कि जब तक संघ के संस्थापक पूज्य डॉ. हेडगेवार और श्रीगुरुजी को 'भारत रत्न' नहीं मिलता, तब तक वे कोई अलंकरण स्वीकार नहीं करेंगे। कार्ल मार्क्स व दत्तोपंतजी में यही मूल अंतर था। मार्क्स की मजदूर नीति शासकीय व आर्थिक स्वीकार्यता की धुरी पर घूमती थी जबकि ठेंगड़ीजी की नीति नैतिक व सामाजिक स्वीकार्यता के आधार पर कार्यरत रहती थी।

कार्ल मार्क्स पर उन्हीं के देश जर्मनी के ब्यौर्न और सीमोन अक्स्तीनात बंधुओं ने एक पुस्तक प्रकाशित की है। इस पुस्तक का नाम है, 'मार्क्स और एंजिल्स अंतरंग' (मार्क्स एंड एंजिल्स इंटीम)। सीमोन अक्स्तिनात को एक दिन अचानक मार्क्स के कुछ तथ्य व उद्धरण मिले, जो सामाजिक आधार पर अत्यंत ही निकृष्ट थे। इसके बाद अक्स्तिनात बंधु कार्ल मार्क्स पर शोध करने लगे। उन्होंने मार्क्स के कई सारे कार्यों, संदर्भों, उद्धरणों व भाषणों को इस पुस्तक में प्रकाशित किया है, जिनसे इस कम्युनिस्ट नेता की छवि ही बदल जाती है व यह धारणा सुदृढ़ होती है कि कम्युनिस्टों की कार्यशैली सदा ही बाहर कुछ व भीतर कुछ और रहती है। 'दास कैपिटल' की डेढ़ सौवें वर्ष पर इस पुस्तक का प्रकाशन व इसे हाथोहाथ लिया जाना मार्क्स के वैचारिक ह्रास का बड़ा परिचायक है। मार्क्स व एंजिल्स के वैचारिक ढकोसले को उघाड़ती यह पुस्तक संपूर्ण मार्क्सवादी विचार पर एक बड़ा प्रश्न उठाती है। मार्क्स के सौ वर्ष बाद जन्में दत्तोपंत ठेंगड़ीजी अपने व्यक्तित्व व कृतित्व से संपूर्ण मार्क्सवाद को खारिज करते हैं। यह कोई कथित रूप से कथित ठेंगड़ीवाद का परिणाम नहीं अपितु भारतीय दर्शन व विचार का परिणाम है।

यही मूल अंतर है मार्क्सवाद व ठेंगड़ीजी के भारतवाद में। यही कारण है कि भारतवर्ष में ही नहीं, बल्कि विश्व भर के मजदूर-किसान और श्रमिक वर्ग में दत्तोपंत ठेंगड़ीजी का नाम अत्यंत आदर और श्रद्धा के साथ लिया जाता है। स्वतंत्रता प्राप्ति के पश्चात् जब हमारा देश अपने पैरों पर खड़ा होने और आर्थिक आत्मनिर्भरता के लिए औद्योगीकरण की राह पर चलने को उद्धृत हुआ, तब पचास व साठ के दशक में स्वतंत्र भारत में मजदूर संगठन और मजदूर राजनीति नाम के नए ध्रुवों का उदय हुआ था। मजदूर संगठन और मजदूर राजनीति के बारीक, किंतु बेहद महत्त्वपूर्ण और संवेदनशील भेद भारतीय शैली से पहले-पहल दत्तोपंत ठेंगड़ीजी ने ही समझे और आत्मसात् किए थे। मजदूरों से बात करते, उनकी समस्याओं को सुनते और संगठन गढ़ते समय जैसे वे आत्मविभोर ही नहीं होते थे, वरन् सामनेवाले व्यक्ति या समूह की आत्मा में बस जाते थे और उसके मुख से वही निकलवा लेते थे, जो वे चाहते थे और जिस रूप में चाहते थे। मात्र 15 वर्ष की किशोरावस्था में ही वे आर्वी नगरपालिका हाईस्कूल के अध्यक्ष निर्वाचित हो गए थे, तब अपनी संवेदनशीलता का परिचय देते हुए इन्होंने निर्धन विद्यार्थियों के लिए स्कॉलरशिप की योजना बनाई थी।

दत्तोपंतजी कानून की शिक्षा प्राप्त कर वकील बने, किंतु वकालत उन्हें रास नहीं आई और वे आर.एस.एस. के प्रचारक के रूप में कार्य करने लगे। प्रचारक के तपस्वी कार्य पर निकलने की प्रेरणा के मूल में श्री गोलवलकरजी का सान्निध्य और उनके साथ किए प्रवास ही रहे।

राष्ट्रीय स्वयंसेवक संघ के मूल विचारों से सदा प्रेरित और उद्वेलित दत्तोपंतजी सन् 1942 से सन् 1945 तक केरल में राष्ट्रीय स्वयंसेवक संघ के प्रांत प्रचारक के दायित्व का निर्वहन कर 1945 से सन् 1948 तक बंगाल में प्रांत प्रचारक के दायित्व को सँभाले रहे और तब 1949 में गुरुजी ने ठेंगड़ीजी को मजदूर क्षेत्र का संगठन और नेतृत्व करने का आदेश दिया। इसके बाद तो जैसे दत्तोपंतजी का जीवन किसान व मजदूर क्षेत्र की ही पूँजी बन गया। अक्तूबर 1950 में दत्तोपंतजी को इंटक (इंडियन नेशनल ट्रेड यूनियन कांग्रेस) का राष्ट्रीय परिषद् सदस्य बनाया गया और फिर इन्हें मध्य भारत के इंटक के संगठन मंत्री का दायित्व सौंपा गया। इसके बाद 1952 से 1955 के मध्य कम्युनिस्ट प्रभावित ऑल इंडिया बैंक एंप्लाइज एसोसिएशन के प्रांतीय संगठन मंत्री रहे और पोस्टल, जीवन बीमा, रेलवे, कपड़ा उद्योग, कोयला उद्योग से संबंधित मजदूर संगठनों के अध्यक्ष के रूप में कार्य

किया। राष्ट्रीय स्वयंसेवक संघ के सृजनात्मक कार्यों के लिए एक विस्तृत पृष्ठभूमि तैयार करते हुए उन्होंने भारतीय किसान संघ, सामाजिक समरसता मंच, सर्वपंथ समादर मंच, स्वदेशी जागरण मंच आदि कई राष्ट्रवादी और महत्त्वाकांक्षी संगठनों की स्थापना की और उनके अनुभवी व संवेदनशील नेतृत्व में इन सभी संगठनों का तीव्र विकास होता रहा। ठेंगड़ीजी ने ही बाद में संस्कार भारती, अखिल भारतीय अधिवक्ता परिषद्, भारतीय विचार केंद्र, अखिल भारतीय ग्राहक पंचायत आदि संगठनों की स्थापना में सूत्रधार की भूमिका का निर्वहन किया था। अपने पचास वर्षीय कार्य जीवन में ठेंगड़ीजी का इस देश का शायद ही कोई मजदूर क्षेत्र और संगठन रहा होगा, जिसमें इनका दखल न रहा हो। देश के सभी मजदूर संगठन और इनसे जुड़े लोगों को दत्तोपंतजी में अपना स्वाभाविक नेतृत्व और विश्वस्त मुखिया का आभास और विश्वास मिलता था। दलित संघ, रेलवे कर्मचारी संघ, उसी प्रकार कृषि, शैक्षणिक, साहित्यिक आदि विविध क्षेत्रों के संगठनों को उनके सक्रिय और वैचारिक मार्गदर्शन का लाभ मिला। प्रचंड वाणी, तीव्र प्रत्युत्पन्नमति, तेज किंतु संवेदनशील मस्तिष्क के धनी दत्तोपंतजी ने अपने जीवन में मजदूरों-किसानों के संगठन और उनके हितों को अपना ध्येय मान सादा जीवन जीया व मृत्युपर्यंत सक्रिय रहे। तीव्र मेधा, किंतु संज्ञेय बुद्धि के धनी ठेंगड़ीजी ने अपने जीवनकाल में 26 हिंदी, 12 अंग्रेजी और 2 मराठी पुस्तकें लिखीं। इनमें से 'राष्ट्र' और 'ध्येय पथ पर किसान' नामक पुस्तकें मजदूर वर्ग और कार्यकर्ताओं में प्रकाश स्तंभ के रूप में पढ़ी जाती हैं।

ठेंगड़ीजी संघ के विराट् संसार में जैसे एक घूमते-विचरते धूमकेतु थे, संघ के अनेक आनुषंगिक संगठनों को उनका स्पर्श और स्नेह मिला। हिंदुस्तान समाचार के आप संगठन मंत्री रहे और 1955 से 1959 तक मध्य प्रदेश तथा दक्षिण में भारतीय जनसंघ की स्थापना और जगह-जगह पर जनसंघ के विस्तार का कार्य भी किया। अखिल भारतीय विद्यार्थी परिषद् के संस्थापक सदस्य रहे और भारतीय बौद्ध महासभा, मध्य प्रदेश शेड्यूल्ड कास्ट फेडरेशन के कार्यों में सतत निर्णायक दृष्टि रखते रहे। ठेंगड़ीजी ने ही 1955 में पर्यावरण मंच व सर्वधर्म समादर मंच की स्थापना की। इन सभी कार्यों को करते हुए दत्तोपंतजी ने 23 जुलाई, 1955 को भारतीय मजदूर संघ का स्थापना यज्ञ पूर्ण किया। आज भारतीय मजदूर संघ एक करोड़ सदस्यों तक पहुँचता हुआ एक विराट् संगठन है। 1967 में उन्होंने भारतीय श्रम अन्वेषण केंद्र की स्थापना कराई और 1990 में स्वदेशी जागरण मंच स्थापित

किया। भारतीय संसद् में 12 वर्षों तक राज्यसभा के सदस्य रहते हुए भारतीय मजदूर संघ का ध्वज उठाए दत्तोपंतजी ने अनेक देशों की यात्राएँ की थीं। पूरे विश्व में मजदूर संगठनों के कार्यक्रमों में इन्हें बुलाया जाता रहा। विश्व के सभी छोटे-बड़े देशों सहित चीन और अमेरिका के मजदूर संगठनों के कार्यों और पद्धतियों में ठेंगड़ीजी ने अपनी छाप छोड़ी थी। चीन प्रवास में ठेंगड़ीजी के मजदूरों को दिए गए उद्बोधन का चीनी रेडियो से प्रसारण चीन जैसे बंद खिड़कीवाले देश में होना कौतूहल व आश्चर्य का विषय बना था।

विश्व के दक्षिण भाग में बसे हुए देश सभी प्रकार की प्राकृतिक संपदा से पूर्ण होते हुए भी उत्तर के देशों द्वारा शोषित होते हैं। विश्व अर्थव्यवस्था पश्चिम द्वारा नियंत्रित होती है। यह शोषण रहित व्यवस्था न होकर बाजारवाद पर आधारित है। इसका परिवर्तन होना चाहिए। अमरीका की पूँजीवादी अर्थव्यवस्था और रूस की साम्यवादी अर्थव्यवस्था को त्यागकर एक तृतीय विकल्प भारत को प्रस्तुत करना होगा। पश्चिमी आधुनिकीकरण नहीं है। पश्चिम के मापदंडों द्वारा भारत जैसे पश्चिमी देश को तोलना सर्वथा ठीक नहीं है।

□

25

पंडित दीनदयाल उपाध्याय

दीनदयालजी का जन्म एक सामान्य परिवार में हुआ था। जहाँ उन्होंने गरीबी को देखा व भोगा था। इसलिए उनकी असामान्य मेधाशक्ति के पीछे एक संवेदनशील अंत:करण विद्यमान था। यह अंत:करण देश की मिट्टी से जुड़ा था, वे गरीबी की पीड़ा को समझते थे। इसीलिए दीनदयालजी ने केवल अपने स्वयं के एक परिवार की गरीबी को मिटाने की बजाय पूरे देश की गरीबी को मिटाने के महाप्रयास हेतु स्वयं को समर्पित किया। उनका आर्थिक चिंतन केवल मध्यमवर्ग की विलासिता के उपकरण तैयार करने तक सीमित नहीं था, अपितु उनकी मुख्य चिंता यह थी कि प्रत्येक हाथ को काम और प्रत्येक खेत को पानी कैसे प्राप्त हो। शरीर एवं आत्मा को जोड़े रखने के लिए रोटी, कपड़ा और मकान की न्यूनतम मानवीय आवश्यकताओं को पूरा करनेवाली रचना की खोज की दिशा में ही वे अध्ययन करते रहे, किंतु यह अध्ययन केवल बुद्धि विलास से नहीं हो सकता था, उसके लिए वे मानते थे कि अपनी स्वयं की जीवन-शैली में भी परिवर्तन करना होगा। कार, एयर कंडीशनर्स और कंप्यूटरों की कृत्रिम दुनिया से अलग हटकर समाज के अंतिम आदमी की जिंदगी के नजदीक पहुँचना इस संदर्भ हेतु महत्त्वपूर्ण होगा।

भारतीय चिंतन की मूल प्रवृत्ति है, समग्रता, एकांगिता के प्रति निरंतर सावधान रहने के लिए भारत अपनी प्रतिभाओं को संप्रेरित करता रहा है। समाज की अंतिम सीढ़ी पर खड़ा व्यक्ति भी सबके साथ आना चाहिए, यही दीनदयालजी के अंत्योदय का मंतव्य था। इस मंतव्य को समग्रता से व्यक्त करना था। दीनदयालजी ने समग्रता को एकात्मकता के रूप में व्याख्यायित किया। वस्तुत: पृथक्-पृथक् पड़ी विषमधर्मी अस्मिताओं का कृत्रिम गठबंधन नहीं है समग्रता। वरन् समग्रता इस सृष्टि की या इस ब्रह्मांड की एकात्मकता का नाम है। यह न केवल समग्र है, वरन् एकात्म भी है। अत: समष्टि जीवन का कोई सांगोपांग समुदाय या व्यक्ति उत्पीड़ित, उपेक्षित

या वंचित रहता है तो वह समग्र, यानी विराट् पुरुष को विकलांग करता है, अत: दीनदयालजी ने कहा कि सांगोपांग समाज-जीवन की आवश्यक शर्त है, अंत्योदय। मानव की एकात्मकता जब आहत हो जाती है, तब उसका कोई भी घटक समग्रता से पृथक् पड़ जाता है। अत: समाज के योजकों को भी अंत्योदयी होना चाहिए।

पाश्चात्य अर्थों का व्यक्तिवादी दर्शन यह मानता है कि पूँजीवादी सामर्थ्योदयी है। उनकी घोषणा रही है कि समर्थ ही जीएगा (Survival of the fittest)। यह एक अमानवीय विचार है, जो समाज का निषेध कर मत्स्य न्याय की स्थापना करता है। पाश्चात्य अर्थों के समाजवादी सरकारोदयी होते हैं। वे व्यक्ति के एवं समाज के व्यक्तित्व का ही निषेध करते हैं तथा एक वर्ग की तानाशाही के माध्यम से सामाजिक समता प्राप्त करने की परिकल्पना करते हैं। यह नितांत अवैज्ञानिक एवं अमानवीय विचार है। सामाजिक समता के घोषित लक्ष्य के कारण अनेक संवेदनशील व्यक्ति समाजवाद के विचार से जुड़ते रहते हैं तथा अनेक प्रकार से इसे मानवीय बनाने का प्रयत्न भी करते हैं। इसी प्रकार वैयक्तिक सामर्थ्य को सम्मानित करने के कारण एवं लोकतंत्र का पुरस्कर्ता होने के कारण व्यक्तिवाद तथा तथाकथित उदारवाद ने भी अनेक संजीदा व्यक्तित्वों को अपनी तरफ आकर्षित किया है, लेकिन दीनदयालजी मानते हैं कि यह एक मृगमरीचिका है। हमें अपने भारतीय अधिष्ठान पर लौटकर, उसे ही युगानुकूल आकार देने के अपने स्वाभाविक कर्तव्य को निभाना होगा, अत: उन्होंने एकात्म मानव की साधना का आह्वान किया था। इस विवेचन में किसी को भी वैचारिक दुरूहता का आभास हो सकता है, किसी को लग सकता है कि यह केवल दार्शनिक अठखेलियाँ हैं, लेकिन उन्होंने एकात्म मानव के अंत्योदय दर्शन को अपने व्यवहार में जीया था। दीनदयालजी ने अपने एक विचार-वीथी स्तंभ में मानवीय श्रम एवं नवीन तकनीक (अभिनवीकरण) के संदर्भ में अपना विचार व्यक्त करते हुए कहा है कि, "अभिनवीकरण का प्रश्न जटिल है तथा केवल मजदूरों तक सीमित नहीं है; अपितु अखिल भारतीय है। वास्तव में बड़े उद्योगों की स्थापना एवं पूँजीवादी अर्थव्यवस्था का आधार ही अभिनवीकरण है। आज का विज्ञान निरंतर प्रयास कर रहा है, ऐसे यंत्रों के निर्माण करने का, जिनके द्वारा मनुष्यों का कम-से-कम उपयोग हो। जहाँ जनसंख्या कम है तथा उत्पादन के लिए पर्याप्त बाजार है, वहाँ ये नए यंत्र वरदान सिद्ध होते हैं, परंतु हमारे यहाँ हरेक नया यंत्र बेकारी लेकर आता है।" इसी प्रकार उन्होंने एक अन्य जगह इसी उद्धरण में दुकानहीन विक्रेताओं का सवाल खड़ा किया, "शायद जितने दुकानदार हैं, उनसे ज्यादा संख्या ऐसे लोगों की

है, जो बिना किसी दुकान के खोमचों, रेहड़ियों तथा ठेलों के सहारे अपनी जीविका चलाते हैं। दिल्ली नगरपालिका के उपनियमों के अनुसार इन लोगों को पटरियों पर बैठकर सामान बेचने की इजाजत नहीं है। दिल्ली के अधिकारियों के सामने ट्रैफिक की ज्यादा समस्या है, क्योंकि इन पटरीवालों और खोमचेवालों के कारण सड़क पर इतनी भीड़ हो जाती है कि मोटर आदि का निकलना ही दुष्कर हो जाता है। फिर इन दुकानदारों को भी शिकायत है। सामने पटरी पर बैठे व्यापारियों के कारण उनकी दुकानदारी में बाधा पहुँचती है। नगर के सौंदर्य का भी प्रश्न है। टूटे-फूटे ठेलों और गंदे खोमचों से राजधानी की सड़कों का सौंदर्य मारा जाता है। फलत: दिल्ली सरकार ने पटरीवालों के खिलाफ जोरदार मुहिम छेड़ दी है। दीनदयाल उपाध्याय ने गरीब खोमचेवालों व पुलिस के व्यवहार, उनकी हीनग्रंथियों व तज्जनित मनोविज्ञान का सजीव वर्णन करते हुए लिखा है, "आज देश में जिस प्रकार भूमिहीन किसानों की समस्या है, वैसे ही दुकानहीन व्यापारियों की समस्या है। हमें इनकी समस्या का हल ढूँढ़ना होगा।"

समाज की संपत्ति का सीमित हाथों में केंद्रीकरण अनुचित होता है। यह प्रवृत्ति मानव की एकात्मता को आहत करती है तथा वंचित समुदाय का सृजन करती है। इस संदर्भ में दीनदयालजी की दृष्टि को समझने के लिए 1956 में विंध्य प्रदेश की जनसंघ प्रदेश कार्यकारिणी ने दीनदयालजी के निर्देश पर हीरा खदान मालिकों के विषय में एक प्रस्ताव पारित किया, उसे जानना बेहतर रहेगा।

"कार्यसमिति से पन्ना-हीरा खदान जाँच समिति की रिपोर्ट पर संतोष व्यक्त किया। समिति ने कहा कि जनसंघ उक्त जाँच समिति द्वारा सुझाए गए इस सुझाव से, सरकार और जनता दोनों के सहयोग से एक स्वतंत्र कॉरपोरेशन बनाया जाए, के पक्ष में है। कार्यसमिति ने हीरा खदानों के लीज होल्डरों को मुआवजा देने का तीव्र विरोध किया और कहा कि उन लीज होल्डरों ने मिनरल कंसेशन रूल की धारा 48 व 51 का उल्लंघन किया है, अत: धारा 53 के अनुसार उनकी लीज जब्त होनी चाहिए।" ऐसे अन्य उदाहरण भी पं. दीनदयाल उपाध्याय द्वारा प्रतिपादित एकात्मता के अंत्योदयी संदर्भ को व्यावहारिक रूप से व्याख्यायित करते हैं। भौतिक विकास किसी भी राष्ट्र की अर्थनीति का स्वाभाविक लक्ष्य होता है। पं. दीनदयाल उपाध्याय विकास के पाश्चात्य मॉडल को मानवीय एकात्मता के लिए अहितकर मानते थे, अत: उन्होंने अर्थनीति के भारतीयकरण का आग्रह किया था। वे कहते थे, "देश का दारिद्रय दूर होना चाहिए, इसमें दो मत नहीं," किंतु प्रश्न यह है कि यह दारिद्रय कैसे

दूर हो? हम अमेरिका के मार्ग पर चलें या रूस के मार्ग को अपनाएँ अथवा किसी अन्य यूरोपीय देश का अनुकरण करें? हमें इस बात को समझना होगा कि इन देशों की अर्थव्यवस्था में अन्य कितने भी भेद क्यों न हों, इन सबमें एक मौलिक साम्य है। सभी ने मशीनों को ही आर्थिक प्रगति का साधन माना है। मशीन का सर्वप्रधान गुण है, कम मनुष्यों द्वारा अधिकतम उत्पादन करवाना, परिणामत: इन देशों को स्वदेश में बढ़ते हुए उत्पादन को बेचने के लिए विदेशों में बाजार ढूँढ़ने पड़े। साम्राज्यवाद-उपनिवेशवाद इसी का स्वाभाविक परिणाम बना। इस राज्य-विस्तार का स्वरूप चाहे भिन्न-भिन्न हो, किंतु क्या रूस को, क्या अमेरिका को तथा क्या इंग्लैंड को, सभी को इस मार्ग का अवलंबन करना पड़ा। हमें स्वीकार करना होगा कि भारत की आर्थिक प्रगति का रास्ता मशीन का रास्ता नहीं है। कुटीर उद्योगों को भारतीय अर्थनीति का आधार मानकर विकेंद्रित अर्थव्यवस्था का विकास करने से ही देश की आर्थिक प्रगति संभव है।

भारत में अंत्योदय और लोकतंत्र की अवधारणा

पं. दीनदयाल उपाध्याय अंत्योदय के लिए लोकतंत्र को आवश्यक मानते थे, लोकतंत्र राजनीति में अंतिम व्यक्ति की सहभागिता का आश्वासन देता है। दीनदयालजी राजनीतिक लोकतंत्र की सार्थकता के लिए आर्थिक लोकतंत्र को भी परमावश्यक मानते थे। उनका मत है, "प्रत्येक को वोट जैसे राजनीतिक प्रजातंत्र का निष्कर्ष है, वैसे ही प्रत्येक को काम, यह आर्थिक प्रजातंत्र का मापदंड है।" प्रत्येक को काम के अधिकार की व्याख्या करते हुए वे कहते हैं, "काम प्रथम हो, जीविकोपार्जन हो तथा दूसरे व्यक्ति को उसे चुनने की स्वतंत्रता हो। यदि काम के बदले में राष्ट्रीय आय का न्यायोचित भाग उसे नहीं मिलता तो उसके काम की गिनती बेगार में होगी। इस दृष्टि से न्यूनतम वेतन, न्यायोचित वितरण तथा किसी-न-किसी प्रकार की सामाजिक सुरक्षा की व्यवस्था आवश्यक हो जाती है।" दीनदयालजी आगे कहते हैं, "जैसे बेगार हमारी दृष्टि में काम नहीं है, वैसे ही व्यक्ति के द्वारा काम में लगे रहते हुए भी अपना शक्ति भर उत्पादन न कर सकना भी काम नहीं है। अल्प रोजगार (Under Employment) भी एक प्रकार की बेगारी है।"

पं. दीनदयाल उपाध्याय उस अर्थव्यवस्था को अलोकतांत्रिक मानते हैं, वे कहते हैं कि यह व्यक्ति के उत्पादन-स्वातंत्र्य या सृजनकर्म पर आघात करती है। अपने उत्पादन का स्वयं स्वामी न रहनेवाला मजदूर या कर्मचारी अपने उत्पादन को

नहीं, अपनी स्वतंत्रता को ही बेचता है। आर्थिक स्वतंत्रता व राजनीतिक स्वतंत्रता परस्पर अन्योन्याश्रित है।" राजनीतिक प्रजातंत्र बिना आर्थिक प्रजातंत्र के नहीं चल सकता। पं. दीनदयाल उपाध्याय के अनुसार, जो अर्थ की दृष्टि से स्वतंत्र है, वही राजनीतिक दृष्टि से भी स्वतंत्रतापूर्वक अभिव्यक्ति कर सकता है। मनुष्य के उत्पादन स्वातंत्र्य पर सबसे बड़ा हमला पूँजीवादी औद्योगीकरण ने किया है। अत: दीनदयाल उपाध्याय औद्योगीकरण का इस प्रकार से नियमन चाहते थे कि जिससे वह स्वतंत्र, लघु एवं कुटीर उद्योगों को समाप्त न कर सके, "आज जब हम सर्वांगीण विकास का विचार करते हैं तो संरक्षण की आवश्यकता को स्वीकार करके चलते हैं। यह संरक्षण देश के उद्योगों को विदेशों की प्रतिस्पर्धा से और देश के छोटे उद्योगों को बड़े उद्योगों से देना होगा।" दीनदयाल उपाध्याय यह महसूस करते थे कि पश्चिमी औद्योगीकरण की नकल ने भारत के पारंपरिक उत्पादक को पीछे धकेला है तथा बिचौलियों को आगे बढ़ाया है। हमने पश्चिम की तकनीकी प्रक्रिया का आँख बंद करके अनुकरण किया है। अब हमारे उद्योगों का स्वाभाविक विकास नहीं हो रहा। वे हमारी अर्थव्यवस्था के अभिन्न व अन्योन्याश्रित अंग नहीं, अपितु ऊपर से लादे गए हैं। इनका विकास विदेशियों के अनुकरणशील सहयोगी अथवा अभिकर्ता कतिपय देशी व्यापारियों द्वारा हुआ है। यही कारण है कि भारत के उद्योगपतियों में सब-के-सब व्यापारी आढ़तियों तथा सटोरियों में से आए हैं। उद्योग एवं शिल्प में लगे कारीगरों का विकास नहीं हुआ है। देश के आम शिल्पी व कारीगर की उपेक्षा करनेवाला औद्योगीकरण अलोकतांत्रिक है। पूँजीवाद व समाजवाद के निजी सार्वजनिक क्षेत्र के विवाद को दीनदयाल उपाध्याय गलत मानते थे। इन दोनों ने ही स्वयंसेवी क्षेत्र का गला घोंटा है। आर्थिक लोकतंत्र के लिए आवश्यक है, स्वयंसेवी क्षेत्र का विकास होना। इसके लिए विकेंद्रीकृत अर्थव्यवस्था भी जरूरी है।

"राजनीतिक शक्ति का प्रजा में विकेंद्रीकरण करके जिस प्रकार शासन की संस्था का निर्माण किया जाता है, उसी प्रकार आर्थिक शक्ति का भी प्रजा में विकेंद्रीकरण करके अर्थव्यवस्था का निर्माण एवं संचालन होना चाहिए। राजनीतिक प्रजातंत्र में व्यक्ति की अपनी रचनात्मक क्षमता को व्यक्त होने का पूरा अवसर मिलता है। ठीक उसी प्रकार आर्थिक प्रजातंत्र में भी व्यक्ति की क्षमता को कुचलकर रख देने का नहीं, अपितु उसको व्यक्त होने का पूरा अवसर प्रत्येक अवस्था में मिलना चाहिए। राजनीति में व्यक्ति की रचनात्मक क्षमता को जिस प्रकार तानाशाही नष्ट करती है, उसी प्रकार अर्थनीति में व्यक्ति की रचनात्मक क्षमता को भारी पैमाने

पर किया गया औद्योगीकरण नष्ट करता है। इसलिए तानाशाही की भाँति ऐसा औद्योगीकरण भी वर्जनीय है।" यंत्रचालित औद्योगीकरण की मर्यादा को स्पष्ट करते हुए उपाध्यायजी एक समीकरण प्रस्तुत करते हैं, "प्रत्येक काम का सिद्धांत स्वीकार कर लिया जाए तो सम-वितरण की दिशा सुनिश्चित हो जाती है और हम विकेंद्रीकरण की ओर बढ़ते हैं। औद्योगीकरण को उद्देश्य मानकर चलना गलत है।" इस सिद्धांत को गणित के सूत्र में यों रख सकते हैं—

ज ग क ग य ग इ

यहाँ **ज** जन का परिचायक है, **क** कर्म की अवस्था व व्यवस्था का, **य** यंत्र अथवा तकनीकी का तथा **इ** समाज की प्रभावी इच्छा या इच्छित संकल्प का द्योतक है। **इ** तथा **ज** तो सुनिश्चित हैं। **इ** और **ज** के अनुपात में **क** तथा **य** को सुनिश्चित करना है, लेकिन औद्योगीकरण लक्ष्य होने पर **य** सबको नियंत्रित करता है। **य** के अनुपात में जन की छँटनी होती है। **य** के अनुपात में **इ** को भी यंत्रों के अति उत्पादन का अनुसरण करना पड़ता है, जो कि सर्वथा अवांछनीय है। **ज** की छँटनी कर देनेवाली कोई भी अर्थव्यवस्था अलोकतांत्रिक है। **इ** को नियंत्रित करनेवाली अर्थव्यवस्था तानाशाही है। अत: **ज** तथा **ई** के नियंत्रण में **क** तक **य** का नियोजन होना चाहिए। वही लोकतांत्रिक एवं मानवीय अर्थव्यवस्था कही जा सकती है।

भारतीय आर्थिक दृष्टिकोण और अंत्योदय

एकात्म मानव दर्शन के अंत्योदय आयाम के लिए उन्होंने दृष्टिकोण के भारतीयकरण, आर्थिक लोकतंत्र की स्थापना, विकेंद्रीकरण तथा यंत्र योजित नहीं, वरन् मानव योजित व्यवस्था के निर्माण का सांगोपांग आग्रह किया। हमें उनके इस आग्रह को दृष्टिपथ में रखकर सामाजिक अनुसंधान एवं प्रयोग संचालित करने चाहिए।

सभी देशों के भूगोल की भाँति इतिहास भी लगभग अलग होता है, संस्कृति अलग होती है, समाज व्यवस्था अलग होती है। इन सभी स्थूल-सूक्ष्म तत्त्वों के समवाय को दीनदयालजी राष्ट्र की 'चिति' कहते थे, जिसे समझे बिना उसकी समस्याओं का समाधान ढूँढ़ा नहीं जा सकता। उदाहरण के लिए, भारत की परिवार-परिकल्पना, जाति-व्यवस्था, परोपकार-भावना या संयम-भावना विश्व के अधिकांश देशों में नहीं है। भारतीय संदर्भ में यदि हम इन तत्त्वों को छोड़कर आर्थिक-सामाजिक समस्याओं का समाधान ढूँढ़ेंगे, तो निश्चित रूप से हम भारत के लिए उपयुक्त

समाधान नहीं ढूँढ़ पाएँगे। पं. दीनदयाल उपाध्याय भारतीय 'चिति' के संदर्भ में हमेशा चिंतन करते थे। अत: वे पारंपरिक चिंतकों और पाश्चात्य परंपरा के समर्थकों को खटकते हैं। वस्तुत: यही उनकी मौलिकता है। अन्यथा उन्होंने ऐसा कुछ नहीं कहा है, जो किसी अन्य संदर्भ में किसी भारतीय मनीषी द्वारा नहीं कहा गया हो। उनके चिंतन को किसी पारंपरिक वाद से जोड़ना संभव नहीं है। दीनदयालजी का चिंतन खंडों में नहीं, अपनी समग्रता में स्वीकारणीय है। 'अंत्योदय' का 'अंत्य' उनकी दृष्टि में समाज का अवशिष्ट या निकृष्ट अंग नहीं है। यह समाज एकात्मक है, अलग-अलग अंगों के बावजूद। इसीलिए तो एक अंग कटता है तो दूसरा अंग दु:खी होता है। आत्मा और परमात्मा दोनों को कष्ट होता है, परमात्मा को भी। तर्क के लिए दार्शनिक कह सकते हैं कि आत्मा तो निर्विकार होती है, निर्विकल्प होती है, उसको तो न कष्ट होता है, न ही आनंद, पर 'आत्मा' की यह परिकल्पना दार्शनिक-आध्यात्मिक दृष्टि से भले ग्राह्य हो, समाज-आत्मा या समूह-आत्मा के प्रसंग में सत्य नहीं है। यह आत्मा अलग-अलग नर-नारियों की अलग-अलग आत्माओं का योग नहीं है। यह अपने आप में एक इकाई है। इस अवधारणा को समझे बिना, दीनदयालजी के एकात्म मानववाद को नहीं समझा जा सकता। जो 'अंत्योदय' को नहीं समझ सकता, वह सामाजिक 'मोक्ष' को नहीं समझ सकता। 'अंत्योदय' कोई राजनीतिक संदर्भ नहीं है, यह आर्थिक योजना भी नहीं है, बल्कि संपूर्ण समाज के चिंतन को झकझोरनेवाली एवं उसे भारतीयता के मूल तत्त्वों से जोड़कर उसे उदाहरण बनानेवाली एक परिकल्पना है। यह ऊपर के विकास को नीचे ले जानेवाला प्रकल्प भी नहीं है। बल्कि यह अंतिम सोपान पर बैठे व्यक्ति को शीर्ष शिखर पर ले जानेवाला प्रकल्प है, जिसका आधार संघर्ष नहीं, सहृदय समंजन है। यह मात्र विकेंद्रीकरण नहीं है, अपितु यह क्रमिक उन्नयन है। इसे किसी दल से जोड़कर नहीं देखना चाहिए। दीनदयाल उपाध्याय ने स्पष्ट कहा है कि वादों के विवाद में फँसने की जरूरत नहीं है। अपने अंत:करण की प्रवृत्ति को ही प्रमाण मानकर चलिए। यही धर्म है, इसी में से तप की प्रेरणा मिलेगी और कर्म की दिशा प्राप्त होगी। यह कर्म श्रम-प्रधान होगा। श्रमिक का कोई अलग वर्ग नहीं, सबको श्रम करना होगा, श्रमिक बनना होगा। दीनदयाल उपाध्याय का मानना था कि जहाँ राष्ट्रव्यापी श्रम है, वहाँ निर्धनता और विषमता टिक नहीं सकती। जहाँ समता और संपन्नता है, वहाँ सत्य है और शिव एवं सुंदर हैं। नया युग श्रम युग हो, तभी वह कृत युग होगा। हममें से प्रत्येक को कृत युग का निर्माण करने में जुट जाना चाहिए। दीनदयाल उपाध्याय का यह चिंतन एक नई सभ्यता तथा एक नई मूल्य व्यवस्था की खोज था।

एकात्म मानववाद, पूँजीवाद और समाजवाद में भिन्नता

कृषि के साथ ही दीनदयालजी कुटीर उद्योगों और लघु उद्योगों के भी हिमायती थे। इसका प्रमुख कारण यह था कि ये उद्योग पूँजी-प्रधान नहीं होते, बल्कि कौशल प्रधान होते हैं, वे आवश्यकताओं की पूर्ति करते हैं, लालसाएँ नहीं जगाते हैं। इस प्रकार ग्राम जीवन को ध्यान में रखकर ही उन्होंने अंत्योदय की रूपरेखा प्रस्तुत की थी। यह 'पूजा' धूप, दीप, अक्षत, नैवेद्य से की जानेवाली पूजा नहीं थी, अपितु उदार और उन्नत हृदय से प्रेरित और हमारे श्रम-स्वेद के चरणामृत से की गई 'मूर्तपूजा' थी। दीनदयालजी के शब्दों में, हमारी श्रद्धा का केंद्र, आराध्य एवं उपास्य हमारे पराक्रम तथा प्रयत्न का उपकरण उपलब्धियों का मानदंड वह मानव होगा, जो आज शब्दश: 'अनिकेत' और 'अपरिग्राही' है। पूँजीवाद एवं समाजवाद दोनों ही आर्थिक प्रणालियाँ कार्टिजियन-न्यूटोनियन दर्शन पर आधारित खंडित यांत्रिक विश्व दृष्टि से उपजी हैं। इसी विश्वदृष्टि में से ही व्यक्तिवाद, संपत्ति पर निजी स्वामित्व, स्वतंत्र बाजार तंत्र एवं न्यूनतम सरकारी हस्तक्षेप पर आधारित एक सामाजिक-आर्थिक संरचना का जन्म हुआ, जिसे 'पूँजीवादी व्यवस्था' कहा गया है। इस प्रकार की पूँजीवादी व्यवस्था में से जन्में औद्योगिक समाज को मुक्त बाजार तंत्र की गलाकाट प्रतियोगिता के बीच अपने अस्तित्व को बनाए और बचाए रखने के लिए लगातार बढ़ते हुए बाजार, सस्ते श्रम व कच्चे माल की उपलब्धि और तकनीकी में लगातार सुधार करते जाने की आवश्यकता महसूस हुई। इसी आवश्यकता के कारण ही इन समाजों ने प्रकृति का बेरहमी से शोषण किया। आगे चलकर इसी के परिणामस्वरूप औद्योगिक देशों ने एशिया, अफ्रीका और लैटिन अमेरिका के देशों पर साम्राज्य स्थापित कर उनका सब प्रकार से शोषण किया। अब यही प्रवृत्ति वैश्वीकरण एवं विश्व व्यापार संगठन के रूप में एक नई संरचना लेकर सामने आई है। पूँजीवादी शोषण की प्रतिक्रियास्वरूप मार्क्स ने साम्यवादी व्यवस्था दी, किंतु इनकी भी विश्वदृष्टि कमजोर थी। अंतर केवल इतना था कि व्यक्तिगत स्वामित्व के स्थान पर उत्पादन के साधनों व संपत्ति का सरकारीकरण हो गया, परंतु उसी यांत्रिक विश्वदृष्टि के बने रहने के कारण प्रकृति व मनुष्यों का शोषण जारी रहा, केवल शोषण के प्रकार व स्थान ही बदल पाए। पश्चिमी तकनीकी, आर्थिक चिंतन की सबसे बड़ी कमजोरी यह है कि वह धरती के सीमित साधनों से असीमित प्रगति कर लेना चाहता है। इसके कारण ही आपाधापी, लूट-खसोट, साम्राज्यवाद, शोषण, असमानता व संघर्ष की स्थिति उत्पन्न होती रहती है। इसके विपरीत, अंत्योदय

अर्थव्यवस्था का आधार होगा भारत की सर्वकश एकात्म विश्वदृष्टि। यह विश्वदृष्टि अविभाज्य समग्रता की संकल्पना को प्रस्तुत करती है। इस विश्वदृष्टि के आधार पर व्यष्टि, समष्टि, परमेष्टि तथा सृष्टि को अलग-अलग न मानकर इनके बीच सावयवी अंगांगी संबंध माना गया है, एक ही तत्त्व भिन्न-भिन्न स्तरों पर अपने को प्रकट किए हुए है। अतः इनके बीच एकलयता एवं एकरसता बनी रहनी चाहिए। चूँकि मनुष्य, प्रकृति और पर्यावरण अविभाज्य हैं, अतः मनुष्य को प्रकृति के साथ तालमेल करते हुए सामाजिक रचना करनी चाहिए और इसी को आधार बनाकर हमें अपनी संपूर्ण तकनीकी एवं आर्थिक संरचना का विकास करना चाहिए। इस विश्वदृष्टि के आधार पर अंत्योदय अर्थव्यवस्था में धरती के सीमित साधनों के मितव्ययतापूर्ण उपयोग एवं प्रकृति के मातृभाव पर जोर देना होगा। डार्विन ने विकासवाद के क्रम में 'सर्वोत्तम का अस्तित्व' नामक एक सिद्धांत दिया था। इस सिद्धांत से प्रभावित होकर पश्चिमी विचारकों ने अर्थव्यवस्था में भी स्वीकार किया है कि प्रतियोगिता एवं संघर्ष के दौरान वही अपना अस्तित्व बनाए और बचाए रखता है, जो दूसरों की तुलना में आर्थिक दृष्टि से अपने को अधिक सशक्त (उद्गम) सिद्ध कर पाता है। आर्थिक दृष्टि से कमजोर व अशक्त अपने आप में कमजोर होता चला जाता है। अतः अपने अस्तित्व को बनाए रखने के लिए प्रत्येक को अपनी अर्थशक्ति का संचय व प्रदर्शन करना होता है। वहीं अंत्योदय की अर्थव्यवस्था सर्वोत्तम के अस्तित्व के सिद्धांत को स्वीकार नहीं करती। इसका मानना है कि हमें एक ऐसी आर्थिक प्रणाली का विकास करना होगा, जिसमें केवल समर्थ व संपन्न का ही उदय न हो, बल्कि सबका उदय हो, सबका कल्याण हो और सबके कल्याण की कसौटी हो। समाज के गरीबतम व सबसे कमजोर व्यक्ति का उदय, उसका कल्याण, जिस आर्थिक प्रणाली में गरीबतम व्यक्ति की आवश्यकताओं की पूर्ति हो, वह उसके कल्याण की व्यवस्था होगी, उसमें अपने आप ही समस्त व्यक्तियों का कल्याण हो जाएगा। वह आर्थिक प्रणाली, जिसमें समाज के अंतिम व्यक्ति के कल्याण की व्यवस्था होगी, उसे ही 'अंत्योदय अर्थव्यवस्था' कहा जा सकता है। अंत्योदय व्यवहार में सर्वोदय, सबके कल्याण और सबके मंगल की ही व्यवस्था है। भारत की दुर्दशा को दूर करने के लिए कौन सी नीति, व्यवस्था व प्रणाली को अपनाया जाए, इसके संबंध में गांधीजी ने बहुत ही सटीक व व्यावहारिक मार्गदर्शन दिया था। उनका कहना था कि जब तुम दुविधा में हो, तो उस गरीब व निर्बल का चेहरा याद करो, जिसे तुमने देखा था और सोचो कि क्या तुम्हारा यह कार्य उसके किसी लाभ का होगा ? इसके

बाद समाधान तुम्हें खुद ही मिल जाएगा। गांधीजी के विचार ने ही अंत्योदय और सर्वोदय जैसी संकल्पनाओं को जन्म दिया। उनका स्पष्ट मत था कि वही व्यवस्था उत्तम व्यवस्था कहलाएगी, जिसके अंतर्गत दुर्बलतम व्यक्ति को भी वही अवसर मिले, जो सबसे अधिक सबल को प्राप्त हो। इस बात को समझाते हुए पं. दीनदयाल उपाध्याय ने कहा है कि हमें एक ऐसी आर्थिक प्रणाली का विकास करना होगा, जिसमें कमानेवाला खाएगा के स्थान पर कमानेवाला खिलाएगा और जो जन्मा है सो खाएगा, को व्यवहार में उतारा जा सके। वही अर्थ रचना मंगलकारी हो सकती है, जो समाज के धारण, पोषण और विकास के लिए आवश्यक सामाजिक-नैतिक नियमों और मर्यादाओं से मुक्त हो। हमें मानवीय संवेदनाओं से परिपूर्ण, प्रेम, स्नेह, सहयोग, सेवा और समर्पण जैसी सामाजिक व नैतिक गुणोंवाली एक मानवीय व्यवस्था का विकास करना होगा। अर्थ चिंतन एवं अर्थ व्यवहार को न तो नैतिकता से अलग किया जा सकता है और न ही अलग किया जाना चाहिए। नैतिकता से युक्त अर्थशास्त्र गरीब एवं कमजोर व्यक्तियों का हितसाधक होगा और जो ऐसा नहीं करना चाहता, उसे उचित व न्यायपूर्ण नहीं कहा जा सकता। अत: अंत्योदय अर्थव्यवस्था एक ऐसी आर्थिक प्रणाली होगी, जिसमें नैतिकता, अर्थशास्त्र और पारिस्थितिकी के बीच समन्वय के आधार पर अर्थतंत्र व अर्थ व्यवहार चलेगा, जो समकालिक राजनीतिक समाज हेतु अत्यंत ही उपयोगी होगा।

अंत्योदय में ग्राम्य विकास की अवधारणा

भारत के संदर्भ में अंत्योदय का प्रगटीकरण एवं प्रस्तुतिकरण काफी बड़े प्रमाण में ग्रामोदय के रूप में होगा। भारत का भाग्योदय ग्राम पुनिर्निर्माण, ग्रामोत्थान एवं ग्राम विकास पर निर्भर है। समूची भारतीय अर्थव्यवस्था में आठ-दस गाँवों का ग्राम संकुल की इकाइयों के रूप में पुनर्गठन करना होगा। इन ग्राम संकुलों की रचना इस प्रकार करनी होगी कि वे स्थानीय संसाधनों व कौशल के सहारे अपने क्षेत्र की अधिकांश आवश्यकताओं को पूरा कर सकें। यदि कोई ग्राम संकुल कुछ वस्तुओं का उत्पादन न कर सकता हो तो वह पड़ोस के ग्राम संकुल से उसे प्राप्त करे। इस प्रकार वस्तुओं के व्यापार एवं विनिमय का क्रम ग्राम संकुल के अंतर्गत विभिन्न गाँवों के मध्य, विभिन्न ग्राम संकुलों के मध्य तथा ग्रामीण क्षेत्र व नगरीय क्षेत्रों के मध्य स्थापित होकर चले। इससे हम एक ऐसे विकेंद्रित स्वावलंबी अर्थतंत्र का निर्माण कर सकेंगे, जिसमें साधनों का अपव्यय हो सकेगा, श्रम को रोजगार

मिलेगा और अनावश्यक परिवहन व अन्य प्रकार के घटकों से होनेवाले पर्यावरण प्रदूषण में कमी आएगी।

गाँवों के विकास का अर्थ यह नहीं है कि हम नगरीय क्षेत्र की अर्थव्यवस्था पर ध्यान ही न दें। इसका अर्थ तो इतना ही है कि ग्रामीण क्षेत्र से जनसंख्या का पलायन रुके और गाँव के द्वारा गाँव में ही विकास की व्यवस्था बने। वास्तव में तो भारतीय अर्थव्यवस्था की दृष्टि से हमें क्षेत्रीय अर्थतंत्र के समुचित विकास एवं इनके बीच योग्य तालमेल की व्यवस्था बनानी पड़ेगी। ये तीन क्षेत्र हैं—वनतंत्र, ग्रामतंत्र एवं नगरतंत्र। इन तीनों तंत्र-योजनाओं एवं विकास के तौर-तरीके और तकनीक अलग-अलग होंगी।

अब आवश्यकता इस बात की है कि इस ग्राम प्रधान देश में अंत्योदय का कार्यक्रम गाँवों से प्रारंभ किया जाए। उन्होंने कहा था, "हमें भारतीय तकनीक अपनानी होगी, ऐसी वैज्ञानिक तकनीक जो भारतीय परिवेश के अनुकूल हो, यह यहाँ की संस्कृति, चिति और नैतिक श्रद्धा के अनुकूल हो।" जिस दिन भारतीय ग्रामों का कायाकल्प होगा, वहाँ के वंचित लोग विकास की उपलब्धियों का उपभोग कर सकेंगे, उसी दिन वास्तविक 'अंत्योदय' होगा। भारत एक सशक्त एवं संपन्न राष्ट्र के रूप में खड़ा हो सकेगा। यह विकास घेंघा या हाथीपाँव की तरह नहीं होगा, जिसमें गरदन फूल जाती है, पाँव फूल जाते हैं और शरीर कृश एवं दुर्बल हो जाता है। वस्तुतः 'अंत्योदय' का लक्ष्य राष्ट्र शरीर का सर्वांगीण तथा स्वस्थ विकास करना है। इस दृष्टि से उनका ध्यान सबसे पहले कृषि व्यवस्था की ओर गया, जहाँ सिंचाई की कोई नियमित व्यवस्था नहीं थी, 'हर खेत को पानी' नहीं मिलता था। जहाँ इंद्रदेव की कृपा हुई, पानी बरसा, रोपनी हुई और जहाँ ईश्वर ने आँखें फेर लीं, वहाँ सूखा पड़ गया, खेत में बिवाई फट गई। वे एसी व्यवस्था चाहते थे कि किसान को फसल के लिए पर्याप्त पानी सुलभ हो, सिंचाई की समुचित व्यवस्था हो। इसे वे 'अदेवमात्रिका कृषि' कहते थे। वे बड़ी योजनाएँ नहीं चाहते थे। वे छोटी योजनाओं के पक्षधर थे। वे बड़ी योजनाओं के इसलिए भी विरोधी थे कि उनमें ज्यादा धन लगता है, ज्यादा समय लगता है और उनमें स्थानीय सहयोग प्रायः नहीं होता, समाज का आत्मिक लगाव नहीं होता। वे भारतीय कृषि के अनुकूल उपकरणों को ही ग्राह्य मानते थे। भूमि की प्रकृति का विचार किए बिना कोई कृषि योजना पूर्णतः सार्थक नहीं हो सकती। ट्रैक्टर हो या रासायनिक खाद, हमें अपनी भू-प्रकृति की दृष्टि से उनका परीक्षण करना चाहिए। दीनदयालजी के अनुसार, हम विदेशों के परीक्षणों से

लाभ अवश्य उठा सकते हैं, किंतु इनका अंधानुकरण नहीं कर सकते। हमें बाहर से प्राप्त ज्ञान के आधार पर अपने यहाँ अनुसंधान केंद्रों से पहले परीक्षण करके अपने गाँवों की परिस्थितियों की पृष्ठभूमि में ही उसका उपयोग करना चाहिए।

भारत के विकास के लिए अंत्योदय का विचार करनेवाली तकनीकी व्यवस्था अंत्योदय अर्थव्यवस्था के लिए उपयुक्त मानव केंद्रित पर्यावरण पोषक तकनीकी आवश्यक है। इसका चुनाव एक महत्त्वपूर्ण एवं जटिल प्रश्न है। इस संदर्भ में आवश्यक यह है कि यह हमारी कल्पनाओं के संदर्भ को ध्यान में रखकर की जाए। आँख मूँदकर पश्चिमी औद्योगिक देशों की तकनीकी को पूर्णतया अपना लेना न तो आवश्यक है और न ही उपयोगी, क्योंकि इस तकनीकी का विकास मुख्यत: केंद्रीकृत बड़े पैमाने के उद्योगों एवं शहरी समाज के हितों को साधने के लिए हुआ है, फिर भारत के लिए कौन सी तकनीकी उपयुक्त होगी। इस दृष्टि से हमें यह समझना होगा कि उपयुक्त तकनीकी एक परिवर्तनशील एवं सापेक्ष अवधारणा है। यह देश-विदेश के विकास-लक्ष्यों, साधनों एवं सामाजिक-आर्थिक परिस्थितियों द्वारा निर्धारित होती है। यही कारण है कि सब देशों, सब समयों एवं सब परिस्थितियों में कोई एक तकनीकी उपयुक्त नहीं हो सकती। अत: उपयुक्त तकनीकी का विचार देश-काल की परिस्थितियों के अनुसार ही किया जाना चाहिए। भारतीय परिस्थितियों में एक आदर्श व उपयुक्त तकनीकी वह होगी, जो प्रति इकाई उत्पादन पर अधिकतम रोजगार दे सके, किंतु साथ-ही-साथ जो पूँजी के प्रयोग, उत्पादन-लागत और ऊर्जा के निवेश को न्यूनतम कर सके। आयातों पर बहुत अधिक निर्भर न हो, निर्यात-क्षमता को बढ़ा सके, पर्यावरण को शुद्ध बनाए रख सके, स्थानीय साधनों, श्रम व कौशल का कुशलतम प्रयोग कर सके और आम जनता की आम वस्तुओं का उत्पादन कर सके। इस संदर्भ में हमें सर्वजन हिताय के विमर्श को ध्यान में रखना होगा। अंत्योदय अर्थव्यवस्था वर्ग-संघर्ष की नहीं, बल्कि वर्ग-सहयोग एवं वर्ग-पूरकता की पक्षपाती है। उसकी यह आधारभूत निष्ठा है कि संपूर्ण समाज के विकास के लिए सभी वर्ग आवश्यक एवं उपयोगी हैं। वे किसी एक वर्ग के हित की बलि चढ़ाकर किसी दूसरे वर्ग के हितों को बढ़ावा देने की पक्षपाती नहीं हैं। इसलिए अर्थव्यवस्था में समाज के विभिन्न वर्गों व हितों के मध्य सुंदर-सुखद सुमेल और समन्वय बनाने का प्रयास किया जाना चाहिए। इसका ध्येय वाक्य होगा—'सर्वजन हिताय सर्वजन सुखाय'। इस प्रकार की अर्थव्यवस्था को व्यवहार में उतारने के लिए मुख्य रूप से निम्नलिखित कार्ययोजना को हाथ में

लेना होगा।

हमें एक ऐसी प्रणाली का विकास करना होगा, जिसमें सबको रोजगार अथवा हर हाथ को काम मिले। समाज के प्रत्येक सक्षम व्यक्ति को योग्य काम और हर काम को योग्य व्यक्ति उपलब्ध हो सके। इस दृष्टि से समस्त रोजगार योजनाओं पर भी पुनर्विचार हो सके। रोजगारोन्मुखी उत्पादन तंत्र एवं निवेश योजनाएँ बनें। अब हमें विकास-प्रेरित रोजगार रणनीति के स्थान पर रोजगार-प्रेरित विकास रणनीति और श्रमिकों की कार्य-संस्कृति को अपनाना होगा। भारत में हमें यथाशीघ्र प्रत्येक परिवार में कम-से-कम एक व्यक्ति को रोजगार की गारंटी की व्यवस्था लागू करनी होगी।

भारत और विशेषकर गाँवों का विकास खेती के विकास पर निर्भर है और खेती का विकास तब तक नहीं किया जा सकता, जब तक हर खेत में पानी न पहुँचाया जाए। अत: हमें छोटी-छोटी सिंचाई योजनाओं, कुओं, तालाबों, वर्षा के पानी का जल संधारण आदि उपायों के द्वारा प्रत्येक खेत को पानी की व्यवस्था करनी होगी। भारत में स्वावलंबन के लिए यह नितांत आवश्यक है। रोटी, कपड़ा और मकान जीवन की मूलभूत आवश्यकताएँ हैं। समाज में प्रत्येक व्यक्ति को जीवन की इन मूलभूत आवश्यकताओं की पूर्ति की जवाबदेही भी मिलनी चाहिए। हमारी उत्पादन की प्राथमिकताओं में सर्वमान्य समाज के लिए आवश्यक इन वस्तुओं के उत्पादन में सर्वोच्च स्थान मिलना चाहिए। इसी उद्देश्य को ध्यान में रखकर साधनों का आवंटन होना चाहिए। सबको सर्व सुलभ समाजोपयोगी संस्कारक्षम शिक्षा की व्यवस्था करनी होगी। सबको अपनी प्रतिभा के विकास का पूर्ण व समान अवसर मिलना चाहिए। साधनों के अभाव में यदि कोई प्रतिभाशाली बालक शिक्षा से वंचित रह जाता है तो यह उसकी ही नहीं, बल्कि समूचे समाज की हानि है। हमें संस्कारक्षम एवं समाजोपयोगी व्यक्ति निर्माण करनेवाली शिक्षा प्रणाली बनानी होगी। इस दृष्टि से शिक्षा के दर्शन, पाठ्यक्रम एवं संरचना के बारे में पुनर्विचार करना होगा। इस देश की संस्कृति को प्रकृति, पर्यावरण, परिस्थिति, परिवेश व आवश्यकताओं के अनुरूप बनाया जाना चाहिए और एक स्वस्थ समाज के निर्माण के लिए शारीरिक व मानसिक दोनों प्रकार के स्वास्थ्य पर ध्यान देना होगा। भारत जैसे गरीब देश में हमें स्वास्थ्य के नियमों के पालन एवं स्वास्थ्य रक्षा के रोधक उपायों पर अधिक जोर देना चाहिए। इस दृष्टि से सार्वजनिक स्वास्थ्य, स्वच्छ पीने के पानी की आपूर्ति, सफाई, महामारियों की रोकथाम, शुद्ध व संतुलित आहार आदि उपायों पर

ध्यान देना चाहिए। इसके अलावा आम आदमी के इलाज के लिए चिकित्सा सुविधाओं के विकास पर भी ध्यान दिया जाना चाहिए। इस दृष्टि से सर्वसुलभ चिकित्सा पद्धति व बेहतर चिकित्सा सुविधाएँ बननी चाहिए, जिससे सबके लिए स्वास्थ्य की व्यवस्था हो पाए। आयुर्वेद, योग, प्राकृतिक चिकित्सा आदि का अधिकतम उपयोग किया जाना चाहिए। इन्हीं बातों को समझाते हुए पं. दीनदयाल उपाध्याय कहा करते थे कि हमें एक ऐसी अर्थव्यवस्था बनानी होगी, जिसमें रोटी, कपड़ा, मकान, दवाई और पढ़ाई की मूलभूत आवश्यकताएँ प्रत्येक व्यक्ति की पूरी हो सकें। इसके साथ ही हमें हर हाथ को काम और हर खेत को पानी देनेवाली योजनाएँ बनानी होंगी। संक्षेप में यह कहा जा सकता है कि अंत्योदय अर्थव्यवस्था के निर्माण के लिए हमें पोषणक्षम अर्थतंत्र, धारणक्षम तकनीकी और संस्कारक्षम समाजतंत्र का विकास करना होगा। यह काम केवल सरकार के सहारे पूरा नहीं हो सकता। इसके लिए तो संपूर्ण समाज की सामुदायिक शक्ति को ही काम में लगाना होगा। अंत्योदय एक सामाजिक दायित्व है। अंत्योदय के द्वारा जो व्यक्ति समाज, क्षेत्र, विकास की एक धारा से पिछड़ गया है, ऐसे व्यक्तियों का आर्थिक, सामाजिक, राजनीतिक, आध्यात्मिक विकास करना लक्ष्य है, जिससे समाज का सर्वांगीण विकास हो, यही अंत्योदय है। एकात्म मानववाद में समाजकार्य की परिभाषा यह है कि गरीबों, दीन-दलितों, शोषितों एवं पीड़ितों के लिए कल्याणकारी कार्य करना और उसके माध्यम से समाज के प्रत्येक घटक तक विकास का लाभ पहुँचाना। विकास कोई सामान्य प्रश्न नहीं है। इसके लिए राजकीय इच्छाशक्ति के साथ दूरदर्शिता भी होनी चाहिए। एक विद्वान् का कथन है—'नवनिर्माण करना है तो नेतृत्व के पास दूरदर्शिता होनी ही चाहिए।' इससे भी महत्त्वपूर्ण है समाज में राजनीतिज्ञों के साथ लेखक। कवि, साहित्यकार, पत्रकार, नौकरशाही, बुद्धिजीवी आदि का विकास की प्रक्रिया में सकारात्मक सहयोग लेकर निर्बल सोच को सबल बनाया जा सकता है। जिन्होंने अपने भविष्य की दिशा तय की है, उनका भविष्य उज्ज्वल है, लेकिन जिन्होंने कुछ भी तय नहीं किया है, उनके सामने असंख्य कठिनाइयाँ तथा अनगिनत समस्याएँ खड़ी होती हैं। व्यक्ति की तरह यह बात राज्य पर भी लागू होती है। किसी भी राज्य के सामने कई समस्याएँ होती हैं, लेकिन उन्हें अमल में लाने हेतु सुचारु रूप से विचार करके तथा सही क्रियान्वयन से भविष्य को उज्ज्वल बनाया जा सकता है। इसके लिए जरूरी है, राजकीय लोगों के पास सकारात्मक दृष्टिकोण और दूरदर्शिता का होना। यह सिद्ध है कि सामाजिक जीवन

में काम करनेवाले के पास सकारात्मक दृष्टिकोण हो तो क्या बेहतर होगा! किसी की बुराई करने के बजाय अच्छा क्या किया जा सकता है, यह सोचने में समय और ऊर्जा प्रयुक्त होनी चाहिए। लोकतांत्रिक देश होने पर अभिव्यक्ति स्वातंत्र्य मत स्वातंत्र्य होता ही है। इसी का एक हिस्सा है पक्षीय (दलीय) राजनीति। इसी के साथ मतभिन्नता आती है। हमारे देश में आज बहुपक्षीय प्रणाली विद्यमान है। भाषाएँ एवं प्रांत भिन्नता होने पर भी संपूर्ण देश को एक सूत्र में बनाए रखने में हमारे देश को कामयाबी मिली है। विभिन्न राज्यों में विभिन्न सरकारें कामकाज चलाती हैं। केंद्रीय सरकार के अलग राजकीय पक्ष के होने पर भी इनके बीच विकास का संतुलन बनाए रखा जाता है। यही लोकतंत्र में अपेक्षित है। लेकिन विकास के मसले में राजनीति नहीं आनी चाहिए। राजकीय क्षेत्र में काम करनेवाले प्रत्येक व्यक्ति को इस बात की सावधानी बरतनी चाहिए कि राजनीति के चक्कर में विकास के मसले का उद्देश्य खो न जाए। इस संदर्भ में हमें यह ध्यान रखना चाहिए कि अंत्योदय एक बेहतर साधन है, जिससे हम पूर्व निर्दिष्ट विकास के सभी मानदंडों को प्राप्त कर सकें। सरकार किस तरह काम करती है? या क्या समस्याएँ होती हैं? किन विषयों को प्राथमिकता देनी चाहिए, उसके बारे में विचार सुस्पष्ट है। कोई भी एक व्यक्ति संपूर्ण राज्य का विकास नहीं कर सकता, बल्कि उसके लिए सामूहिक प्रयासों की आवश्यकता है और ये सभी अवधारणात्मक उपागम अंत्योदय में निहित हैं। आवश्यकता यह है कि राजनीतिज्ञों को राज्य की नीति बनाते समय जनता को उसमें शामिल करना चाहिए। समय-समय पर सर्वेक्षण कर जनता से सुझाव मँगवाने चाहिए। जनता के सुझाव, अपना दृष्टिकोण एवं प्रत्यक्ष व्यवहार, इनका समन्वय कर निर्णय लेने चाहिए, तब ही कोई राज्य अपना मिशन हासिल कर पाएगा। समाज का सबसे गरीब व्यक्ति हमारी आर्थिक नीति का मुख्य लक्ष्य होना चाहिए। उसके घर पहुँचकर उसके घर का अँधेरा कैसे दूर हो, उसकी आमदनी कैसे बढ़ सकती है—इस पर सोचना चाहिए। विकास की अर्थशास्त्रीय परिभाषा के लिए सकल घरेलू आय को ध्यान में लेना पड़ेगा। पंडित दीनदयाल स्वदेशी विचारधारा को पोषित करनेवाले व्यक्ति थे और पाश्चात्य मानदंडों का विरोध भी करते थे। आधुनिकीकरण और पाश्चात्यकरण में अंतर है, जिसे समझ लेना चाहिए। इसका मतलब यह बिल्कुल नहीं है कि 'व्सक पे ळवसक' कहते हुए पुराने को गले लगाकर बैठना चाहिए। पुराने से जो अच्छा है, वह हमें आत्मसात् करना है और नए में से भी अच्छे को अपनाना है, ये वे सभी हैं, विकास में जो सहायक हैं, उसे

स्वीकार करने की उदार नीति हमें रखनी चाहिए। समय को पहचानकर उसका साथ देना अंत्योदय व राज्य दोनों के हित में है। प्रत्येक व्यक्ति के हृदय में संवेदनशीलता रहती है। मानव में बसी इस संवेदना को स्वाभाविक रूप से उद्दीप्त करने से सेवा की मानसिकता का निर्माण होता है। सुनकर, पढ़कर व प्रत्यक्ष देखकर पीड़ा की अनुभूति होती है। हमें परिवर्तन के लिए कार्य करना है। ऐसी ही दृश्यानुभूति के बाद विवेकानंदजी ने कहा था कि मेरी मोक्ष-साधना को तब तक धिक्कार है, जब तक अपने देश में एक व्यक्ति भी भूखा है। उनका कहना था कि हजारो वर्षों से ऋषियों तथा भगवान् की संतानें भूखी हैं। क्या इससे आपकी आँखों की नींद नहीं उड़ती है? क्या आपको पीड़ा की अनुभूति नहीं होती है? यदि होती है तभी देशभक्त बनने का आपको अधिकार होगा। दीनदयालजी यहाँ तक कहते हैं कि जिनके परिश्रम के मूल्य पर आप अपने वैभव में विचरण करते हैं, यदि इसकी अनुभूति आपके मन में नहीं, तो आप देशद्रोही हैं। यही पीड़ा की अनुभूति, अंत्योदय सेवा के लिए प्रेरणा है। आज थोड़े से स्वार्थी लोग दुर्बल बंधुओं का सामाजिक शोषण तथा राजनीतिक दुरुपयोग कर रहे हैं। हम सामाजिक, आर्थिक, सांस्कृतिक परिवर्तन चाहते हैं, उन्हें समय निकालकर इनके बीच जाना पड़ेगा। दयनीय स्थिति के प्रत्यक्षीकरण से सेवा-संवेदना की मानसिकता का निर्माण करना इस समय समाज में एक प्रमुख दायित्व है, जिससे एक सुसंगठित, स्वत्वयुक्त, समतायुक्त, शोषणमुक्त, सुख-संपन्न, सामर्थ्यशाली समाज निर्मित करने का हमारा उद्देश्य (जीवनव्रत) पूरा हो सके। जिससे लोका: समस्ता: सुखिनो भवंतु: अर्थात् सभी लोग सुखी हों। यह केवल बहुजन हिताय, बहुजन सुखाय का विचार संकल्प नहीं है। अपितु यह सबके लिए है। लोक कल्याणकारी नीतियाँ देशहित, लोकहित में होनी चाहिए जिससे हम चिरंतन भारतीय संस्कृति के शाश्वत सिद्धांतों के आधार पर भारत का युगानुकूल पुनर्निर्माण कर सकें। अंत्योदय की साधना में प्रत्येक व्यक्ति मूलत: व सामाजिक कार्यकर्ता होने के नाते सहभागी बने। सामाजिक या सेवाकार्य भारतीय परंपरा का मूल संकल्प है। जब यह साधना उत्तरदायित्व का ठोस व्यावहारिक रूप ले लेगी, तब समाज की समस्याएँ सुलझाने का सहयोगात्मक मार्ग बनेगा। वस्तुत: अंत्योदय साधना से सामाजिक पहचान, मान्यता, शक्ति और प्रभाव के साथ मानसिक शांति, आत्मिक आनंद की अनुभूति होती है। हम सभी एक ही ईश्वर के अंश होने के कारण समाज के सभी जन हमारे बंधु-बांधव हैं। सबके विकास के बिना समग्र विकास असंभव है। यह अंत्योदय साधना ही हमारा राष्ट्रीय कर्तव्य है। वस्तुत:

अंत्योदय मिशन का पहला सोपान समाज का प्रथम व्यक्ति है। अंत्योदय हमारी सामाजिक संवेदनशीलता, सक्रियता को बढ़ाकर आम लोगों के दु:ख और दारिद्रय को दूर करने का एक साधन है। सहज रूप से अंत्योदय का साधना क्षेत्र अनंत है। जहाँ से देखो, वहीं से शुरुआत हो सकती है। वस्तुत: यह राजनीति का विमर्श नहीं है। अपितु यह मानवीय दायित्व है। "सेवा से पीड़ित मानवता के जीवन स्तर को ऊपर उठाकर, मानवीय कर्तव्यपूर्ति, स्वंय संतुष्टि, वसुधैव कुटुंबकम् के तत्त्वदर्शन संस्कार को इससे सहज पूरा कर सकते हैं। अंत्योदय के आयामों में सबको रोटी, कपड़ा, मकान, शिक्षा, चिकित्सा, सुरक्षा, संस्कार, रोजगार, स्वावलंबन और सम्मान उपलब्ध कराने की प्राथमिकता होनी चाहिए। इसके अतिरिक्त सहयोग, सहायता, संवेदना के अनेक अवसर, चुनौतियाँ छोटे-बड़े रूप में काल-देश-परिस्थिति के अनुसार आते रहते हैं। जिसका आवश्यकतानुसार समाधान निकालना भी करणीय यत्नों में शामिल है।"

सत्ता व समाज के द्वारा राष्ट्र विकास में योगदान

वस्तुत: इसमें दो प्रकार के प्रयोग शामिल हैं—व्यक्तिगत कार्यकर्ता द्वारा इसमें सामान्य व्यक्ति, सक्षम व्यक्ति दोनों प्रकार के लोग अपने सम-संसाधन के अनुसार, सेवा विकल्पों की रचना कर सकते हैं। अपने व्यक्तिगत, अर्थ, समय, सुझाव से आमजन की सहायता, सहयोग से इसकी शुरुआत हो सकती है। सरकार/संगठन द्वारा इसमें स्वावलंबी इकाइयों द्वारा बड़े प्रकल्प, आर्थिक सहायता के प्रयास हो सकते हैं। दूसरी ओर जहाँ सत्ता में हमारी भागीदारी है, वहाँ राष्ट्रीय सुरक्षा, सामाजिक समरसता, सुशासन, विकास के लिए आम जन की भूख, बेरोजगारी और भ्रष्टाचार से मुक्ति के लिए शासन-सत्ता में शुचिता, विकास के लिए निर्धनता, निरक्षरता, स्वास्थ्य, स्वच्छता आदि के प्रयत्न, प्रकल्पों को प्राथमिकता के आधार पर करना हमारे सुराज कार्य को यशस्वी बनाने जैसा होगा। अंत्योदय रचनात्मक कार्य की पहल स्वयं से करनी प्रेरणादायी होती है। प्रथम पुरुषी विचार को बल देते हुए हम अपने पड़ोसियों के दु:ख-दर्द में सहायक हो सकते हैं। अपने आसपास की समस्याओं के समाधान में हमें सहभागी बनना चाहिए। अपने महत्त्वपूर्ण समय में से कुछ घंटे, दिन, सप्ताह, माह, वर्ष समाज कार्यहित में दान कर, समय दान के साथ श्रमदान, धनदान इस महायज्ञ को पूर्णता प्रदान करते हैं। बड़े प्रकल्पों में भगीरथ-प्रयत्न की भूमिका से छोटे कार्यों के लिए गिलहरी कोशिश भी सुइतिहास बनाती है।

स्वविवेक, संवेदना से इस महायज्ञ अंत्योदय में 'चलो जलाएँ दीप वहाँ जहाँ अभी भी अँधेरा है' के महामंत्र का संकल्प ले सभी जन अपनी आहुति डाल सकते हैं, जिससे समाज के निरंतर 'कुछ लेने के भाव' के स्थान पर समाज को कुछ देने का भाव जागेगा, संवेदना, समरसता, प्रगति का सामाजिक भाव पैदा होगा। कार्य की सफलता के लिए ऐसा माना जाता है कि अधिष्ठानकर्ता, उपकरण, प्रयत्न एवं देव पर इन सबमें कार्यकर्ता मुख्य है। उसका व्यवहार बड़े महत्त्व का है। अपने व्यवहार द्वारा असाध्य को भी साध्य किया जा सकता है। यह सब कार्य में प्राण फूँकने की संजीवनी है। यह सबकुछ दया से नहीं, कर्तव्य भाव से हो, यही जीवन की दिशा है। अत: वर्तमान में समाज में जो चुनौतियाँ, गरीबी, बेरोजगारी, हिंसा, आतंकवाद, नक्सलवाद, पर्यावरण असंतुलन, भोगवाद आदि सुरसा के समान दुनिया के सुख, शांति, विकास पर ग्रहण लगाए हैं, उनका स्थायी समाधान भारतीय राजनीतिक दर्शन एकात्म मानववाद के अंत्योदय पथ के अनुगामी बनने से पूर्ण होनेवाला है।

सर्वसमाज के लिए पंडित दीनदयालजी की एकात्म दृष्टि

दीनदयाल उपाध्याय राजनेता मात्र नहीं थे, वे उच्च कोटि के चिंतक, विचारक और लेखक भी थे। इस रूप में उन्होंने श्रेष्ठ शक्तिशाली और संतुलित रूप में विकसित राष्ट्र की कल्पना की थी। उन्होंने निजी हित व सुख-सुविधाओं का त्याग कर दिया था। व्यक्तिगत जीवन में उनकी कोई महत्त्वाकांक्षा भी नहीं थी। उन्होंने अपना जीवन समाज और राष्ट्र को समर्पित कर दिया था। यही बात उन्हें महान् बनाती है। राजनीति में लगातार सक्रियता के बाद भी वे अध्ययन व लेखन के लिए समय निकालते थे। इसके लिए वे अपने विश्राम समय में कटौती करते थे। इसी में लोगों से मिलने-जुलने और अनवरत यात्राओं का क्रम भी चलता था। आमजन के बीच रहना उन्हें अच्छा लगता था। शायद यही कारण था कि वे देश के आम व्यक्ति की समस्याओं को भलीभाँति समझ चुके थे। यह विषय उनके चिंतन व अध्ययन में समाहित था। इनका वे कारगर समाधान भी प्रस्तुत करते थे।

उनका व्यक्तित्व व कृतित्व बहुआयामी है। विभिन्न रूप में उनसे प्रेरणा ली जा सकती है। समाजसेवियों व राजनीति में लगे लोग उनसे प्रेरणा ले सकते हैं। सादगी, ईमानदारी और अध्ययनशीलता उनमें निखार ला सकती है। युवा पीढ़ी उनके जज्बे से प्रेरणा ले सकती है। लेखक उनके विचारों से प्रेरणा ले सकते हैं। लेखन वही अच्छा है, जिससे समाज का हित हो। भावी पीढ़ी को सकारात्मक दिशा

मिले। प्रत्येक व्यक्ति के जीवन पर तात्कालिक घटनाओं व विचारों का प्रभाव पड़ता है। चिंतक, मनीषी उन्हें गहराई से समझने का प्रयास करते हैं। वे इस पर विचार करते हैं कि अपने देश व समाज के लिए कौन सा मार्ग कल्याणकारी होगा। पं. दीनदयाल ने यही किया। वे भविष्यद्रष्टा थे। भविष्य की समस्याओं को भी वे देख रहे थे। उनके प्रति वे सावधान करते हैं। उन्होंने उस समय चर्चित विचारधाराओं या वाद पर गहनता से विचार किया था। संयोग से वह विश्व में शीतयुद्ध का दौर था। एक तरफ पश्चिम का उपभोगवाद था, दूसरी तरफ मार्क्सवाद, लेनिनवाद, माओवाद था। समाजवाद का विचार भी अस्तित्व में था। सोशलिस्ट पार्टियाँ भी सक्रिय थीं। दीनदयाल उपाध्याय ने इन सब पर विचार किया।

पश्चिम का उपभोगवाद

पाश्चात्य चिंतन उपभोगवाद पर आधारित था। इसके केंद्र में व्यक्ति था। व्यक्ति को अपनी सुख-सुविधाओं के लिए संलग्न रहने व प्रयास करते रहने का अधिकार है। इस विचार से प्राकृतिक संसाधनों का बेहिसाब व बेरहमी से दोहन किया। भौतिक विकास हुआ, लेकिन प्रकृति खतरनाक स्तर पर जा रही है। तरह-तरह के वैश्विक सम्मेलन हो रहे हैं। खूब चर्चा होती है, विशेषज्ञ समस्याओं की चर्चा करते हैं। लेकिन हर बार ढाक के तीन पात। कोई समाधान नजर नहीं आता। उपभोगवाद की दौड़ ने उन्हें जहाँ पहुँचा दिया है, वहाँ से लौटना संभव ही नहीं है। उपभोगवाद ने उनके समाज को भी अराजकता की स्थिति में पहुँचा दिया है। समाज बिखर रहा है, परिवार टूट रहे हैं, वृद्धाश्रम बन रहे हैं। अब वहाँ विशेषज्ञ रिसर्च पेपरों में विश्लेषण कर रहे हैं। उनका समाजवाद उपभोगवाद में उलझकर रह गया है। इससे बाहर निकलने का कोई रास्ता फिलहाल नजर नहीं आ रहा है।

दीनदयाल उपाध्याय ने इस दृश्य की कल्पना छह दशक पहले कर ली थी। वे इसके प्रति सावधान करते थे, ऐसा नहीं कि उनका विचार संकुचित था। विदेश नीति व विदेशों से संबंधों पर भी उन्होंने विचार रखे थे। विदेशों के साथ सहयोग बढ़ाना चाहिए। लेकिन हमको यह देखना होगा कि दूसरे देशों की कौन सी बात हमारे हित में होगी। उनके वाद को यथावत् स्वीकार नहीं किया जा सकता। हमको अपने देश की परिस्थितियों पर विचार करना चाहिए। विदेशी पूँजी अपने साथ वहाँ की संस्कृति भी लाती है। इसके प्रति सावधान भी रहना चाहिए।

दीनदयाल उपाध्याय द्वारा व्यक्त विचार व चिंता आज दिखने लगी है। हमारे

यहाँ भी ओल्ड एज होम बनने लगे हैं। सरकार को माता-पिता की देखभाल हेतु कानून बनाना पड़ता है। युवा पीढ़ी व बच्चों का खानपान बदल रहा है। फास्ट फूड के नुकसान बताए जाते हैं, उनका चलन बढ़ रहा है। चना-चबेना, सत्तू, दुर्लभ हो रहे हैं। दीनदयाल उपाध्याय के विचार इस संदर्भ में प्रासंगिक हैं। वे इस समस्या से बाहर निकलने का रास्ता दिखा सकते हैं।

इसी प्रकार मार्क्सवादी व वामपंथी विचारधारा ने समाज व देश का अहित किया है। दीनदयाल उपाध्याय ने इसके प्रति भी सावधान किया था। इसमें उपभोगवाद को सशर्त बनाया गया था। व्यक्ति की जगह सत्ता को केंद्र में रखा गया। यह मान लिया गया कि व्यक्ति भी व्यवस्था का यंत्र मात्र है। सत्ता ही समाज को सही दिशा में संचालित करती रहेगी। इस वाद के नुकसान हुए। बचाव करनेवाले चाहे जो दावा करें, लेकिन जिन देशों के लोगों ने दशकों तक जिस मार्क्सवादी व्यवस्था को भोगकर उसको अस्वीकार कर दिया, चीन में वही कम्युनिस्ट व्यवस्था केवल राजनीति व सत्ता पर नियंत्रण और एकाधिकार के लिए बची है। आर्थिक क्षेत्र में वहाँ उपभोगवाद चरम पर है।

भारत के प्रति कम्युनिस्टों के विचार का दृष्टिकोण—भारत के विकास में एक अवरोध

कम्युनिस्टों ने भारत को भी विदेशी चश्मे से देखा। इसलिए उन्हें अपने देश में कोई अच्छाई नजर नहीं आती। इन्होंने आत्मगौरवविहीन समाज बनाने का प्रयास किया। जो कुछ अच्छा है, वह विदेशों से मिला है। हमारा कुछ नहीं, यह विचार उन्होंने प्रसारित किया। केवल सरकार के भरोसे सुधार का विचार भी विफल रहा। विश्व में सोशलिस्ट विचार भी अब केवल सिद्धांतों में बचा है। व्यवहार में कहीं नजर नहीं आता। आज कौन है, जो राममनोहर लोहिया, जयप्रकाश नारायण आदि के विचारों पर अमल करता दिखाई देता है।

भारतीय जीवन दर्शन में एकात्म मानव दर्शन और अंत्योदय की भूमिका

दीनदयाल उपाध्याय का चिंतन शाश्वत विचारधारा से जोड़ता है। इसके आधार पर वे राष्ट्रभाव को समझने का प्रयास करते हैं। समस्याओं पर विचार करते हैं। उनका समाधान निकालते हैं। यह तथ्य ही भारत के अनुकूल प्रमाणित होता

है। ऐसे में पहली बात यह समझनी होगी कि अन्य विचारकों की भाँति दीनदयाल उपाध्याय ने कोई वाद नहीं बनाया। एकात्म मानव, अंत्योदय जैसे विचार वाद की श्रेणी में नहीं आते। यह दर्शन है, जो हमारी ऋषि परंपरा से जुड़ता है। इसके केंद्र में व्यक्ति या सत्ता नहीं है। जैसा कि पश्चिम या वामपंथी विचारों में कहा गया है। इसके विपरीत व्यक्ति, मन, बुद्धि, आत्मा सभी का महत्त्व है। प्रत्येक जीव में आत्मा का निवास होता है। आत्मा को परमात्मा का अंश माना जाता है। यह एकात्म दर्शन है। इसमें समरसता का विचार है। इसमें भेदभाव नहीं है। व्यक्ति का अपना हित स्वाभाविक है। लेकिन यही सबकुछ नहीं है। उपभोगवाद से लोक कल्याण संभव नहीं है। इसमें व्यक्ति का भी कल्याण नहीं है। यदि ऐसा होता तो भौतिकवाद की दौड़ में कभी तो व्यक्ति को संतोष मिलता। लेकिन ऐसा नहीं होता। मन कभी संतुष्ट नहीं होता। व्यक्ति प्रारंभिक इकाई मात्र है। लेकिन वह परिवार का हिस्सा मात्र है। परिवार का हित हो तो व्यक्ति अपना हित छोड़ देता है। समाज का हित हो तो परिवार का हित छोड़ देना चाहिए। देश का हित हो तो समाज का हित छोड़ देना चाहिए। राष्ट्रवाद का यह विचार प्रत्येक नागरिक में होना चाहिए। मानव जीवन का लक्ष्य भौतिक मात्र नहीं है। जीवनयापन के साधन अवश्य होने चाहिए। ये साधन हैं, साध्य नहीं हैं। धर्म, अर्थ, काम, मोक्ष का विचार भी ध्यान में रखना चाहिए। सभी कार्य धर्म से प्रेरित होने चाहिए अर्थात् लाभ की कामना हो, लेकिन इनका शुभ होना अनिवार्य है।

एकात्म मानव दर्शन की प्रासंगिकता सदैव रहेगी, क्योंकि यह शाश्वत विचारों पर आधारित है। दीनदयालजी ने संपूर्ण जीवन की रचनात्मक दृष्टि पर विचार किया। उन्होंने विदेशी विचारों को सार्वलौकिक नहीं माना। यह तथ्य सामने भी दिखाई दे रहे हैं। भारतीय संस्कृति संपूर्ण जीवन व संपूर्ण सृष्टि का संकलित विचार करती है। इसका दृष्टिकोण एकात्मवादी है। टुकड़ों-टुकड़ों में विचार नहीं हो सकता। संसार में एकता का दर्शन, उसके विविध रूपों के बीच परस्पर पूरकता को पहचानना, उनमें परस्पर अनुकूलता का विकास करना तथा उसका संस्कार करना ही संस्कृति है। प्रकृति को ध्येय की सिद्धि हेतु अनुकूल बनाना संस्कृति और उसके प्रतिकूल बनाना विकृति है। संस्कृति प्रकृति की अवहेलना नहीं करती। भारतीय संस्कृति में एकात्म मानव दर्शन है। मानव केवल एक व्यक्ति मात्र नहीं है। शरीर, मन, बुद्धि और आत्मा का समुच्चय व्यक्ति केवल एकवचन 'मैं' तक सीमित नहीं है। समाज व समष्टि तक उसकी भूमिका होती है। राष्ट्र भी आत्मा

होती है। समाज और व्यक्ति में संघर्ष का विचार अनुचित है। राज्य ही सबकुछ नहीं होता। यह राष्ट्र का एकमात्र प्रतिनिधि नहीं होता। राज्य समाप्त होने के बाद भी राष्ट्र का अस्तित्व रहता है।

अंत्योदय विचार दर्शन से राष्ट्र की समस्याओं का समाधान

दीनदयाल उपाध्याय राष्ट्र की आत्मा से लेकर जैविक खाद एवं व्यापार तक पर चिंतन करते हैं। उनके अध्ययन व मनन का दायरा कितना व्यापक था, इसकी कल्पना की जा सकती है। वे लिखते हैं कि अर्थव्यवस्था सदैव राष्ट्रीय जीवन के अनुकूल होनी चाहिए। भरण, पोषण, जीवन के विकास, राष्ट्र की धारणा व हित के लिए जिन मौलिक साधनों की आवश्यकता होती है, उनका उत्पादन अर्थव्यवस्था का लक्ष्य होना चाहिए। पाश्चात्य चिंतन इच्छाओं को बराबर बढ़ाने और आवश्यकताओं की निरंतर पूर्ति को अच्छा समझता है। इसमें मर्यादा का कोई महत्त्व नहीं होता। उत्पादन सामग्री के लिए बाजार ढूँढ़ना या पैदा करना अर्थनीति का प्रमुख अंग है। लेकिन प्रकृति की मर्यादा को नहीं भूलना चाहिए। प्रकृति के साथ उच्छृंखलता का व्यवहार नहीं होना चाहिए। खाद्य सुरक्षा की बात अब सामने आई। दीनदयालजी ने इस पर बहुत पहले ही विचार कर लिया था। उनके अनुसार हमारा नारा यह होना चाहिए कि कमानेवाला खिलाएगा तथा जो जन्मा है, सो खाएगा अर्थात् खाने का अधिकार जन्म से प्राप्त होता है। बच्चे, बूढ़े, रोगी, अपाहिज सबकी चिंता समाज को करनी पड़ती है। इस कर्तव्य के निर्वाह की क्षमता पैदा करना ही अर्थव्यवस्था का काम है। अर्थशास्त्र इस कर्तव्य की प्रेरणा का विचार नहीं कर पाता। भौतिक आवश्यकताओं की पूर्ति भी अर्थव्यवस्था का न्यूनतम स्तर है।

आज शिक्षा की व्यवस्था भी चिंता उत्पन्न करती है। एक तरफ महँगी शिक्षा है। इसका लाभ सीमित वर्ग उठा सकता है। दूसरी ओर जहाँ शिक्षा सस्ती है, उनकी दशा खराब है। वहाँ मूलभूत सुविधाएँ भी नहीं हैं। शिक्षा व्यवसाय का रूप ले चुकी है। जिनका शिक्षा से कोई मतलब नहीं, वे शिक्षण संस्थान के संचालक बन गए। दीनदयाल उपाध्याय को इसका भान था, इसलिए उन्होंने लिखा था कि शिक्षा समाज का दायित्व है। बच्चों को शिक्षा देना समाज के अपने हित में है। आज शिक्षा की भाँति चिकित्सा की दशा है। यह भी व्यवसाय का रूप धारण कर रही है। दीनदयालजी नि:शुल्क चिकित्सा का सुझाव देते हैं। वे मानते हैं कि पूँजीवादी अर्थव्यवस्था मानव का विकास करने में असमर्थ सिद्ध हुई है।

इसके विरोध में समाजवादी अर्थव्यवस्था आई। यह भी विफल हुई। इसने पूँजी का स्वामित्व राज्य के हाथों में देकर संतोष कर लिया। दीनदयालजी का अंत्योदय विचार आज भी प्रासंगिक है। भारत में अनेक वाद अपनाए गए। अब तो वैश्वीकरण और उदारीकरण को भी लंबा समय हो गया। लेकिन अमीर व गरीब के बीच की खाई बढ़ी है। यह व्यक्तिवादी व उपभोगवादी चिंतन का भी परिणाम है। विकास हुआ, मगर असंतुलित है। सत्ता व समाज दोनों को जिम्मेदारी से काम करने की दीनदयाल उपाध्याय प्रेरणा देते हैं। समाज के सबसे निचले पायदान पर जो व्यक्ति है, उसके उत्थान का प्रयास प्राथमिकता से होना चाहिए। भवन निर्माण में पहले छत नहीं बनाई जा सकती। निर्माण नींव से शुरू होता है। इसी प्रकार जब भवन की सफाई करनी होती है तो यह कार्य ऊपर से प्रारंभ होता है। फर्श का नंबर सबसे बाद में आता है। यह समाज और सत्ता दोनों पर लागू होनेवाला विचार है।

इसी प्रकार दीनदयाल उपाध्याय ने हर खेत को पानी, हर हाथ को काम का विचार दिया था। विडंबना देखिए, आज छह दशक बाद भी यह समस्या बनी हुई है। यहाँ खेत में पानी का व्यापक अर्थ है। भारत कृषि प्रधान देश है। उन्नत खेती के लिए गंभीरता से प्रयास करने की आवश्यकता थी। खेती लाभप्रद होती, भंडारण बाजार की उचित व्यवस्था होती, तो गाँव से शहर की ओर इतना पलायन नहीं होता। तब बड़ी संख्या में हमारे युवा कृषि कार्य में लगे होते। किसान तेजी से मजदूर बनते गए। उन्हें रोकने का कारगर प्रयास नहीं हुआ। शहर व गाँव दोनों के बीच संतुलन स्थापित हो गया। विकास चाहे जितना हो जाए, मगर हर हाथ को काम नहीं मिलेगा, तो भविष्य में सामाजिक स्तर पर गंभीर समस्याओं का सामना करना होगा। कृषि व उद्योग व्यापार का भी टकराव नहीं होना चाहिए। संतुलित विकास में दोनों का योगदान है। दीनदयाल उपाध्याय के विचार आज भी प्रासंगिक हैं। इन्हीं के माध्यम से देश की वर्तमान समस्याओं का समाधान हो सकेगा।

दीनदयालजी के विचारों पर कार्य करते हुए हमारा यह मानना है कि दीनदयाल उपाध्यायजी के विचार सिर्फ भारत का ही नहीं, संपूर्ण विश्व का मार्गदर्शन कर सकते हैं। दीनदयाल उपाध्याय का—विविधता से ही उसकी ताकत है—और इसी को आधार मानकर एक समय भारत विश्व मंच का अग्रणी राष्ट्र बनेगा।

कई वर्ष पूर्व उनके द्वारा स्थापित यह विचार आज वर्तमान सरकार में माननीय प्रधानमंत्री श्री नरेंद्र मोदी के द्वारा किए जानेवाले कार्यों के कारण मूर्त रूप ले रहा है। आज भारत की सांस्कृतिक विरासत पूरी दुनिया को उज्ज्वलित कर रही है। एकात्म

मानव दर्शन ही भारत का भाग्य विधाता है। इसमें भारत का 'स्व' है, क्योंकि भारत ने सिर्फ अपने लिए सोचा और किया नहीं अपितु सर्व कल्याण की चिंता की है। भारत की पवित्र भूमि सृष्टि के चर-अचर और जड़-चेतन सबके सुख और समृद्धि के लिए आराधना, तप-साधना और निरांजना की भूमि रही है। इसलिए यह दर्शन विश्व दर्शन भी है, क्योंकि यह समग्र दर्शन है।

□

संदर्भ ग्रंथ

1. शोध कार्य—दयानंदीय वाङ्मय में विवेचित राजनीतिक चिंतन, पंजाब विश्वविद्यालय, 1989, डॉ. वेदपाल।
2. 'स्वामी विवेकानंद साहित्य संचयन', प्रकाशन रामकृष्ण मठ, कोलकाता, 2006, स्वामी ब्रह्मस्थानंद।
3. 'भगवान् बिरसा मुंडा—आदिम मुंडा जाति और उनका प्रदेश', प्रकाशक आदिवासी वेलफेयर सोसाइटी, जमशेदपुर, 2017, श्री राज सहाय।
4. 'विचार नवनीत' संपादक, भानु प्रताप शुक्ल, भा.स. पुनरुत्थान समिति (उ.प्र.) श्री माधव राव सदाशिव गोलवलकर।
5. 'वर्तमान चुनौती और संघ', सुरुचि प्रकाशन, झंडेवालान, नई दिल्ली श्री बालासाहेब देवरस।
6. 'षड्दर्शन' (न्याय, सांख्य, योग, वैशेषिक, मीमांशा, वेदांत-6 खंड), प्रकाशक संस्कृति संस्थान, ख्वाजा कुतुब, बरेली।
7. 'वीर दामोदर सावरकर', प्रभात प्रकाशन नई दिल्ली, 2016, श्री रघुवेंद्र तँवर।
8. 'बाबा साहेब डॉ. आंबेडकर', संपूर्ण वाङ्मय, नई दिल्ली : कल्याण मंत्रालय, भारत सरकार, 1993-1995, प्रधान संपादक, डॉ. श्याम सिंह शशि।
9. 'शिक्षा' श्री रामकृष्ण आश्रम, नागपुर, स्वामी विवेकानंद।
10. 'राष्ट्र—जीवन की दिशा' प्रकाशन लखनऊ, 1970, सं. रामशंकर अग्निहोत्री, श्री भानु प्रताप शुक्ल।

11. 'एकात्म मानववाद' भारतीय संस्कृति पुनरुत्थान समिति उ.प्र., 1960, श्री दत्तोपंत ठेंगड़ी।

12. 'पं. दीनदयाल उपाध्याय व्यक्तित्व और जीवन दर्शन', दीनदयाल शोध संस्थान, रामतीर्थ नगर, नई दिल्ली, 1981, श्री हरिश्चंद्र बर्थवाल

13. 'सम्राट चंद्रगुप्त' लोकहित प्रकाशन, राजेंद्र नगर, लखनऊ, 1980, पं. दीनदयाल उपाध्याय।

14. 'गांधी, लोहिया और दीनदयाल' दीनदयाल शोध संस्थान, रामतीर्थ नगर, नई दिल्ली, 1981, श्रीमती मधु दंडवते।

15. 'पोलिटिकल डायरी' भारतीय जनसंघ प्रकाशन, दिल्ली, 1964, पं. दीनदयाल उपाध्याय।

16. 'भारतीय राष्ट्रवाद की सामाजिक पृष्ठभूमि', मैकमिलन इ.लि., 1991, श्री ए.आर. देसाई।

17. 'ब्रिटिशकालीन भारत का इतिहास' एस. चाँद एंड कंपनी, नई दिल्ली, 1999, श्री आर.आर. सेठी एवं श्री विद्याधर महाजन।

18. 'आधुनिक भारत का इतिहास', ज्ञानदा प्रकाशन पटना, 1972, श्री दीनानाथ वर्मा।

19. 'आधुनिक भारतीय सामाजिक और राजनीतिक विचार', कॉलेज बुक डिपो, जयपुर, 1996, श्री लक्ष्मण सिंह।

20. 'मानव एकता का आदर्श', श्री अरविंद साहित्य, खंड श्री अरविंद सोसाइटी, पांडिचेरी।

21. 'युवा और आत्म निर्णय' श्री अरविंद साहित्य, खंड श्री अरविंद सोसाइटी, पांडिचेरी।

22. 'भारतीय क्रांतिकारी आंदोलन का इतिहास', संपादक बनारसी दास चतुर्वेदी, आत्माराम एंड संस, दिल्ली, 1996, श्री मन्मथनाथ गुप्त।

23. 'जवाहरलाल नेहरू वाङ्मय', मार्तंड उपाध्याय, मंत्री सस्ता साहित्य मंडल, कनाट सर्कस, नई दिल्ली, श्री एस. गोपाल।

24. 'नेताजी संपूर्ण वाङ्मय', प्रकाशन विभाग सूचना प्रसारण मंत्रालय, भारत सरकार, नई दिल्ली, जनवरी, 1982, श्री शिशिर कुमार बोस।

25. 'उत्तिष्ठ जाग्रत् : स्वामी विवेकानंद', अनुवादक देवेंद्र स्वरूप

अग्रवाल, लोकहित प्रकाशन, लखनऊ, पंचम संस्करण, 1972, श्री एकनाथ रानाडे।

26. 'समाज सुधारक राजा राममोहन राय', प्रभात प्रकाशन नई दिल्ली, 2019, श्रीमती ममता झा।
27. 'गोपाल कृष्ण गोखले', प्रभात प्रकाशन नई दिल्ली, 2012, श्रीमती ममता झा।
28. 'गांधी : एक सामाजिक क्रांतिकारी', हिंदी अनुवाद चंद्रकला मित्तल, अखिल भारतीय सर्व सेवा संघ प्रकाशन, राजघाट, काशी, श्री वेलोक विल्फ्रेड।
29. विवेकानंद 'स्वाधीन भारत जय हो', श्रीराम कृष्ण आश्रम, नागपुर।
30. 'कांग्रेस का इतिहास', मार्तंड उपाध्याय, सस्ता साहित्य मंडल, नई दिल्ली, 1935, श्री पट्टाभि सीतारमैया।
31. 'तरुणाई के सपने', भारतीय ज्ञानपीठ, नेताजी सुभाष मार्ग, नई दिल्ली नेताजी सुभाष चंद्र बोस।
32. 'भारतीय सभ्यता तथा संस्कृति का विकास', लक्ष्मी नारायण अग्रवाल, प्रकाशन आगरा, श्री बी.एन. लुनिया।
33. महात्मा गांधी—'शिक्षण और संस्कृति', सं. श्री रामनाथ सुमन, उ.प्र., गांधी स्मारक विधि, वाराणसी।
34. 'राष्ट्रीयता और समाजवाद', प्रकाशक ज्ञान मंडल लि. वाराणसी, 2030, आचार्य नरेंद्र देव।
35. श्रीमद्भगवद पुराण गीता, प्रकाशक गीता प्रेस, गोरखपुर।
36. श्री रामचरितमानस, प्रकाशक गीता प्रेस, गोरखपुर।
37. मनुस्मृति : संस्कृति संस्थान ख्वाजा कुतुब, बरेली।
38. 'शिक्षा और संस्कृति', गांधी साहित्य प्रकाशन, इलाहाबाद, 1960, श्री रामनाथ सुमन।
39. 'गीता रहस्य', गांधी साहित्य प्रकाशन इलाहाबाद, लोकमान्य बालगंगाधर तिलक।
40. 'श्री माधव सदाशिव गोलवलकर, श्री दत्तोपंत ठेंगड़ी, श्री नानाजी

देशमुख पं. दीनदयाल उपाध्याय प्रणीत एकात्म मानव दर्शन एवं उसका व्यावहारिक प्रयोग चित्रकूट प्रकल्प', दीनदयाल शोध संस्थान, नई दिल्ली।

41. 'भारतीय अर्थनीति : विकास की एक दिशा', राष्ट्रधर्म पुस्तक प्रकाशन लखनऊ, 1958, पंडित दीनदयाल उपाध्याय।
42. 'विचार दर्शन' पांडुरंग, क्षीरसागर प्रकाशन, रा.स्व. संघ नागपुर, श्री माधव सदाशिव गोलवलकर।
43. 'गुरुजी का संदेश', जगत कुमार शास्त्री, साहित्य मंडल, दिल्ली, 1949, श्री माधव सदाशिव गोलवलकर।
44. 'पंडित दीनदयाल उपाध्याय और राममनोहर लोहिया', सामाजिक समरसता स्मारिका, प्रकाशक, डॉ. राममनोहर लोहिया अवध विश्वविद्यालय, 2018।
45. 'डॉ. सर्वेपल्ली राधाकृष्णन्', प्रकाशक पेंगुइन बुक्स इंडिया, नई दिल्ली, 2019, श्री तेजपाल सिंह धामा।
46. 'महात्मा फुले' प्रकाशक साकेत प्रकाशन प्रा.लि., नई दिल्ली, 2019 श्री शंकर कन्हाड़े।
47. प्रभात झा 'अंत्योदय : समाज के अंतिम व्यक्ति का संकल्प', प्रकाशक प्रभात प्रकाशन, नई दिल्ली, 2018।
48. 'बाबा आमटे-तारा धर्माधिकारी', प्रकाशक नेशनल बुक ट्रस्ट ऑफ इंडिया, नई दिल्ली, 2000, डॉ. हेमा जावड़ेकर।

पत्र एवं पत्रिकाएँ

- दीनदयाल उपाध्याय के संघ शिक्षा वर्ग के बौद्धिक वर्गों की पंजिका; केशव कुंज, झंडेवालान, नई दिल्ली।
- दीनदयाल उपाध्याय के बौद्धिक वर्गों की पंजिकाएँ, दीनदयाल शोध संस्थान, नई दिल्ली।
- 'पाञ्चजन्य' साप्ताहिक की पंजिकाएँ 2014 से 2019 तक, भारत प्रकाशन लिमिटेड, 29 रानी झाँसी रोड, नई दिल्ली।
- राष्ट्रधर्म, मासिक, लखनऊ।

- पाञ्चजन्य, साप्ताहिक, दिल्ली।
- ऑर्गेनाइजर, साप्ताहिक, दिल्ली।
- वंदेमातरम, साप्ताहिक, कोलकाता।
- कल्याण, मासिक, गोरखपुर।
- हिंदुस्तान टाइम्स, दैनिक, दिल्ली।
- समष्टि, दीनदयाल धाम, फरह, मथुरा।
- मंथन, दिल्ली।
- स्वरांजलि पब्लिकेशंस, लखनऊ, 2018।

□□□

9789390378692

FCW - #0098 - 061026 - C0 - 216/140/10 - PB - 9789390378692 - Matt Lamination